북간도
北間島

북간도 제1권

초판 1쇄 발행 2013년 2월 12일

지 은 이　안수길
펴 낸 이　최종숙
펴 낸 곳　글누림출판사

책임편집 이태곤 | **편집** 임애정 | **디자인** 안혜진 | **마케팅** 이상만 | **관리** 이덕성
주　　소　서울시 서초구 반포4동 577-25번지 문창빌딩 2층
전　　화　02-3409-2055(대표), 2058(마케팅), 2060(편집)
팩　　스　02-3409-2059
등　　록　제303-2005-000038호(2005.10.5)
전자메일　nurim3888@hanmail.net | **홈페이지**　www.geulnurim.co.kr

정가 12,000원
ISBN 978-89-6327-204-7 04810
　　　978-89-6327-203-0(전3권)

출력 · 안문화사 **인쇄** · 바른글인쇄 **제책** · 동신제책사 **용지** · 에스에이치페이퍼

* 이 책의 판권은 저작권자와 글누림출판사에 있습니다. 서면 동의 없는 무단 전재 및 무단 복제를 금합니다.
* 잘못된 책은 바꿔드립니다.

북간도

안수길 대하소설

1

글누림

북간도 집필 중(50년대 후반)

차례

제 1 부

사잇섬 농사
11

감자의 사연
71

성난 불꽃
115

앞으로 갓!
140

제 2 부

어둠 속의 꼬망둥
179

당신네와 우리는 같다
221

노랑 수건 김 서방
261

잊지 못할 이 땅에서
292

낱말 풀이 __ 331

제 2 권

제 3 부
우리도 값이 오른 셈
그래도 떠나는 사람들
울화는 공을 차고

제 4 부
발등을 밟았다
걸음을 멈추고
두 장례
산과 땅 속으로
거금 15만 원

제 3 권

제 5 부
보리 팰 무렵의 개가(凱歌)
가을의 연극
청산리와 샛노루바우
자치도 안 돼
제 발로 걸어서
낮과 밤
어둠이 짙어 가고
그 뒤에 올 것
작품 해설 _ 한수영(동아대 교수)

일러두기

1. 작품 출전은 처음 발표된 지면과 본 대하소설이 정본으로 삼은 판본의 출전이다. 1부는 〈사상계〉, 1959. 4(1부) / 『북간도』, 삼중당, 1967, 2부는 〈사상계〉, 1960. 4(2부) / 『북간도』, 삼중당, 1967, 3부는 〈사상계〉, 1963. 1(3부) / 『북간도』, 삼중당, 1967, 4부와 5부는 『북간도』, 삼중당, 1967임을 명시해둔다.

2. 독자의 이해를 돕기 위해 각 권의 말미에 낱말 풀이를 달았으며, 작품 해설은 3권에 수록하였다.

3. 맞춤법과 띄어쓰기는 현행 규정에 따라 고쳤다. 외래어 표기도 이에 따랐으며, 장음 표시는 삭제했다. 그러나 대화에 나오는 구어체나 사투리는 그대로 살렸다.

4. 한글 표기를 원칙으로 하여 원본의 한자는 모두 한글로 고쳤다. 필요한 경우에는 ( ) 안에 넣어 표기하였다.

5. 대화는 " "로, 독백은 ' '로, 작품의 제목은 「 」로, 장편소설과 책의 제목은 『 』로, 정기 간행물 명은 〈 〉로 표시하였다.

제 1 부

사잇섬 농사

1

동쪽 창문이 훤했다.
날이 새기 시작하는가 보다.
꼬꼬—
닭이 벌써 여러 홰 울었다.
멍, 멍, 머엉 멍!
멀리서 세차게 개 짖는 소리가 단속적으로 들려온다. 여우가 우는 소리 같기도 했다. 늑대가 울부짖는 소리로도 들렸다. 슬픈 것 같으면서도 간절한 걸 호소하는 듯한 소리였다.
6월 초순. 음력으로는 단오가 지났다.
제법 짧아진 초여름 밤, 이 밤을 남편 때문에 뜬눈으로 샌 뒷방예는 멀리서 전해 오는 개 짖는 소리에 가슴이 뜨끔하지 않을 수 없었다.

"어째 상기 오잴까?"

이 고장 사람이면 누구나 다 그렇지마는 뒷방예는 유난히 혀끝이 짧은 것 같은 발음으로 말을 한다. 지금도 그런 발음으로 한마디를 뇌면서 일어났다.

문을 열었다. 정주방 허리문이었다.

밖에 나갔다. 개 짖는 소리가 여전히 무겁게 들려올 뿐, 사방은 죽은 듯이 고요했다.

"저 개애지 새끼 강 쪽에서 짖는 게앵가?"

개는 확실히 두만강 쪽에서 짖고 있었다.

불길한 예감이 문득 뒷방예의 가슴을 두근거리게 했다. 그걸 물리치려는 듯이 하늘을 쳐다보았다.

가을날같이 맑았다. 구름 한 점 없다. 별이 유난히 반짝거렸다. 바람기도 없었다.

'오늘두 비가 올 것 같재쿵.'

청명 무렵에 하루 잠깐 흐렸다가, 가랑비가 뿌린 일이 있었을 뿐, 춘경기에 들어서부터 오늘 이앙기가 지나기까지 쭉 비 구경을 못 했다. 겨울에도 강추위만 헐벗은 사람들을 못 견디게 했을 따름, 싸락눈 한 알 날리지 않았다.

보리가 결딴났다. 파종을 한들 무슨 소용이랴? 논판에서 먼지가 날렸다. 모를 키울 수도 없었고 꽂을 수도 없었다.

2년 내리 계속하는 가물이었다. 노인들은 30년래의 흉년이라고 했다.

성황당에 기우제를 지냈다. 관우 묘에 치성도 드렸다. 그러나 비는 여전히 오지 않는 대로 하늘만 맑을 뿐이었다. 그리고 당분간 올 성부르지도 않았다.

  개 짖는 소리가 잠깐 멈추었다. 그 뒤에는 귀가 찡 하는 듯한 고요! 뒷방예는 오싹 몸에 소름이 끼쳤다. 무섬증이 치밀었다.

  얼른 안으로 들어가려고 했다.

  멍, 멍, 머엉 멍!

  멈췄던 개가 또 짖기 시작했다. 가슴이 두근거렸다. 심장이 꿈틀하는 걸 걷잡으려니 속으로 뇌까려진다.

  '조련한 일이 앙이궁!'

  쫓기듯 정주에 들어서니,

  "지엄마야!"

  할머니 품에 안겨 자던 다섯 살짜리 장손이 잠꼬대인가 할머니를 부른다.

  제 어머니는 삼촌 아이들이 하는 대로 '아지미'라고 부르고, 할머니를 '지엄마'라고 부르는 것이었다.

  "장손아!"

  잠귀 옅은 시어머니가 깬 모양이다. 손으로 손자를 더듬다가 개 짖는 소리를 들었다.

  "개가 어째 저리 짖능가?"

  그리고는 벌떡 일어나 앉는다. 그 서슬에 기침이 머리를 드는 것이 아닌가. 쿨룩쿨룩, 한참 고통을 겪다가 허옇게 센 머리를 두 손으로 쓰다듬어 올린다.

  "그래 말입꼬망!"

  뒷방예도 근심을 나눌 수 있는 대상이 생겨 한결 마음이 놓였다. 그러나 이내 입에 내어 주고받기에는 너무나 큰 걱정인 듯했다. 말이 나오지 않았다. 거기에 시어머니의 기침이 이내 가라앉지 않았다. 뒷방예는 쿨룩거리는 시어머니를 안고 등을 쓰다듬었다. 희미한 호롱불에 비치는 두 사람의 얼굴은 누렇게 부었다. 영양실조였다. 그리고 시어머니는 오랜 해소병이었다.

"오늘은 가마이 누워 계시쟁쿠!"

낮에 그 몸으로 산에 가서 풀뿌리를 캐온 것을 민망해하면서 나무라는 말이었다.

"어떻게 누워 있겠음. 칡뿌리래두 캐다가 아이들으 멕여얍지."

쿨룩쿨룩, 시어머니의 기침이 여전했다. 그러면서도 아들의 걱정이었다.

"순라군에게 들킨 게 앰매?"

"글쎄 말입꼬망."

"꿈자리가 뒤숭숭 하드랑."

"어마임께서 꿈 이얘기 듣구서 한새코 말렸등이 그 고집퉝이 들어얍지."

꿈이란, 밖에 나갔던 아들이 전립(戰笠)을 쓰고 군복을 갖춰 입고 전통(箭筒)을 차고 환도를 휘두르고 춤을 추면서 집으로 들어오더라는 것이었다. 어젯밤 날이 새었으니 그젯밤에 시어머니가 꾼 것이었다. 길몽은 아니라고 시어머니 며느리가 수군거렸다.

뒷방예는 꿈 이야기를 남편에게 하였다.

"오늘 밤은 고만두오."

뒷방예의 불안한 얼굴을 한복이는 멍하니 보았다.

"뭐?"

"꿈자리가 뒤숭숭하다지 않소."

"흥, 꿈자리구 뭐구, 얼핏 건너가서 아시 감줘라두 캐와야지 꿈타러엉 하다가 뭇 주검이 나는 거 기다리겠음……."

"그래두……."

한복이의 표정이 적이 누그러지는 듯했다. 그러나 이내 도사려 잡는 것이었다.

자신 있는 목소리였다.

"걱정 말라구."

"한새쿠 갈 작젱임둥?"

"그래."

고집 센 남편이라 뜻을 꺾을 수 없음을 잘 알고 있다. 뒷방예는 내키지 않는 대로,

"그럼, 조심이나 합꼬망."

"조심하지 않음, 치덕이두 같이 가는데……."

"오라방이두?"

장치덕이는 한복이의 처남일 뿐 아니라, 헌헌장부의 기질을 가진 뜻 맞는 친구였다. 그와 둘이면 사실 무서운 것이 없었다. 그리고 둘이는 오늘 밤 '사잇섬'에 가기로 약속한 것이었다.

"그래."

그랬을 뿐 입을 굳게 다물고 한복이는 강을 넘어간 것이었다.

"그 고집퉁이가 한번 되쎄 흥이 나야지……."

타는 가슴이 뒷방예의 입에서 이런 말이 튀어나오게 만들었다.

"고집이사 세지마는……."

아들의 고집불통엔 애를 먹고 있는 터다. 그러나 며느리가 가림 없이 나무라니 듣기 싫은 모양이었다. 시어머니는 아들을 감싸 주려다가 문득 더 세차게 짖어 대는 먼 개 소리에 그만 입을 다물지 않을 수 없었다.

멍, 멍, 머엉, 멍, 멍…….

뒷방예도 금시에 얼굴이 흐려진다. 숨을 죽이고 시어머니의 등을 쓰다듬을 따름이었다.

쿨룩, 쿨룩.

머엉, 멍멍, 머엉, 멍…….

치미는 기침보다도 개 짖는 소리에 시어머니의 신경이 더 쓰여지는 모양이었다. 정채 없는 눈을 껌벅껌벅하면서, 마음은 마냥 개 짖는 방향으로 끌려가고 있었다.

2

가물이 아니라도 이 고장은 땅이 메말랐다. 연사 좋은 해에도 소출로 계량을 댈 양이면 근검절약을 해야 했다. 하물며 2년 내리 계속되는 흉년에 있어서랴.

남녀노소가 산으로 들로 나무뿌리나 나물을 캐러 다녔다. 먹을 수 있는 거면 땅 속에 있건 땅 위의 거건, 움트는 싹이건 줄거리건, 상관할 바가 아니었다. 칡뿌리가 캐어지고 소나무가 껍질이 벗겨졌다.

그래도 굶어죽는 사람이 많았다. 뒷방예 시어머니처럼 해소병으로 쿨룩거리는 남녀노소가 수두룩했다.

살 길을 찾아 이 고장을 떠나는 사람, 거지가 되어 가족이 사방으로 흩어지는 가정들이 많아졌다.

그러는 중에서도 몇몇 약삭빠른 사람들은 '사잇섬 농사'를 지어 초근목피와 함께 겨우 연명을 해왔다.

'사잇섬'이란 이곳, 종성부(鍾城府) 중에서 동쪽으로 십 리쯤 떨어진 이 동네 앞을 흐르는 두만강 흐름 속에 있는 섬이었다.

흡사 고구마 형국으로 생긴 사잇섬은 모래로 이루어진 사주(沙洲)다. 주위가 십 리가 될까? 땅이 검어 기름질 것 같으나 모래로 이루어진지라 곡식이 되지 않았다.

물역에 몇 군데 새밭이 있었으나, 삿자리의 재료는 물론, 아무 쓸모가 없었다. 부지런한 농사꾼이 건너가 베어다가 말리어 아궁이에 때기도 하고 썩혀서 거름으로 쓰는 게 고작이었다.

대안(對岸)인 청국 땅과 우리나라 사이를 흐르는 두만강, 그 강물 가운데 있는 섬이었다.

그러나 이 섬은 우리나라 영토였다. 그리고 압록강, 두만강 흐름 속에 있는 섬이 모두 청국 영토가 아니었다. 대국(大國)의 금도로 강 속에 있는 섬 같은 건 아랑곳하지 않는다는 생각에서일 거다. 압록강구의 위화도(威化島)를 비롯해 종성부의 조그만 이 섬에 이르기까지…….

'사잇섬' – 두 나라 사이에 있는 섬이라는 뜻이 그대로 이름이 되고만 것이랄까?

'사잇섬 농사'란 여기 가서 농사를 짓는다는 말이었다. 그러나 그것은 겉에 내세우는 표방에 지나지 않았다. 불모(不毛)의 섬에서 어떻게 곡식이 나랴? 그러므로 사잇섬에 가서 농사를 짓는다는 건 핑계에 지나지 않는 것이었고, 사실은 대안인 청국 땅에 건너가는 것이었다.

이상한 일이었다. 같은 백두산에서 발원하는 강물인 두만강을 사이에 두고, 이쪽과 저쪽은 토질이 어쩌면 그렇게도 다를까? 이쪽이 박토인 데 반해 대안 지방은 시꺼먼 땅이 기름지기 그대로 옥토였다. 그러나 그럴 밖에 없는 일이었다.

청 태조 누르하치(奴兒哈赤)의 발상지가 길림성 오동성(敖東城), 돈화(敦化) 지방이었다. 두만강에서 북방으로 3, 4백 리 지점에 있는 고장이었다.

그가 십만 대군을 이끌고 북경에 입성한 해가 1644년이었다.

그 사이의 수십 년간 두만강 변경(邊境)은 거의 사람이 살지 않았다.

누르하치는 수하의 정병(精兵)을 삼기 위해 자신의 출생지에서 순 만주족인 장정을 뽑았다. 같은 족속이라야 믿음이 갔기 때문이리라.

승승장구, 천하를 손아귀에 넣을 기세였던 누르하치였다.

그러므로 장정들은 그의 수하 정병으로 뽑히는 걸 영광으로 생각했다. 그리고 그의 지휘 밑에 넓고 살기 좋은 고장으로 북상(北上)했다. 가슴속에는 규모는 작으나 누르하치 못지않은 영화를 꿈꾸면서……. 그러므로 한번 북상한 장정들은 고향에 돌아오려 들지 않았고 돌아오지도 않았다.

가족들은 돌아오지 않을 아들이나 동생을 기다릴 수 없었다. 그리고 그들에게도 기후 좋고 밝은 땅에 삶의 터전을 잡아야 한다는 야심과 희망이 부풀지 않을 수 없었다. 장정들이 병정에 뽑히자 좋아라고 살림을 뜨기 시작했고 누르하치가 북상하자 솔가(率家)해서 그들의 뒤를 따르게 된 것이었다.

한 집이 뜨고, 두 집이 뜨고…….

이렇게 하여, 원체 인구가 희박하던 이 지방에는 사냥꾼과 통행인이 가끔 눈에 띌 뿐, 인적이 드물었다.

더욱이 중흥기의 강희(康熙), 건륭(乾隆) 두 임금은 이 지방을 청조 발상(淸朝發祥)의 성지(聖地)라고 하여 통치하에 있는 타민족 외에는 이민을 허가하지 않았다.

제 백성을 그랬거든 다른 민족에 있어서랴.

우리나라와 청국 사이에는 서로 이민을 철거케 하는 비공식 협정이 맺어진 모양이었다.

조정에서는 어느 결에 두만강의 월강을 금지했고 이를 범하는 자에게는 월강죄(越江罪)의 극형으로 임했다.

이러고 보니, 조·청 양국 민족이 이 지역에는 얼씬도 할 수 없었다. 가위 무인지경이었다.

그동안이 2백여 년.

나무가 자랄 대로 자라고, 그 잎이 떨어져 쌓였다가는 썩고, 썩은 나뭇잎이 땅 속에 파묻히고……. 이러기를 2백 년을 되풀이하였으니 지력(地力)은 조금도 소모되지 않은 채 고스란히 간직되어 있는 땅이었다.

어찌 기름진 옥토가 아닐 수 있을 것인가?

쟁기나 보습, 괭이로 파 뒤집으면 시커먼 흙이 농부의 목구멍에 침이 꿀꺽 하고 삼켜지게 했다. 씨를 뿌리기만 하면 곡초가 저절로 쑥쑥 소리라도 들릴 듯이 자라 올라갔다. 거름이 필요 있을 까닭이 없었다. 한두 번 기음만 매어 주면 다듬잇방망이만큼 탐스러운 조 이삭이 머리를 수그렸다. 옥수수 한 자루가 왜무같이 컸다. 감자가 물씬한 흙 속에서 사탕무처럼 마음 놓고 살이 쪘다. 수수, 콩⋯⋯.

몰래 하는 농사가 아니라면 손쉽게 논을 풀 곳도 수두룩했다.

이런 옥토를 강 건너 눈앞에 바라보고 있다. 그러고 어떻게 고스란히 굶어죽을 것인가?

그러므로 사잇섬 농사는 이 고장 사람들의 삶의 한 가지 방편이기도 했다. 최근 몇 해 동안 성행되는 도농(盜農) 방법이었다. 그러나 사잇섬 농사는 목숨을 걸고 하는 모험이었다.

3

이조 건국 이래의 쇄국정책은 1864년 12월, 철종의 뒤를 이은 고종의 등극과 아울러 대원군이 집권하게 되면서부터 최고조에 달했다.

전통적인 쇄국정책에다가 세계정세에 어두운 대원군이었다. 깊이 든 새벽잠을 깨워 주려고 찾아드는 여러 사조에 굳게 문을 닫아 버리고 그걸 장한 일이라고 했다.

1866년(고종 3년) 정월에 천주교를 엄금. 그 결과 프랑스 신부 아홉 명과 교인 남종삼(南鍾三)을 살해했고 전국에 명령하여 교도들을 무수히 학살했다. 이 소식이 알려지자 그해 8월에 천진에 있던 프랑스 군함 세 척이 강화도를 거쳐 양화진(楊花津)에까지 올라와 정찰을 하였고, 한 달 후인 9월에는 로스 제독이 인솔한 일곱 척의 군함이 강화도를 침범했다.

대원군은 대장 이경하(李景夏), 중군(中軍) 이용희(李容熙)를 시켜 방어케 했다. 강화, 통진(通津)에서 교전 중 불군에 부상자가 생겼으므로 군함은 군인을 거두어 가지고 철퇴하였다.

그해에 상해에 주재한 독일 상인 옵펠트가 두 번에 걸쳐 충청도 해안에 와서 통상을 하려다가 거절을 당했고, 2년 후인 1868년 4월에 그들은 상해를 떠나 아산만에 들어와 덕산군(德山郡)에 있는 대원군 아버지의 묘를 도굴하다가 뜻을 이루지 못하고 인천만으로 회항했다. 인천만 영종진(永宗鎭) 앞바다에서 경비 중인 조선 병정과 충돌을 일으켰다. 독일 사람은 시체 둘을 남기고 물러갔다.

같은 고종 3년의 일이었다.

미국 상선 제너럴셔먼호(號)가 통상을 청하고자 대동강을 거슬러 올랐다가 평양 시민에게 격침당했다. 이 사실을 알게 된 주청 미국 공사는 군함을 파견하여 진상을 조사케 하였고 조정에 문책(問責)하는 글을 보내 왔다.

1868년의 일이었다.

조선 팔도가 척양(斥洋)으로 들끓게 되었던 시대의 분위기였다.

그리고 지금은 제너럴셔먼호 사건이 원인이 되어 빚어내는 신미양요(辛未洋擾)를 앞으로 1년 앞둔 1870년 초여름이었다. 고종, 경오년(庚午年)이었다.

세상의 이목이 척양에 집중되어 있으나 그렇다고 월강죄가 완화된 것은 아니었다.

의연히 두만강은 금단의 강물이었고 죽음의 흐름이었다.

그 금단의 강물, 죽음의 흐름을 아들이, 남편이 건너갔다. 그리고 돌아올 무렵에 강 쪽에서 개가 몹시 짖어 댔다.

시어머니, 며느리가 함께 불안에 떨밖에 없는 일이었다.

4

그러나 이한복이는 순라군에게 잡힌 것이 아니었다.

기침이 겨우 가라앉은 시어머니가 누우면서 며느리더러,

"아아에미도 눈을 좀 붙입세."

하여,

"날이 다 밝았는데 언제 자구 있겠수꼬마."

뒷방예가 마다고 하는데,

"장손아!"

사립문을 밀치는 기척이 있었다.

"아아애빕메?"

반가운 김에 일어나다가 시어머니는 기침머리를 다시 쳐들게 했다. 쿨룩, 쿨룩.

뒷방예는 허겁지겁 밖으로 뛰어나갔다.

한복이는 벌써 사립문 안에 들어서 부엌 쪽으로 오고 있었다. 삼십 전후의 장정이었다. 눈에 정기가 반짝거렸다. 등에 풀을 덮은 자루를 지고 있었다.

뒷방예가 남편의 짐을 받으려고 했다.

"놔두고 쩨기나 겹세."

한마디를 던지고 한복이는 쫓기듯이 부엌문 안으로 들어간다. 봉당에서 가마목에 자빠지듯이 하고 짐을 내려놓았다.

"얼매나 욕으 봤음, 쿨룩쿨룩."

한 씨가 말했다.

한복이는 짐바를 어깨에서 벗으면서,

"쉿!"

집 안이 갑자기 무거운 기운으로 꽉 찼다.

짐바를 벗고 일어서서 한복이는 머리에 동였던 수건을 풀어 얼굴의 땀을 씻었다. 사립짝을 걸고 뒷방예가 들어섰다.

한복이 묻는다.

"바깥이 조용하지?"

"옛꼬망."

"인기척이 없구?"

"없소꼬마."

그제야 한복이는 '후우' 하며 긴 숨을 쉬었다.

"됩쌔 호이 났군."

"개가 몹시 짖드랑이……."

뒷방예가 남편의 노고가 마음이 아픈 듯 말한다.

"하늘두 무심하구 나라님두 무심하젬메, 쿨룩쿨룩."

아들을 생각하는 나머지 비를 내리지 않는 하늘을 원망하고 월강죄를 만든 나라님을 원망하다가 한 씨는 또 기침이었다.

"어망이는 가마이 누워 계시오다."

한복이는 말을 하고 자루 위의 풀을 벗겨 봉당에 던졌다. 새끼로 단단히 묶은 자루목이 나타났다. 그걸 풀었다.

안에서 끄집어낸 건 감자였다. 초벌 감자다. 아이들 주먹만큼은 했다.

한 씨며 뒷방예며 눈이 번쩍 뜨였다. 오랜만에 보는 식량이기 때문이다.

"야, 감쥐네!"

어느 사이에 깬 것일까, 할머니 옆에 댕그라니 앉아 있던 장손이 감탄사를 던졌다.

"너두 자재냈니?"

그리고 한복이는 아내더러 말했다.

"빨리 삶솟세."

"옛꼬망."

뒷방예는 기운 있게 대답했다.

한복이는 만족한 얼굴이었다.

"오라방이두?"

감자를 물 함지에 쏟으면서 뒷방예가 물었다.

"그 사람은 욕심이 많애서 내 곱절이나 졌을 게야……. 개는 자꾸 짖어 대는데 얼핏얼핏 따라와야지비……."

"그래, 집으루 갔음등?"

"그 사람으 집에 데리다 주누라구 죄고마다 들킬 뻔했당이까."

뒷방예는 아슬아슬한 대로 흐뭇했다. 친정 식구들이 한 끼라도 굶주림을 면하겠다고 생각하니 감자를 삶는 일에 더욱 신명이 났다.

한복이는 부엌에서 활기 있게 감자를 다루는 아내를 빙그레 입가에 웃음을 띠고 보면서 방 안으로 들어갔다.

자리에 눕는 모양이다.

이윽고 드렁드렁, 코고는 소리가 집 안을 들썩하게 했다.

5

"그 제기르 내게 팔아라."
장손이 말했다.
"돈이 있니?"
삼봉이가 물었다.
"돈은 없다."
장손이의 대답이었다.
"그런데 어떻게 제기르 사겠다구 그러니?"
삼봉이 신푸녕스럽게 되묻는다.
장손이 대답했다.
"먹을 거문 앙이 되니?"
"먹을 거?"
삼봉이 눈을 뚱그렇게 뜨고 장손이 앞에 다가선다.
"그래."
"거짓부레?"
"앙이 되니?"
"정말이야?"
"응."
그제야 삼봉이 마음이 놓이는 듯,
"먹을 거문 더 좋다."
얼굴에 생기가 돌고 눈이 빛나면서,
"그러나 너어 집에 무스거 먹을 게 있니?"

'감쥐!'

할까 하다가 장손이는 입을 다물고 말았다.

새벽에 할머니와 어머니가 돌아오지 않는 아버지를 걱정하던 일이 생각났기 때문이었다. 당황하게 지고 돌아와서 가마목에 자루를 벗어 놓던 아버지의 모습이 눈앞에 떠올랐다.

우물쭈물할밖에 없었다. 삼봉이 오금을 박았다.

"고톨밤(도토리)이니?"

'흥, 그까지 고톨밤?'

우쭐하는 생각이 들어 '감쥐'가 입 밖에 나가려고 했으나 또 참았다.

"앙이다."

"그러문?"

"……."

그래도 대답이 없으므로 삼봉이는,

"먹을 것두 없는 기 제기르 사겠다드라. 어떤 아이는 웃브드라."

그리고 부아를 돋우어 주듯이 장손이 탐내는 제기를 꺼내 찼다. 흰 새 깃이 달린 제기였다. 삼봉이 형이 동생에게 만들어 준 것이었다. 제기는 깃을 흔들면서 올라갔다가는 착착 발에 와 잘 붙었다.

"찰떡처럼 붙네."

그리고는 그걸 손으로 집어 호주머니에 넣고 다른 걸 꺼냈다. 삼봉이는 깃이 달린 제기를 두 개나 가지고 있는 것이었다. 지금 막 꺼낸 걸 차면서,

"이건 더 잘 붙네."

그놈은 정말 발에 더 잘 붙는 듯했다.

장손이는 삼봉이에게 제기에는 늘 지고 있었다. 분했다. 새 깃 제기가 없기 때문이라고 생각했다. 나도 그것만 있으면…….

"먹을 거 줌마."

"고톨밤도 없다문서리."

"감쥐다."

"무시기? 감쥐?"

삼봉이는 놀라지 않을 수 없었다. 발에 채어 허공에 떠 있는 제기를 줄 생각도 없이,

"정말이야?"

장손이에게 몸을 돌리면서 목소리가 높았다.

장손이는 제기차기뿐 아니라, 한 살 아래이므로 삼봉이에게 무슨 일에든 눌리곤 했었다. 그렇던 삼봉이 감자란 한마디에 쩔쩔매는 것이 아닌가? 장손이 갑자기 우쭐한 마음이 생겼다.

"응, 감쥐다."

"감쥐면 더 좋다. 바꾸자."

"바꿔 주겠니?"

"그래. 몇 개 주겠니?"

"한 개……."

"한 개? 싫다."

"두 개……."

"두 개?"

욕심이 생기는 모양인가? 삼봉이는 얼른 대답이 없다.

"싫음 그만도라."

장손이 삼봉이의 약점을 쥔 것이나 된 듯 용감하게 돌아서려는데,

"야, 한 개만 더 다구."

삼봉이 이번엔 빌듯이 말했다.

"세 개?"

"그래."

"세 개, 좋다. 가지다주마."

장손이 승낙하자 삼봉이 묻는다.

"생거야, 삶은 거야?"

"생거 주마."

"어디서 났니?"

장손이 잠깐 말문이 막혔으나 마침내,

"우리 애비 새벽에 제 온 기다."

사실대로 말했다. 그러나 누가 어떻게 가져왔건 삼봉이는 별로 관심이 없다. 그저 얼른 감자 세 알이 갖고만 싶었다.

"얼핏 가지오나라."

"응, 여기 있었가라."

장손이도 제기가 얼른 갖고 싶었으므로 집으로 뛰어가는 걸음이 바빴다.

동구 느티나무 그늘에서의 일이었다.

아침결이었으나 가물의 햇볕이 등골에 진땀이 나게 했다.

6

"너 이한복(李韓福)인고?"

급창이 복창을 했다.

"예."

"묻는 대로 똑바로 대렷다. 만약 추호라도 거짓을 대답하는 때에는 일호의 용서가 없을 터이니 그런 줄 알아라."

동헌 대들보가 찌렁찌렁 울리는 목소리였다.

"예."

"그러면 묻겠다."

그리고 종성부사(鍾城府使) 이정래(李正來)는 위의를 갖추고 문초를 시작했다.

한복이는 지금 종성부사 앞에 엎드려 있는 것이었다.

지난밤의 피곤이 가시지 않아 오정이 넘을 때까지 방 안에서 뒹굴고 있는데 포리 두 사람이 달려들어 한복이를 오라를 지워 끌고 온 것이었다. 지난밤의 일이 있는지라, 앙탈할 수도 없었다. 누가 고자질한 것일까? 그렇지 않으면 어떻게 냄새를 맡았을까? 이 부사는 신관 사또였다. 만약 잡혀 온 까닭이 지난밤 월강했던 일에 있다면, 그건 극형에 마땅한 죄일 터다. 그러나 신관 사또가 이 사건에 대해 어떤 태도로 나올지? 듣는 말로는 인자하고 경우가 바른 분이라고 했으므로 한복이는 오직 그것만을 믿고 처분을 바라는 심정밖엔 없다.

"너 간밤에 어디로 갔던고?"

아니나 다를까 부사의 문초는 대뜸 정통을 찌르고 들었다.

"사잇섬에 갔습메다."

한복이는 서슴지 않고 대답했다.

"사잇섬에? 혼자 갔던가?"

처남의 일을 대고 싶지 않았다. 벌을 받을 양이면 혼자 받아야 된다는 생각에서임은 두말할 것도 없다. 더욱이 치덕이 잡혀 오지 않은 바에야 구태여 제 입으로 불 필요가 없었다.

"혼자 갔습메다."

"정말이냐?"

발로 마룻장을 구르지 않는 걸 보니, 같이 간 사람을 알려는 게 문초의 초점은 아닌 듯했다. 한복이도 자신이 생겼다.

"예."

"혼자 갔다?"

하더니 이 부사는,

"그건 그렇고……."

하고 나서 엄숙한 목소리로 물었다.

"사잇섬엔 무얼 하러 갔던고?"

"농사지으라 갔습메다."

"농사지으러 갔다구? 농사지으러 간다면 낮에 갈 것이지 하필 밤중이 웬일이며, 사잇섬은 불모의 땅이라고 했는데 무슨 농사일꼬?"

"예, 사뢰겠습메다. 밤에 간 거는 낮에는 바빠서 한가한 틈을 탄 게고, 불모의 땅이래두 새는 잘 자랍메다."

"그럼 새 농사를 갔단 말인가?"

"예에."

"무어라고, 다시 한 번 말해 봐."

부사의 목소리가 또 한 번 동헌 대들보를 울려 놓았다.

"……."

"예끼, 고약한 놈. 보아라! 이걸 너는 새라고 하는고?"

얼굴을 들고 보니 감자 세 개였다. 가슴이 철렁했다. 감자는 어떻게 손에 넣었을까? 앙탈할 수 없는 증거가 아닌가? 이젠 어김없이 죽었다 싶었다. 죽었다고 생각하니 가족의 얼굴이 떠올랐다. 쿨룩쿨룩 기침하는 노모의 얼굴, 뒷방예의 애처로운 모습, 장손이의 핏기 없는 얼굴!

'자백을 하여 용서를 빌까?'

그러나 비열한 일인 것만 같았다.

'차라리 할 말이나 해보고 죽자.'

사또의 얼굴에 범치 못할 위엄이 서려 있었으나 눈엔 어딘지 모르게 부드럽고 빛나는 것이 있었다. 저 눈을 향해 할 말을 해보자. 사또가 받아만 준다면 한복이에게는 할 말이 많았다. 죽을 걸 각오한 바에야 또 못 할 말이 있을 까닭이 없다.

한복이는 엎드렸다. 머리를 조아리고 말했다.

"바루 대겠습메다. 지난밤에 사잇섬에 강 게 앙이라 강 건너에 갔습메다."

"강 건너는 왜 갔느냐?"

"농사지어 논 게 있어 갔습메다."

"그러면 이번에 처음이 아니로구나?"

"봄에 두 번이고 이번꺼정 세 번째입메다."

"월강죄를 모르는고?"

"압메다."

"그럼, 세 번 죽어야겠다."

"들키면 죽을 거 생각했습메다."

"담보가 큰 놈이로구나."

"담이 큰 게 앵이라, 이래두 죽구 저래두 죽을 바에사, 늙은 어마이와 어린 처자르 한 끼래두 배불리 멕이자는 생각이었습메다."

"늙은 어머니를 모시고 있다고?"

"환갑이 지냈구 해소병이 있습메다."

"그 밖에 가족은?"

"처와 다섯 살짜리 아들과 동생 둘입메다."

"모두 굶주리느냐?"

한복이는 머리를 들었다.

"사또님은 눈두 귀두 없습메까?"

"뭣이라고? 에익키, 고약한 놈, 어느 앞이라고 그런 무엄한 말을 함부로 하느냐?"

이 부사는 눈을 뚱그렇게 뜨고 탕 하고 마룻바닥을 구르며 호통이었다.

늘어섰던 관속들이 제풀에 움찔했다. 긴장해지면서,

"어쩔까요?"

당장 끌어다가 처참이라도 할 기세였다. 사또를 보고 분부 있기만 기다렸다.

그러나 종성부사 이정래는 깊이 있는 사람이었다. 되게 호통은 쳤으면서도 속으로는 맹랑한 놈이라고 생각했다. 혹 가난한 농부에게서 이

32

지방 실정의 일단을 속임 없이 들을 수 있는 게 아닐까 생각했다.

30년래의 대흉작 '고종 기사(己巳), 경오(庚午), 북부 6진의 대흉작'이란 역사상의 재해를 수습하기 위해 특히 발탁되어 부임한 지 수개월밖에 되지 않은 이정래였었다.

그러나 보이는 것이 누렇게 부은 얼굴들이었고, 들리는 말이 오늘도 몇 명이 아사했다였다. 좀도둑이 들끓었고 이향자(移鄕者)가 속출했다. 이미 텅 빈 국고(國庫), 구휼(救恤)의 방도가 막연했다.

활로가 없을까? 활로를 찾아 이정래의 눈과 귀와 마음은 활짝 열어지고 있었다.

"조용히들 하라!"

부사는 먼저 관속들을 눌렀다. 그리고 한복이더러 말했다.

"듣거라. 네 말대로 내가 눈이 없고 귀가 없다고 하자. 내 귀에 들려줄 말이 있고, 내 눈에 보여줄 물건이 있는고?"

뜻밖에도 목소리가 부드러웠다. 나긋나긋하기까지 했다. 관속들도 눈을 크게 떴으나 한복이는 귀를 의심하지 않을 수 없었다.

굶주리고 있는 백성들의 기막힌 참상을 모른다는 듯이 '너희 가족이 모두 굶주리느냐?' 하고 묻는 말에 발끈, 사또 앞임도 잊고 나가는 대로 입을 놀렸다. 그러나 사또의 호통을 듣는 순간 한복의 등골에서는 찬땀이 흘렀던 것이다. 당장 끌려 나가 목이 베어진다는 생각에 앞이 아득했다.

그랬는데, 그 사또의 부드러운 목소리가 아닌가?

한복이는 우선 마음이 놓였다. 이제는 하고자 하던 말을 하고 죽을 수 있게 되었다고 생각했기 때문이었다.

"예에, 뵈아 디릴 거는 강 건너가 우리 땅이라고 새겨 놓은 빗돌이고,

들려 디릴 거는 나라에서는 어째서 강 건너 우리 땅인 무인지경에다가 옥토르 두구서리 몇 해르 내리 백서엉 굶게 쥑이느냐는 겝메다."

그리고 한복이는 어렸을 때 할아버지에게서 들은 이야기를 생각했다.

아득한 옛날, 만주는 우리 민족의 발상지였고 천여 년 전의 고구려와 그 뒤를 잇는 발해 때에는 우리 판도의 중심지였다. 지금은 청국의 영토로 되어 있으나 사실은 우리나라 땅이라고 할아버지는 말했다. 그 증거로 할아버지는 1백50여 년 전에 세운 정계비(定界碑)를 보면 알 일이라고 했다.

마을 아이들의 훈장 노릇도 한 일이 있는 할아버지는 한복이를 무릎에 앉혀 놓고 비분강개한 어조로 말하곤 했다.

"그 빗돌에는 강 건너가 우리 땅이라고 똑똑히 새겨 있다."

그리고 할아버지는 제 땅이라고 똑똑히 밝혀 놓은 국토를 남의 땅인 양 생각하고 도강 금지령을 내리고 얼씬도 못 하게 하는 썩어빠진 조정을 입을 모아 타매하였다.

"꼬옥 망하게만 마련이다."

어렸을 때 할아버지에게서 들은 말은 한복이가 철이 든 뒤까지도 머릿속에 꽉 박혀 있었다.

그랬는데 십 년 전의 일이었다. 여름에 한복이는 우연한 기회에 사냥꾼을 따라 백두산으로 간 일이 있었다. 그리고 그때에 거기서 이상한 빗돌을 보았다. 사냥꾼들은 무심히 넘겼으나 한복이는 그 비가 할아버지가 말씀하시던 빗돌임을 알 수 있었다.

한문에 소양이 없는 한복이었다. 그러므로 비문(碑文)을 이해할 수 없었다. 그러나 읽을 수 있었기로 만주의 지리에 소상치 않은 그로서는 빗돌에 새겨 있는 글이 그대로 강 건너가 우리나라 땅이라는 뜻이라고 단정을 내릴 수는 없었을 것이다.

그러나 비문에야 어떻게 씌어 있든 한복이는 상관할 바 아니었다. 할아버지의 말을 태산같이 믿는 그는 그 비를 발견했다는 사실만으로 강 건너가 우리 땅임에 틀림이 없다고 믿어 의심치 않았다.

그러나 빗돌을 보았다는 말조차 입 밖에 낼 수 없었다. 무슨 죄목으로 걸려들지 알 수 없었기 때문이었다.

이렇게 한 지 10년. 오늘에야 그 말을 할 수 있는 것이다.

한복이는 또랑또랑하게 말했다.

"강 건너는 우리 땅입메다. 우리 땅에 건너가는 기 무시기 월강쬠메까?"

대담무쌍한 말이었다. 무엄하기 짝이 없는 말이었다. 관속들이 아슬아슬했다.

그러나 사또 이정래는 뜻밖에도 입을 다문 채 심각한 표정일 뿐 말이 없었다. 이윽고 입을 열었다.

"그 빗돌이 있는 곳을 아느냐?"

"10년 전에 가보았습메다."

"지금도 알 수 있겠느냐?"

"기억이 어렴풋하지마는 알 수 있을 겝메다."

"으음."

부사의 얼굴에는 기쁜 빛이 떠돌았다.

"잘 알았다."

그리고 잠깐 멈췄다가 이번에는 은근한 어조로 물었다.

"강 건너는 옥토라니 곡식이 잘 되겠지?"

한복이는 대강 비옥한 토지 형편을 이야기했다.

"지금도 건너가면 농사를 할 수 있을까?"

"조금만 깊숙이 들어가면 논으로 풀 데도 있으나 인저는 철이 지냈구, 뫼밀 농새는 지금두 할 수 있을 겝메다."

또 입을 다물고 있다가 이정래는 이번에는 사또의 위엄을 돌이키면서 큰 소리를 질렀다.

"정녕 강 건너에 갔다 왔다구 했것다?"

"예."

한복이 긴장해지면서 대답했다.

"월강죄를 져야 될 줄 알겠지?"

"예."

이정래는 큰기침을 하고 월강죄인 이한복에게 선고를 내렸다.

"태(笞) 십을 쳐 돌려보내라."

"태 십이랍신다."

급창이 복창했다.

긴장했던 관속들은 깜짝 놀랐다. 매 10대면 좀도둑밖에 못 가는 형벌인 것이다.

'월강죄가 좀도둑밖에 못 간다?'

그러나 사또의 분부가 그러니 할 수 없는 일이었다.

7

 극형을 당하리라고 숨이 한 줌만 했던 것은 한복이 가족만이 아니었다. 함께 갔던 사실이 탄로될 걸 두려워했던 장치덕이 가족만도 아니었다.
 '사잇섬 농사'를 짓고 매 10대로 때웠다는 소문이 퍼지자 온 동네가 기뻐했다.
 목숨과도 바꿀 각오였거든, 볼기짝이 조금 짓무르는 정도라면야— 사잇섬 농사를 눈감아 주는 거나 다름없다.
 —농민들은 이렇게 생각했기 때문이었다.
 '신관 사또는 명관이야!'
 그리고 이미 강 건너로 넘나들던 사람은 물론, 떨기만 하고 용기를 못 냈던 축들도 부지런히 사잇섬에 간다는 핑계로 두만강 저쪽에 농사지으러 내왕했다.
 밤에만이 아니었다.
 낮에도 넘나들었다.
 혼자만이 아니었다.
 몇 사람씩 패를 지어 가기도 했다.
 이 동네만이 아니었다.
 이웃 동네도, 그 이웃에서들도 '사잇섬 농사'는 공공연한 도경(盜耕)으로 강 건너에 제 농토같이 갔다 오곤 했다.
 관속이나 포리들도 말을 못했다.
 "어디 갔다 오는 거요?"
 알고도 이렇게 물으면,

"사잇섬에요."

이런 대답이면 그만이었다.

강 건너라고만 하지 않으면 등에 감자를 졌건 조 이삭이 든 자루를 멨건 무사 통과였다.

한복이 말대로 늦게 건너간 사람은 메밀을 뿌리기로 하는 밖에 도리가 없었다.

장독(杖毒)이 풀릴 겨를도 없이 한복이는 사잇섬 농사에 더욱 열심이었다. 뜻 맞고, 손발 맞는 처남 장치덕이와 함께이고 보니 하는 일에 더욱 신명이 났다.

그리고 지금도 기음매러 같이 건너갔다 온 치덕이와 갈라져 집으로 돌아오는 삽짝 앞에서다.

치덕이 아들 두남(斗南)이와, 제기 차는 데 골똘한 장손이를 보았다.

"이 제기 참 잘 붙지?"

하얀 새 깃이 달린 제기로 '콧등수리(한쪽 발을 땅에 붙이지 않고 그 발등으로 차는 제기. 제기를 땅에 떨어뜨리지 않고 많이 차기 내기다)'를 하고 있는 중이었다.

"열한나, 열두훌, 열세이……."

깃을 쾌적하게 떨면서 한 자 가량의 공간 위에 올랐다가 제기는 확적하게 장손이 발등, 그것도 발가락이 있는 부분, 신등에 내려와 앉으려고 한다. 그러나 장손이의 발은 적당한 탄력을 가지고 내려앉으려는 제기를 맞이해 살짝 찬다. 제기는 착 소리를 내면서 깃을 떨고 다시 올라간다.

"열너이, 열다슷……."

장손이는 우쭐해서, 두남이는 부러운 듯이, 함께 제기가 올라가는 대로 셈을 세고 있다.

"열여슷, 열일곱……."

그러다가 두남이가 다가오는 한복이를 발견한 모양이었다.

"아주방임둥!"

"으응, 제기를 차니?"

아버지의 목소리를 듣자, 장손이는 얼른 제기를 집어 호주머니에 꾸겨 넣듯이 했다. 황겁한 태도는 마치 무얼 도둑 하다가 들킨 것 같은 행동이었다.

한복이의 머릿속에 번쩍 하는 것이 있었다. 감자 세 알이었다. 새 깃 제기와 관련이 있는 게 아닐까? 아들의 수상한 몸가짐…….

"제기르 어째 감치우니?"

어깨에 메었던 옥수수자루를 내려놓고 장손이 앞에 다가섰다.

"앙이오."

장손이 얼굴에 난처한 빛이 떠돌았다.

"보자."

한복이 넓적한 손을 내밀었다.

"앙이오."

장손이 울상이 되었다. 그러면서도 마지못해 제기를 내놓는다. 손이 떨리고 얼굴이 핼쑥해졌다.

한복이 한번 차보았다. 그리고,

"제기가 좋구나! 뉘기 만들어 주디?"

아버지가 제기를 차므로 마음이 놓였던 장손이는, 다시 움찔하지 않을 수 없었다.

"앙이오."

"앙이랑이?"

대뜸 수상하다고 생각했다. 한복이는 넘겨짚었다.

"감쥐하구 바꼈지?"

눈을 부라렸다.

"앙이오."

"또 앙이야?"

얼굴을 뚫어지게 쏘아봤다.

"앙이란데두."

그러나 울지는 않았다.

"정말이야?"

할머니의 귀염둥이다. 아버지를 무서워했을 뿐 아니라 어린 게 고집불통이었다. 장손이는 입을 다물고 아무 대답이 없었다.

이미 지나간 일이었다. 그리고 결과가 좋았으므로 밀고한 자를 구태여 들춰 낼 필요가 없기도 했다.

그러나 병든 노모와 굶주린 처자를 살리기 위해 목숨을 걸고 하는 일을 관가에 고자질하는 썩어빠진 작자는 찾아내어 동네에서 몰아내지 않아서는 안 된다고 생각했다.

할아버지에게서 받은 무언의 교훈이 불의를 보고는 견디지 못하게 하는 것인가? 밀고자나 배신자는 이웃해서 살 수 없다고 한복이는 생각하는 거다.

다시 물었다. 이번에는 나긋나긋하게.

"감쥐 세 개하구 바꼈지?"

"……."

역시 장손이는 입을 다문 채로 서 있었다.

"뉘기하구 바꿨니, 두남이하구지?"

그리고 한복이는 두남이를 보았다.

"나하구 바꾸재냈소꼬망."

두남이도 고모부를 무서워하는 터라, 당황하게 머리를 가로저었다.

"그럼 뉘기하구 바꾼 거 너는 알겠구나······."

"삼봉이하구."

고모부의 위엄에 눌려 마음이 약한 두남이가 마침내 입을 열었다.

"삼봉이?"

한복이는 뇌까리고,

'그러면 틀림이 없구나.'

밀고는 삼봉이 아버지 최칠성(崔七星)이가 한 것이라고 단정해 버리었다.

그럴 까닭이 있었다. 최칠성이네와는 세구(世仇)의 사이기 때문이었다. 전하는 이야기는 이런 것이었다.

7, 8대 전 할아버지 때의 일이었다. 그때 관가에도 드나들었던 장손이네 할아버지는 삼봉이네 할아버지 명당자리를 권력으로 빼앗았다는 거다.

삼봉이네는 그 보복으로 몰래 그 산소에 가서 봉분 네 귀의 혈(穴)을 짚어 놓고 파묘축(破墓祝)을 고했다는 것, 발복을 하지 말라는 방자였다. 그 까닭인지는 몰라도 군관이었던 할아버지가 이내 죽고 장손이네는 내리 몰락을 했다. 삼봉이네도 시원치 않았다. 1백 50년 전의 일······. 실로 호랑이 담배 먹던 때의 이야기였다.

그러나 두 집 사이에는 몇 대를 내려오면서 이것이 은연중 서로 으르렁대는 원인이 되고 말았다.

지금쯤은 서로 잊어도 좋을 일이라고 한복이는 생각해 왔다. 그러나 삼봉이 아버지 최칠성이는 무슨 심보에서일까? 하찮은 일에서도 한복이를 적대해 내려왔다.

3년 전에 논꼬 때문에 대판 싸움이 벌어진 것도, 양보할 수 있는 일임에도, 최칠성의 까닭 없는 적개심이 서로 피투성이의 육박전을 벌어지게 만들었었다. 그리고 그 후 두 사람 사이는 더욱 험악해 내려왔다.

그러므로 칠성이 아들이 제기와 바꾼 감자를 빼앗아 고스란히 관가에 바친 것임에 틀림이 없다고 한복이는 생각하지 않을 수 없었다.

이렇게 생각하니 한복이는 와락 역정이 치밀었다.

"하필 그놈우 하구 바꾼단 말이야……."

아버지의 기세가 너무도 무서웠다. 눈에서 불똥이 튀어나온다. 장손이는 겁에 질려,

"아앙."

울음을 터뜨렸다.

"이 새끼 울기는! 사내새끼가 찍하문 울구."

고집이 센 것은 좋은 편도 있으나, 할머니를 의지하기 때문에 마음이 약해지지 않을까 한복이는 그것이 걱정이었다. 이 아이만은 맏이기도 했으나 훈장을 하던 할아버지같이 훌륭한 사람을 만들고 싶었다.

"어째 그럽메, 아아르 울기구."

장손이의 울음소리를 듣자 한 씨가 안에서 내다보았다. 손자가 우는 게 마음이 아픈 모양이었다.

"그렇게 역성으 들어주니 찍하문 울재오."

늙은 어머니가 손자 귀여워하는 심정은 알 수 있으면서도 그 사랑하는 방법이 틀렸다고 한복이는 욱하고 치밀었다.

"집안 감쥐를 훔체다가 제기하구 바꾸구⋯⋯. 나쁜 짓으 돌아 댕기면 하는 놈 새끼⋯⋯."

주먹으로 쥐어박으려고 하는데 한 씨는,

"그러재내두 감쥐 때문에는 아아에미 하구 내 한테두 욕으 되게 먹었음메. 다시는 앙이 그러겠담메."

손자를 위해 변명이었다.

"어망이는 벌써 알았음둥?"

한복이는 물었다.

"삼봉이 제기가 탐이 나서 감쥐 세 알 하구 바꿨다잼메."

'역시 그랬구나!'

한복이는 최칠성이에 대한 분노가 더욱 치밀었다.

'최칠성 이놈우 새끼!'

당장 뛰어가서 얼굴에 침을 뱉어 주고 싶었다. 씨근거리는데 한 씨는 말을 이었다.

"감쥐를 가지고 막 제기를 바꾸는데 옆으로 순라군이 지나갔다잼메."

아이들이, 이 고장에서는 볼 수 없을 뿐 아니라, 아직도 철이 이른 감자를 가지고 있으므로 의심을 품은 순라군은 감자의 출처를 물었다.

신관 사또에게 신임을 받기 위한 자료를 찾아다니던 참이었던가? 그는 아연 활기를 띠고 물은 것이다.

처음에는 굳게 입을 다물었다. 그러나 속셈이 있는 순라군은 두 아이를 윽박지르고 달래고 했다. 마침내 제기와 바꾸기로 했다는 걸 알았다. 엽전을 꺼내 삼봉이를 주고 제기를 차지했다. 그걸로 장손이를 낚았다.

"너의 아버지가 밤에 지고 온 기지?"

"모루옵꼬망."

"너의 아버지 이름만 가르쳐 주문 제기를 주마."

그리고 순라군은 장손이 앞에서 제기를 차 보였다.

제기가 탐나는 장손이는 마침내 아버지 이름을 대주었다. 새벽녘에 아버지가 감자를 지고 왔다는 사실도 쉽게 말했다.

한 씨가 이야기하는 걸 종합하면 이런 것이었다.

그러면 밀고자는 최칠성이가 아니고 아들 장손이던가?

한복이의 큼직한 손이 어린 장손이의 뺨을 후려갈겼다. 장손이는 단 한 대의 따귀에 코피가 터지고 쓰러졌다. 쓰러진 아들을 일으키고 한복이는 또 때렸다.

"고자질하는 새낀 죽여야 한다."

아이는 얼굴이 피투성이가 되어 벌벌 떨면서 울부짖었다.

"지엄마, 지엄마."

쿨룩쿨룩 기침을 하면서 한 씨가 황겁하게 뛰어나왔다.

"이기 무슨 짓입메?"

"어째 이럼둥?"

뒷방예가 맨발로 달려 나와 남편을 붙잡았다.

8

"서울서 관찰사가 온다지?"

"그런 모얘앵야."

"무슨 좋은 일이 있겠는지?"

"글씨 말입꼬망."

이른 가을이었다.

종성부중은 관찰사 맞이로 어수선했다. 국도(國道) 망가진 곳은 부역을 내어 고치고 시가지는 말끔하게 소제를 해놓았다.

관찰사란 서북경략사(西北經略史 : 평안도와 함경도의 경계가 되는 지방의 정치에 관한 사건을 처리하기 위해 임시로 임명한 벼슬) 어윤중(魚允中)을 말함이었다.

척양에 기세를 올리고 있던 조정이었으나 북부 조선 6군의 흉작을 모르는 체 할 수는 없었다.

어윤중을 경략사로 임명하고 그를 현지에 파견한 것이다. 재해지를 실지 답사케 하고 그 보고에 따라 적절히 조처하자는 정책에서였다.

굶주리고 헐벗은 백성들은 나라가 특파한 경략사를 구세주같이 맞아들였다.

변경에 팽개쳐 둔 채로인 백성을 나라가 돌보아 준다는 흐뭇한 생각도 있었다. 그러나 그것보다도 당장 급한 구휼품을 그득히 싣고 왔으리라 믿었기 때문이었다. 그러므로 굶주린 배를 안고 길을 닦았고, 헐벗은 몸으로 시내를 청소했다.

그러나 어윤중은 구휼품을 듬뿍 싣고 온 것이 아니었다. 소리 없이 왔다가 소리 없이 간 것이라고 할까? 이틀인가? 그가 묵고 있는 사이 시시각각으로 구호품이 나누어질 것으로 기다리던 백성들은 실망에 잠기지 않을 수 없었다.

"흥, 괜히 길으 닦았네."

"그러기 말입꼬망."

"도와두 주쟁쿠 관찰사구 무시기구 왔다 가문 소외앵 있음?"

"지 배부른데 백세엥 배고픈 거 어떻게 알겠관디……."

"굶어 팅팅 부슨 꼴으 실큰 보구 가라지."

중구난방으로 불평들이었다. 이런 혐구가 있는가 하면,

"가난은 나라두 구제르 못 한다쨈꼬마……."

하고 그런대로 어윤중의 행차를 옹호하는 편도 있었다.

"웬만한 마당에 비질이지, 6진(鎭)으 휩쓰는 이 가물에 관찰산들 어쩌겠수꼬마……."

"그렇잰쿠. 하늘이 비르 줘얍지 벨쉬 없지비."

한복이도 온건파였다.

어머니와 뒷방예가 철없이 입에서 나오는 대로 관찰사에게 욕설을 퍼부었을 때,

"그런 기 앙이야."

이런 말로 가족의 입을 다물게 했다.

그것은 어윤중보다도 부사 이정래를 믿었기 때문이랄까? 무엇보다도 경략사는 현지를 답사하러 온 것뿐이고 그의 장계에 따라 무슨 정책이 베풀어질 것이라는 사실을 알고 있기 때문이었다.

그리고 그러던 어느 날 이한복이는 다시 한 번 부사 이정래에게 불리

었다.

관속 한 사람이 이한복이를 찾아온 것이다.

"사또께서 오랍시오."

가족들이 뜨끔했다.

전에는 태 열 대로 무사했으나 이번에는 사잇섬 농사가 공공연한 비밀로 되어 있기는 하지마는, 역시 금령(禁令)임에 틀림이 없다. 더욱이 경략사가 다녀간 직후라 없는 죄도 있는 듯했다. 약한 백성의 관가를 무서워하는 마음!

그러나 한복이는 태연히 관속을 따라갔다.

이정래가 반겨 맞았다.

"요즘도 사잇섬에 가나?"

그러나 문죄하려고 하는 말은 아니었다.

"예."

"추수는 다 했겠지?"

"예."

"계량이 될 듯하냐?"

"어디메, 그렇게 많겠습메까?"

"몰래 짓는 농사라 욕심껏 못 하겠지……."

그리고 이 부사는 몸을 도사리고 엄숙하게 물었다.

"사잇섬 농사를 마음 놓고 지을 생각이 없느냐?"

"어째 없겠습메까."

"그러면 내 말에 똑똑히 대답해라."

"예."

"전에 네가 비석을 봤다고 했지?"

"백두산에 있는 빗돌 말입메까?"

"그렇다."

"예."

"나와 같이 그 비석이 있는 데까지 갈 수 있겠느냐?"

한복이는 움찔 놀랐다. 놀란 것은 가기 싫어서가 아니었다. 사또가 그 험한 산으로 가겠다고 말했기 때문이었다.

"있음메다마는……."

"용기가 없느냐?"

"앙입메다."

"그러면?"

"무인지경이요. 길이 험난한데 사또님께서 귀하신 몸에 어떻게 가신다는 말씀입메까? 그걸 생각해 그럽메다."

"나를 생각해서?"

백성에게 실망을 주고 거쳐 간 어윤중이었으나, 이곳 백성을 위해서 볼 것은 보고 들을 것은 들었다.

눈으로 본 것은 팅팅 부은 얼굴들이었고, 들은 것은 굶어죽은 백성들의 비참한 이야기였다.

원체 민정을 너그럽게 받아들이는 인품을 가진 그이기도 했으나, 이번 순찰의 목적이 또 거기에 있었다. 어찌 마음에 감명됨이 없었으랴? 귀를 넓게 열고 눈을 크게 뜨고 민심과 민정을 빼놓지 않고 보고 들었다.

그런 중에서도 종성부사에게서 들은 '사잇섬 농사'에 대한 이야기가 무엇보다도 감명이 깊었다. 아사(餓死)보다도 죄사(罪死)를 택해 월강죄를 무릅쓰고 강을 건너가 도경(盜耕)하는 백성의 심정을 속속들이 이해했다. 죽음 앞에 이미 월강의 금령은 휴지가 되어 있는 것이 아닌가?

그러나 그것은 종성부 관하에서의 일뿐이 아니었다. 그가 답사한 두만강 연변(沿邊) 지방 어느 곳에서나 같은 보고를 들었었다. 무산(茂山)에서도 경흥(慶興)에서도 부사들은 월강죄로 다스리다가는 백성을 모조리 굶겨 죽이고 목을 베어 죽일밖에 없다고 입을 모아 말했다. 그리고 이런 엄연한 사실에 귀를 가릴 어윤중이 아니었다.

그러나 엄연한 사실에뿐만이 아니었다. 강화도에서의 프랑스 군함 격퇴, 대동강에서의 셔먼호 격침, 뒤를 이어 개선하는 전단(戰端)에서 우리 나라의 실력을 그릇 과신(過信)했던 그는 무인지경인 강 건너 옥토에 우리 백성이 건너가 농사를 지어먹는 걸 막을 필요는 어디 있을까 생각했던 것이다.

'양인들의 군함도 우리 손으로 물리쳤거든……'
"월강은 막을 일이 아니라, 도리어 권장해야 된다."
그의 결론은 이런 것이었다.
"이거야말로 30년래의 대흉작을 수습하는 가장 유력한 방법일 수도 있고, 박토에서 허덕이는 북부 6진 농민들에게 영구히 활로를 열어 주는 방편도 된다."

그리고 그는 조정에 올리는 장계(狀啓)를 꾸몄다.

긴 문장이었다. 그 문장에 어윤중은 자신이 본 이재민의 참상을 자세히 썼다. 아사냐? 죄사냐? 둘 중의 하나를 택해 월강 도경하는 변경민(邊境民)의 절실한 생존 문제를 여러 지방의 실례를 들어 기록했다. 그리고 부사 이정래에게서 들은 대로 백두산록의 정계비를 본 사람의 이야기도 했다.

"강북은 우리 땅임이 분명합니다."

그리고는,

"사정이 이렇고 보니, 월강죄인은 이루 다 죽일 수 없노라(越江罪人不可盡殺)."

이렇게 강조했다.

장계를 서울로 띄우면서 어윤중은 종성부사에게 은근히 부탁하였다. 백두산에 있는 정계비를 확인해 보고하라고…….

어윤중이 넌지시 뚱기어 준 일도 있으나, 백두 영봉에 올라가 볼 기회는 이번을 놓치고는 없다고 생각한 것일까? 이정래는 불현듯 감자 사건 때의 이한복이를 떠올리고 그를 부른 것이었다.

그랬으므로 한복이가 험한 산행(山行)을 염려해 주는 게 이정래로서는 고마우면서도 우습지 않을 수 없었다.

"허, 허, 허!"

한바탕 호탕하게 웃고 난 다음, 이 부사는 목소리를 가다듬었다.

"그건 걱정 말아라. 백성을 위하는 일이다. 하루가 급하다. 다만 걱정되는 것은 네가 길을 잊지 않았을까 하는 것이로구나."

사또의 말에 한복이는 갑자기 기운이 솟았다. 힘 있는 목소리로,

"염례 없습메다."

"큰소리를 친다마는 정녕 찾을 수 있을까?"

"얼매든지 찾을 쉬 있겠습메다."

"달리 길을 아는 사람도 있으니 그럼 함께 떠나기로 준비를 해라."

"예."

9

한복이 백두산에 가게 된 걸 알고 가족들은 또 불안에 잠겼다.

감자 사건 때와는 성질이 다른 불안이었다. 밀도(密度)의 차라고 할까? 감자 때에는 불안의 밀도가 강했다. 그러나 그게 이내 해소되었다. 관가에 잡혀 갔을 때에는 어리둥절, 무엇에 뒤통수를 얻어맞은 듯했을 뿐, 이제 뼈에 스며드는 걱정이 시작된다고 생각한 무렵에 풀려 나왔다.

그리고는 그 결과가 오히려 거뜬했다.

그러나 이번 것은 그렇지 않았다.

한 씨와 뒷방예에게 각각 가슴 아픈 기억을 들추어내게 했기 때문이었다.

한 씨는 10년 전의 일이 떠올랐다.

한복이 열여덟 살 때다. 그때엔 아버지가 살아 있었다. 엄격하고 고지식하기만 한 아버지와 한복이는 늘 충돌을 일으켰다. 한복이는 호방한 성격이었다. 밭에 쭈그리고 앉아 땅김에 숨이 콱콱 막히는 기음보다 산에 훨훨 토끼를 쫓아다니는 데 더 흥미가 있었다. 지긋이 고향에 붙어 있느니 시집간 누이네 집들을 찾아 여기저기 돌아다니는 게 좋았다. 농사를 짓기 싫어서가 아니었다. 암만 열심히 농사를 지어도 그 앞에는 나갈 구멍이 틔어 있는 게 아니라고 생각했기 때문이었다.

할아버지의 정신적 영향이었고, 그 성격의 유전인지도 모를 일이었다.

―할아버지는 이를테면 근세조선의 후기를 좀먹은 '세도정치(勢道政治)'의 희생자였다.

1432년(세종 15년) 김종서가 오랑캐를 물리치고 두만강변에 6진을 개척한 후 강행한 이민정책에 따라 경상도 두메에서 부령(富寧) 지방에 온 것이 한복이네 선조가 이 고장에 이주하게 된 시초라고 했다. 부령에 온 선조는 총각으로 홀몸이었었다. 장가도 그곳에 와서 들었다. 아들 넷을 낳았다. 지금 종성 지방에 살고 있는 집은 네 아들 중의 한 파였다. 그러나 언제 몇 대 때에 이주했는지 확실히는 모른다. 다만 저희가 장손 계통이라는 것만은 그들 사이에 전해 내려오고 있는 확실한 이야기였다. 그 중에서도 한복이네 집이 장손 줄기라는 것이었다.

대대로 일족은 농사로 업을 삼아 미미한 생계를 유지해 나갔으나 한복이의 고조부 때에 다소 치부를 했다. 고조부는 손자를 사랑했다. 그 손자가 한복이의 할아버지다. 한복이의 할아버지는 그의 할아버지가 마련해 준 독훈장을 모시고 공부를 했다. 총명한 아이였으므로 진보가 빨랐다. 여덟 살에 『사략』, 『통감』을 떼고 열일곱 살 때에 이미 『사서삼경』에 『제자백가(諸子百家)』를 통했다. 자신만만하게 과거를 보러 서울로 올라갔다. 집에서는 몰래.

그러나 홍경래 난(1811년)의 원인이 마련되고 있는 시대 배경이었다. 과거제도는 형식뿐, 세도와 문벌과 뇌물이 급제의 조건이 되고 만 때였다. 관북 6진 두메의 상놈에겐 결국 하룻강아지 범 무서운 줄 모르는 격이 되고 말밖에 없었다.

돌아와서부터는 울분을 끌 수 없었다. 쩍하면 서울로 오르내리고 집에라고는 붙어 있지 않았다.

그러나 고조부가 돌아가시고 가세가 갑자기 기울어지기 시작했다. 가산이 기울어진 것을 가업의 이단자, 글을 읽은 아들의 소치라고 생각했다. 한복이의 증조부, 할아버지의 아버지는 아들을 몹시도 나무랐다.

"이날 이후에는 내 눈에서 보이지 말아라. 농새르 앙이 하는 놈우 새끼는 소용이 없다."

할아버지는 고향을 떠나고 말았다. 부모처자를 팽개치고……. 생사의 소식조차 알리지 않은 채 15~16년이 지났다.

돌아왔을 때는 이미 오십이 된 병든 몸에 거지꼴이었다. 어디를 돌아다녔다는 말도 하지 않았다. 천주교를 쫓아다녔을 거라고들 생각했다. 그러나 본인은 그런 말을 입 밖에 내지 않았다. 가족들도 속으로 짐작을 했을 뿐 입 밖에 내어 물을 수도 없었다. 천주교도는 그 무렵 벌써 잡아 죽였기 때문이었다.

그때의 가장은 한복이의 아버지였고, 한복이는 여섯 살이었다.

한 1년 정양을 했으나 겨우 동네 아이들에게 천자문을 가르쳐 주는 게 고작일 건강 회복이었다. 그리고 그것도 오래 계속되지 못했다. 다만 철없는 한복이를 무지에 앉혀 놓고 나라에 대한 불평의 일단을 옛날이야기나 익살같이 비꼬아 들려주는 걸로 위로를 삼았다. 그리고 뜻을 얻지 못한 채 비참하게 세상을 떠났던 것이다.

―이런 할아버지였다.

나이 어렸으므로 글을 배우지 못한 아쉬운 생각과 더불어 한복이의 머릿속에는 할아버지의 영상(影像)이 무슨 성자(聖者)의 모습처럼 간직되어 있었다. 연골에 박혀 있는, 그가 들려준 단편적인 이야기와 함께…….

그러나 한복이의 아버지는 농사에 탐탁해하지 않고 돌아다니기를 좋아하는 아들을 볼 때마다 자신의 아버지를 생각하지 않을 수 없었다. 또 하나 가업의 이단자요 패가자(敗家者)가 생기는 게 아닌가 이런 걱정에서였다.

패가자! 친족들만이 아니었다. 한복이의 아버지도 그의 아버지를 이렇게 부르고 있었다.

그 패가자가 한 대를 건너 또 난다. 근직한 농부인 한복이 아버지로서는 생각만 해도 몸서리가 쳐지는 일이었다. 패가자가 되지 말게 하기 위해 아버지는 한복이를 몹시도 책했다.

"이놈우 새끼, 농사르 짓잰쿠서리, 빨리 뒈져라."

그러나 한복이는 도리어 며칠을 집 안에 쓰고 드러누웠고 되게 나무라면 훌쩍 어디로 가버린다. 한 닷새 지나 돌아와서는 얼마 동안은 아버지를 도와 농사에 열을 낸다. 그러다가도 이내 밭일에 신명을 잃곤 했다.

그러나 여름이었다. 논꼬에 물을 댈 일, 기장 밭에 기음맬 일, 일이 태산 같았으나 한복이는 여느 때처럼 느릿느릿 게으름만 피웠다.

그런 어느 날, 밤중에 논물을 대지 않아서는 안 될 일이 생겼다. 일어나 나가자고 아버지는 아들을 깨웠다. 그러나 한복이는 낑낑거리기만 할 뿐 선뜻 자리에서 일어나지 않았다.

대수롭지 않은 동기가 아버지의 참아 내려왔던 부아통을 터뜨리게 했다.

"이 간나 새끼, 네가 죽든지 내가 죽든지 해보자."

오십이 넘은 아버지는 늦게 본 아들이언만 열여덟 살 된 한복이를 홱 나꾸어 일으켰다.

밖으로 끌고 나갔다.

붙들고 늘어졌다. 장작개비로 두들겨 팼다.

"농사르 짓기 싫어하는 놈우 새끼는 죽예야 한다."

어머니가 뛰어나왔다.

이웃에서 말리러 나왔다.

아들을 붙들고 미쳐 날뛰는 아버지를 겨우 뜯어 놓았으나 그의 입에서는 이런 말이 튀어나왔다.

"이날 이후에는 내 눈에는 보이지 말아라. 농새르 앙이 하는 놈우 새끼는 소용이 없다."

할아버지의 아버지가 할아버지에게 하던 것과 꼭 같은 한마디였다.

며칠이 지나 한복이는 슬그머니 없어졌다.

전 같으면 길어 열흘이었다. 닷새만 지나면 비슬비슬 돌아오던 한복이 한 달이 되어도 돌아오지 않았다. 두 달이 되어도 소식이 없었다.

경흥에 시집간 맏딸에게 알아보았다. 안 왔더라는 것이었다. 온성 딸 집에서도 안 왔다는 회답이었다.

아버지는 입 밖에는 내지 않았으나 은근히 걱정을 했고 어머니는 날마다 목을 놓아 울었다.

그 낫세에는 누구에게나 있는 일시적인 반항심인 걸 지나치게 엄격한 영감 때문에 영 아들을 내쫓았다고 악을 썼다.

"그 새낄 상기 생각하구 있음?"

아버지는 이 말뿐, 아내를 되게 나무라지는 않았다. 그리고 농사에만 열중했다.

여름이 가고 가을이 지나 겨울이 되었다. 그해 겨울은 일찍 추위가 닥쳐왔다.

이른 추위와 함께 열병이 돌았다.

한복이 집안도 빼지 않았다.

처음에 누운 사람이 시어머니였다. 머리를 들 무렵에 아버지였다. 그러나 그 아버지가 첫 고비를 넘기지 못하고 쓰러졌다.

"한복아, 논꼬를 대라 가자."

아버지는 크게 헛소리를 치면서 벌떡 일어났다가 눈을 둥그렇게 뜨고 쓰러지자 그만 운명하고 말았다. 그 비통한 얼굴!

한복이 집에 돌아온 것은 설이 임박해서였다.

어린 동생들까지 구르고 난 뒤였다. 병마는 물러갔으나 아버지 없는 집안은 비참하기 짝이 없었다.

몇 달 동안에 폭삭 늙어진 어머니가 들려주는 아버지의 임종 광경!

한복이는 바싹 정신이 차려졌다.

그 후 이내 뒷방예에게 장가를 들었다.

그리고 10여 년을 얼마 안 되는 전래의 농토를 붙잡고 충실한 농부로 가장 노릇을 해내려왔었다.

그해의 방랑생활에서 한복이는 포수를 따라 백두산에도 갔던 것이다. 훨훨, 사냥꾼이나 되어 본다고……. 할아버지의 빗돌 이야기로, 한복이에게 백두산은 호기심을 끄는 영산이기도 했다.

─그때의 쓰린 기억!

한 씨는 백두산 소리만 들어도 그 기억이 뭉클하고 떠오르는 것이었다. 가슴이 후들후들 떨렸다. 그러나 뒷방예의 머릿속에 있는 백두산은 시어머니의 것보다는 다소 로맨틱했다.

뒷방예의 친정은 본래 무산(茂山) 지방에서 살았다. 종성으로 이주하기 훨씬 전의 이야기였다고 했다.

뒷방예의 증조부의 맨 끝 어른의 젊었을 때 일이었다.

그는 이웃에 사는 처녀에게 혹했다. 청혼을 했다. 그러나 색시 집에서는 가난한 농부의 막내아들에게 딸을 줄 수 없다고 한마디에 거절했다. 그리고 읍내에 시집을 보냈다.

실연의 상처를 안고는 땅에 엎드려 농사를 지긋이 지을 수 없었다.

돈을 벌어야 된다. 그래서 복수를 하자. 그리고는 백두산에 산삼(山蔘)꾼을 따라 나섰다.

그러나 한번 간 후 소식이 없었다.

호환(虎患)이었을 거라고도 했다. 굶어죽었을 거라는 말도 있었다.

어떻든 백두산에 산삼을 캐러 가서 돌아오지 않은 이 할아버지의 로맨틱한 죽음을 후손들이 가련하게 생각했다.

뒷방예의 아버지가 한때 그의 생일을 기일(忌日)로 삼아 꼬박꼬박 제사를 지내 주었다.

어렸을 때 뒷방예는 그의 제사를 지내는 날 밤에 어른들이 하는 이야기를 들었다. 그러나 어린 뒷방예는 그 할아버지의 로맨틱한 실종보다도 백두산이면 호랑이가 사람을 잡아먹는 험한 산악지대요, 한번 가면 좀처럼 돌아올 수 없는 곳이라는 인상이 박혀 있었다.

그 인상은 어른이 되어서도 좀처럼 사라지지 않았다.

남편이 백두산으로 간다는 말을 듣자 불안해지는 것도 그 인상이 문득 되살아났기 때문이었다.

"또 백두산으로 가자구 하니?"

한 씨는 이렇게 말했고,

"아쩌자구 간다구 대답으루 했음둥?"

뒷방예는 이렇게 쉬 승낙한 남편을 나무라기까지 했다.

"벨걱정 다 하네."

한복이는 어머니와 아내의 불안한 표정이 우스워 견딜 수 없다는 듯이 한 마디를 던졌을 뿐, 더 말이 없이 길 떠날 준비를 했다.

10

무산까지는 평탄했으나 그 앞이 문제였다. 그대로 탐험의 연속이었다. 길이 험난했다.

일행은 이정래를 모시는 관속들과 한복이 외에도 길을 잘 안다는 포수 한 사람, 짐꾼까지 얼러 10여 명이었다. 한둔할 준비가 톡톡히 마련되었다.

일행은 농사동(農事洞)에 이르렀다. 그리고 여기가 최후의 숙소였다. 그 앞은 무인지경이기 때문이다. 수해(樹海)! 두만강 연안에 연한 장백산 동지맥(東支脈) 일대에 퍼져 있는 아름드리나무의 바다! 그 속을 일행은 헤엄쳐야 했다.

그리고 오직 전진뿐. 쳐다보면 보이느니 얼기설기 가지와 가지! 잎과 잎이 엉클어져 화단 면적만큼도 파란 하늘을 찾아내기 힘들었다.

평지는 아직도 잔서(殘暑)가 이마에 구슬땀을 맺게 하는 계절이었으나, 여기는 이미 늦가을이었다. 그러나 여름철 우기가 아님이 오히려 일행의 탐험에는 편리했다.

추위에 대처할 준비가 거의 완벽이었으므로 불을 피우면서 하는 노숙(露宿)이 때로는 즐겁기도 했다. 대체로 즐거운 탐험이랄 수 있었다. 부사 이정래는 귀한 몸이면서도 백두 영봉을 찾는 탐험에 별로 괴로운 표정을 나타내지 않았다. 그 수하 사람들이야……

한복이는 10년 전의 기억을 더듬어 인도자의 구실을 곧잘 했다. 길에 익은 포수가 있으므로 헛수고가 없었다. 험준한 백두산정에의 길이 노상 험한 길만은 아니라고 느꼈다.

까칠봉[茂峰], 신무치(神武峙), 무두봉(無頭峰)에서 각각 하룻밤씩 사흘을 한둔했다. 나무의 창해(滄海)를 헤엄치기 사흘인 셈이었다. 그리고 무두봉에서 또다시 두어 마장을 더 전진했을 무렵 앞이 탁 트였다. 며칠 만에 바라보는 파란 하늘! 앞은 흰 모래밭이었다. 가슴이 탁 트이는 감동! 수해가 끝난 것이다.

이제부터 천지(天池)를 향해 경건한 걸음밖에 남지 않았다. 그곳까지의 30여 리가 새하얀 모래로 깔려 있다. 백두산! 그대로 머리가 흰 산, 그 흰 머리 속에 일행은 들어선 것이었다.

어느덧 천지 옆에 이르렀다. 돌병풍에 둘러싸여 있는 파란 물! 신비를 머금은 채 고요하다.

일행은 옷깃이 여며짐을 깨닫지 못했고, 오직 머리가 수그러질 따름이었다.

신화와 전설의 배경이요 그 근원이 됨직한 천지!

─태초에 장백산 위에 있는 호수에 하늘에서 선녀 셋이 내려왔다. 아름다운 선녀였으나, 셋째가 으뜸이었다. 불고륜(佛庫倫)이라는 이름이었다. 불고륜은 용모와 더불어 거룩하고 마음씨도 고왔다. 고운 마음씨기에 고요와 맑음이 깃들여 있는 연못이 마음에 들었다.

언니네들과 즐겁게 연못에 미역도 감으면서 즐기던 어느 날, 빨간 빛이 짓무른 농익은 과실을 먹었다. 이상한 일! 그날부터 태기가 있었다.

달이 차고 보니 아기가 태어났다. 영특하고 어질게 생긴 옥동자였다. 포고리옹순(布庫里雍順)이라고 이름을 지었다.

무럭무럭 잘 자랐다. 나이가 찼다. 옹순은 어머니의 명령을 받들어 호수에서 흘러내리는 강물을 따라 인간의 세계로 내려갔다. 삼성(三姓)의 난리를 평정하고 백격격(白格格)이라는 여자와 결혼을 했다. 그리고 장백산(백두산) 동쪽에 도읍을 정하고 나라를 세웠다. 국호를 '만주(滿洲)'라고 했다. 청 태조 누르하치는 그 옹순의 먼 후예라는 것이다.

건국신화! 지배자의 신격화! 만주족에게는 피지배자가 우수한 한민족(漢民族)이기에 더욱이 요청되는 일이었다.

만주족으로 집권된 청조(淸朝)도 그 중흥기에 이르러서다. 임금 강희(康熙)는 그 필요성을 더욱 느낀 것인가? 건국신화가 말하는 영지(靈地) 장백산이 제 판도임을 밝히려고 했다.

1712년이다.

강희는 목극등(穆克登)을 사절로 파견했다. 장백산맥을 중심한 산악 지대를 답사하고 조선 조정과 절충해 국경선을 획정하라는 특명을 주어…….

목극등은 곧장 서울로 왔다. 조정에 국경선 때문에 온 뜻을 전하고 조선 측 대표를 요청했다. 함께 현지에 가서 획정하자는 뜻에서였다.

조정에서 대표를 보냈다. 두 나라 대표는 함께 혜산진까지 왔다. 그러나 수해(樹海) 속이요 험한 산악지대를 답사하는 게 귀찮은 일이 아니랴.

목극등이 말했다.

"수하 사람들을 보냅시다."

조선 대표도 응했다.

"그럽시다."

그리고 청국 측이 요청하는 대로 하급 군관 2~3명과 통역을 따라 현지로 보냈다.

저쪽은 부하라도 정사(正使) 목극등을 대신할 수 있는 사람이 주도가 되었고…….

―이렇게 하여 그들 정대표들이 수청 든 기생을 무릎에 앉히고 환락에 잠겨 있는 사이에 두 나라 국경선은 정해졌고, 정계비(定界碑)도 청국 측이 마음대로 만든 글을 돌에 새겨 세웠던 것이었다.

일행은 그 정계비가 세워 있는 곳을 찾았다. 그리고 그것은 쉽게 찾을 수 있었다. 천지에서 동북으로 두어 마장 내려온 모래밭 속에 있었다.

한복이가 10년 전에 본 일이 있는 낯익은 빗돌. 돌아간 할아버지를 대하는 듯했다.

종성부사는 비문을 주의 깊게 읽었다.

烏喇摠管 穆克登 奉
大 旨査邊, 至此審視, 西爲鴨綠, 東爲土們,
故於分水嶺上, 勒
石爲記
淸 康熙 五十一年 五月 一五日

'서쪽은 압록강이요, 동쪽은 토문강(土們江)이라? 그리고 분수령 위에 비를 세운다?'

빗돌을 뚫어지게 보던 이정래의 눈이 빛나기 시작했다. 거듭 이런 말을 중얼거리다가 근처 지리에 통한 포수에게 묻는다.

"두만강 말고 토문강이라고 있는가?"

"예."

포수는 서슴지 않고 대답하고 팔을 들어 손가락으로 두만강 아닌 토문강 물줄기를 가리켰다.

"저 물이 토문강인가?"

"예."

"정녕?"

"그렇습메다."

포수가 가리키는 강물은 백두산에서 동북으로 흐르고 있었다. 그리고 그것은 바로 만주 대륙을 남북으로 관류하는 대송화강의 상류인 것이다.

이정래는 머리를 끄덕이고 힘 있는 목소리로 포수와 한복이에게 물었다.

"여게 정녕, 압록강과 두만강과 토문강이 발원(發源)하는 곳이 있으렷다. 너희들 보았거나 들은 일이 없는가?"

"예, 우리들이 여기 오면 두 다리를 쩍 벌려 딛고 서서 오줌을 누면서, 이쪽 다리는 압록강이요 이쪽 다리는 두만강이다. 오줌은 토문강에다 보태준다고 농담하는, 실개천 같은 게 세 갈래로 갈라진 데가 있습메다."

포수가 웃으면서 대답했다.

"가보자!"

그곳도 쉽게 찾을 수 있었다. 그것은 조선쪽으로 면한 골짜기에 있었다.

"잘 알겠다."

답사는 이런 것으로 끝났으나, 얻은 결론은 다음 같은 것이었다.

─토문강은 두만강이 아닌 별개의 강이요, 이것은 송화강의 상류다. 비문에 새겨 있는 대로 서쪽이 압록강이고 동쪽이 토문강인 선(線)으로 국경을 삼는다면, 송화강 이남의 방대한 지역은 우리나라 땅임이 분명하다는 것이었다.

다만 의심스러운 것은 발원지인 분수령 위에 비가 서 있지 않은 것이었다. 그러나 그것은 처음부터 눈에 띄는 지금 위치에 세웠거나, 발원지 분수령에 있던 걸 후에 지금 자리에 옮겨 놓은 게 아닐까고 이정래는 좋도록 해석해 버렸다.

11

왕복 20여 일이 걸렸다.

사또를 모신 행차였고 갖출 것도 부족됨이 없었으므로 유쾌한 탐험이기도 했다. 그러나 그러면서도 밀림 속의 무인지경을 며칠씩 한둔하지 않아서는 안 되었던 여행이라 돌아온 일행의 꼴은 거칠고 초췌했다. 원체 살거리 없는 한복이의 몰골은 거지를 방불케 했다.

살아 돌아온 것이 반갑기는 하면서도, 어머니 한 씨와 아내 뒷방예의 가슴은 또 아팠다.

"사람 꼴이 저렇게 됐으니 고새앵들 얼매나 했겠음."

그러나 한복이는 마치 개선장군 같은 기개였다.

강 건너가 우리 땅임을 두 눈으로 보고 왔으므로 그럴밖에 없었다.

북간도 63

먼지투성이요 수염이 무성한 얼굴 속에서 이빨을 드러내고 벙글벙글 웃었다.

"어망이 좋은 쉬가 생기게 됐음메다. 강 건네가 우리 땅이랍메다."

"그러믄 가망이 넘어 댕기재내두 일없겠구나."

"그렇구말구."

개 짖는 소리에 가슴을 죄지 않을 것만이 대견한 듯 한 씨는 기침을 하면서도 누런 얼굴에 안도의 빛이 떠돌았다.

이 소문은 종성부 관하에 쫙 퍼졌다.

"강 건너가 우리 땅이다."

"사또가 직접 보구 왔다."

"제 나라 땅이니 이제는 마음 놓고 넘어가서 농사를 지을 수 있다."

백성들은 무슨 은혜나 되는 듯이, 이런 말을 한 입 두 입 전해 퍼쳐 놓았다.

"이제 살게 되는가 부다."

종성부하만이 아니었다. 변경 일대에 이 소문이 퍼졌다.

"강 건너에 가서 기름진 땅에 맘 놓고 농새르 지어 봤으문……."

그리고 이런 모든 농민들의 소원이 성취되는 날이 오고 만 것이었다.

월강령 해제의 포고였다. 강을 넘어가도 죄가 되지 않는다. 백성들은 와아 하고 환성을 질렀다.

어윤중의 장계와 이정래가 실제로 답사한 보고는 조정으로 하여금 이런 조처를 취하게 만들었던 것이다.

그러나 그뿐이 아니다. 조정에서는 지권(地券)을 내주어 자유롭게 건너가 농사를 짓게 마련했다. 희망자는 거기서 살도록까지 해주었다.

이미 사잇섬 농사는 목숨과 바꾸는 도둑 농사가 아니었다. 땀을 흘리고 지은 곡식을 밤중에 두근거리는 가슴으로 등에 지고 오지 않아서는 안 될 까닭도 없었다.

넓은 토지, 기름진 땅, 흔한 통나무. 부지런만 하면 나무를 베어 마음대로 집을 지을 수 있었고, 힘에만 맞으면 얼마든지 농사를 지어 소출을 낼 수 있는 땅……. 그 땅에 가서 살 수 있다는 것이었다.

지권을 얻는 사람이 뒤를 이었다. 오늘 한 가족이 건너갔다는 소식이 들리면 이튿날은 다른 가족이 그 뒤를 따르는 광경이 눈에 띄었다.

역시 종성부하만이 아니었다.

변경 6진의 헐벗고 굶주린 백성들의 도강 행렬이 이곳저곳에서 그칠 사이가 없었다.

한복이 처남 장치덕이도 가족을 이끌고 떠날 준비를 했다.

한복이 잠자코 있을 리 없었다. 짝패 장치덕이와 행동을 함께할 작정이었다. 그러나 어머니 한 씨가 이 눈치를 채고 근심에 잠겨 있었다.

치덕이와 늦게, 강 건너로 옮겨 갈 의논을 하고 돌아온 밤이었다.

"아애비 이제 옴메?"

자정이 가까워졌는데도 한 씨는 자지 않고 아들을 기다리고 있었다.

한복이 부엌문을 열고 들어서니 아들이 들어오는 기척을 알고 금시 일어나 앉은 것이리라. 희미한 호롱불 속에 정주방에 앉아 있는 어머니 한 씨가 보였다(함경도 집은 부엌방과 정주방이 통해 있음). 쿨룩쿨룩 괴롭게 기침을 하고 있었다.

"어망이 상기 앙이 주무셨음둥?"

마음이 어두워지면서 한복이 물었다.

"잠이 오잼메."

연달아 기침을 하면서도 한 씨는 이렇게 대답했다.

얼른 정주에 올라갔다. 그리고 어머니를 뒤로 껴안듯이 하고 등을 쓰다듬었다.

겨우 기침이 머리를 숙이자 한 씨는,

"어디메 갔다가 이리 늦었음메?"

"두냄이네 집에 말돌이(마을)르 갔소꼬망."

"강 건네 가 살자는 상논으 한 기 앙임메?"

정기(精氣) 없는 눈을 똑바로 뜨고 한 씨는 아들의 얼굴을 보았다. 한복이는 뜨끔하지 않을 수 없었다. 선영(先塋)이 있는 이 고장을 버리고 떠날 수 없다고 어머니가 푸념처럼 뇌더라는 말을 아내에게서 들은 일이 있었기 때문이었다.

그러나 어차피 월강하기로 작정한 바에야 어머니를 설복하지 않을 수 없다고 생각했던 참이었다. 그러므로 지금 어머니가 먼저 말을 끄집어 낸 게 마침 다행이라 싶었다.

한복이는 대답했다.

"두냄이네와 같이 떠나자고 의논했소꼬망."

"앙이 됩메."

한 씨는 대뜸 머리를 가로저었다. 그 서슬에 기침이 또 머리를 쳐들었다. 쿨룩쿨룩……. 겨우 기침을 가라앉힌 다음 한 씨는 다시,

"앙이 됩메. 강 건네 가서는 앙이 됩메."

어조가 강경했다. 순간 한복이는 욱해지면서 목소리가 높아지지 않을 수 없었다.

"여기서 굶어죽는 것보다, 강 건너두 우리 땅이거덩, 넓고 기름진 땅에 가서 맘대루 농새르 짓구 사는 기 좋지 아내서 그럼둥?"

"그래두 앙이 됩메."

더 거친 말이 나가려는 걸 한복이는 걷어잡았다. 잠깐 한 씨도 말이 없다가 입을 연다.

"아애비, 강 건너 가서 살자는 생각두 모르는 기 아닙메. 그러나 이 늙은기 목숨이 붙어 있구야 어떻기 산소르 팽개치구 떠나겠습메. 아바지가 어떻게 돌아갔는지 압메? 한아방이(할아버지) 어떻게 돌아갔는지 압메? 그 이전의 어른들은 모르겠습메마는 두 어른은 모두 불쌍하게 돌아간 분들입메. 그분들의 산소르 팽개치구는 못 떠납메. 내가 눈으 뜨구 있구서리는 그렇게 못 갑메. 그분들뿐이겠습메. 어떻게 선산 옆으 떠나 산다구 그럽메?"

"……"

한복이는 이내 말을 할 수 없었다. 한 씨는 말을 이었다.

"아바지느 아애비가 백두산에 호랑이 잡으라 포수르 따라댕기는 동안에, '한복아, 논물 대라 가자' 하다가 돌아갔구, 한아방이는 서울루, 팔도강산으루 돌아댕기다가 비렁뱅이(거지) 돼 집에 오자 돌아갔습메. 이렇기 불쌍하기 돌아간 분드르 어떻기 팽개치구 떠나갔습메……"

"……"

"이렇게 얘기르 해두 떠나가겠다문, 나르 아버지 옆에 묻어 주구 떠납세. 지침이 나구 쉼이 차구, 나두 오라지 않을 것 같습메……"

어머니의 눈에 눈물이 괸 걸 한복이는 콧마루가 찡해지면서 보지 않을 수 없었다.

"어망이 눕소"

당장은 무어라 할 말이 없었다. 어머니를 안아 눕히고 한복이는 방으로 들어갔다.

"어망임이 말두 그렇기느 하지마는……."

뒷방예는 정주에서의 모자간의 이야기를 들은 것인가? 남편이 옆에 눕자 귀엣말을 했다.

"어떻게 해서래두 넘어가두룩 합세."

말수는 적었으나 무겁고 간절한 품이 여기서의 고생살이가, 뒷방예는 견딜 수 없는 모양이었다. 희망의 강 건너에 젊은 가슴이 부풀어 올랐다고도 할까? 거기에 친정집이 솔가해 떠난다는 사실이 뒷방예로 하여금 남편의 결심을 채찍질하지 않고는 견딜 수 없게 했는지 모를 일이었다.

"산소르 지키는 것두 중하지마는 산 사람 목숨이 더 중하잼둥? 장손이 그 어린기 얼굴이 누래 비슬비슬하는 거 보문 가슴이 메지는 거 같숫꼬망."

그러나 한복이는 밤에 몰래 사잇섬 농사를 지으러 갈 때나 백두산으로 사또를 모시고 갈 때와는 달랐다. 이번에는 더 힘이 냅뜰 계제이면서도 마음이 가라앉아졌다.

"가만히 있으라구."

역시 무거운 한마디로 아내의 입을 막았다. 돌아누워 잠이 들어 버렸다.

그리고 보름이 지난 뒤였다.

오늘은 장치덕이네 가족이 강을 건너는 날이었다. 이한복이 가족은 남겨 놓고 단신으로 먼저 처가와 함께 월강하는 날이기도 했다.

그동안 한복이는 뒷방예로 하여금 한 씨를 모시고 고향에 남아 있도록 설복시키는 데 무진 애를 쓰지 않을 수 없었다. 그렇게 하는 게 어머니의 뜻도 받들고 강을 건너가서의 경영을 건실하게 하는 방편도 되기 때문이었다.

어머니도 아들의 타협책엔 굳이 반대를 하지 않았고 뒷방예도 어차피 건너갈 바에야 남편이 먼저 가서 닦아 놓은 터전에서 살고 싶은 생각이 없지 않았다.

해소쟁이 시어머니를 혼자 모신다는 건 성가신 일이기는 했으나, 앞날을 생각하면 그것쯤은 참아낼 수 있겠다 싶었다.

이른 봄날이었다. 북변의 이른 봄이라 아직 땅 속의 얼음이 채 녹지 않은 때였으나, 볕은 제법 보드라웠다. 보드라운 햇볕을 받으며 일행은 두만강을 향해 동구를 벗어 나갔다.

솥, 항아리, 독, 뜨개 그릇까지도 모조리 갖고 가는 이삿짐이었다. 말 한 필을 내어 실었으나 나머지는 꾸려서 이고 지고 했다. 두남이는 제 아비가 업었다. 오줌 얼룩이 간 요에 싸 아버지의 등에 업힌 두남이는 볼부리 난 아이 모양, 수건으로 턱에서 두 귀를 올려 싸맸다. 어머니가 인 보퉁이에 매달아 놓은 바가지가 달랑달랑하는 걸 보다가는 놀란 토끼 같은 눈으로 따라 나온 장손이와 삼봉이를 보기도 했다.

두남이의 어린 눈에는 동무를 떠나간다는 슬픔이 깃들여 있는 것일까? 깜박깜박하는 눈딱지 속에서 처량한 것이 발산되었다. 그러나 장손이와 삼봉이는 아버지 등에 업혀 멀리 가는 두남이를 부러워하는 듯 호기심에 찬 얼굴로 제 동무를 보았다.

한 씨와 작별하는 두남이 할머니. 이승에서의 마지막이라고 두 사돈은 손을 맞잡고 코멘소리를 했다. 더욱이 딸을 남겨 놓고 가는 뒷방예의 어머니, 갔다가 돌아올 한복이면서도 영 보내는 것 같은 심정인 한 씨…….

그러나 떠나는 한복이나 장치덕의 가슴은 감격으로 벅차지 않을 수 없었다.

희망의 땅, 사잇섬으로…….

이제는 금단의 흐름, 두만강 속에 있는 모래섬 이름이 아니었다. 두만강 건너의 비옥한 농토 전반을 일컫는 이름이 되었다.

두만강에 합류하는 해란강(海蘭江)과 부루하더강(布爾哈德江) 유역에 전개되는 옥야 일대를 일컫는 명칭이 되고 만 사잇섬. 한자로 '간도(間島)'. 간동(幹東), 간토(墾土·艮土·間土)가 와음(訛音)된 것이라고도 하나 어떻든 간도!

압록강 이북을 서간도라고 하는 데 대해 두만강 건너는 '북간도'.

그 북간도를 향해 이한복 일행은 힘찬 걸음을 옮겨 놓고 있었다.

하늘이 맑았다. 바람기도 없는 날씨였다.

감자의 사연

1

자작나무의 가느다란 줄기 몇 대를 왼손아귀에 거머잡고 창윤이는 오른손에 쥔 낫을 등걸이 있는 밑쪽에다가 바싹 걸어 요령 있게 잡아당겼다. 쓰악, 낫 쥔 팔에 알맞춤 당길심이 느껴지면서 섶나무는 무력하게도 베어졌다. 벤 나무를 뒤에다 가지런히 뉘어 놓고 앞으로 헤쳐 나가노라니 신바람이 난다고 할까? 손아귀와 낫 끝에서 마음대로 다루어지는 섶나무가 오히려 정답고 대견스럽다. 상쾌한 기분으로 척척 두 손을 놀리고 있노라니 웅크린 윗몸 등어리로 햇볕이 포근히 쬐어 준다. 바람기도 없다. 보름 가까이 푸르딩딩하던 하늘, 황토풍(黃土風)마저 휘몰아치던 대륙의 봄 하늘이 단오를 지난 요 며칠은 말끔히 개었다. 봄이 한꺼번에 와락 달려든 것이랄까. 산과 들에는 철 이른 패랭이꽃이 벌써 피어 있었다. 그리고 창윤이 헤치고 나가는 나무 앞에도 패랭이꽃이 싱싱하게 눈을 쏘아 왔다. 이름 모를 새들도 삐리리, 쪽쪽…….

"현도야, 점심을 먹자."

갑자기 시장기가 느껴졌다.

머리를 돌려 바위 옆에서 콧노래를 부르면서 나무하기에 열심인 현도 쪽에 대고 소리를 지르다 말고 창윤이는 섬뜩해졌다. 바로 앞인 자작나무 옆에 기다란 율모기가 쫘 나왔기 때문이었다.

"앗!"

벌떡 일어나 한 걸음 뒤로 물러서면서 질겁을 한 소리가 나왔다.

"뱀이다. 뱀이다!"

"뱀?"

어느 결에 뒤에 있던 동규가 뛰어왔다.

"어디메 갔니?"

"일러루."

"이 간나 뱀이!"

놓친 게 분하다는 듯이 쥐고 온 낫으로 나무를 헤치면서 뱀이 사라졌다는 방향을 더듬어 나갔다. 뱀을 본 창윤이보다도 더 흥분하고 신명이 나 했다.

창윤이는 뱀이 싫다. 그러나 동규를 따라 서지 않아서는 안 된다는 의무감 같은 걸 느끼고 있는데,

"그 낫으로 콱 찔러 잡지 못하구 무시랬니?"

역시 한 손에 낫, 다른 한 손에 섶나무를 한 움큼 쥔 채 쫓아온 현도가 나무라는 듯한 말투였다.

"어떻게 낫으루 잡니? 징글스럽어서……."

"머저리 같은 소리두 한다."

"꼬리나 떨어져 봐라."

그 꼬리가 살아서 꼭 복수를 하고야 만다는 말이 생각났기 때문이었다. 현도도 그런 걸 생각한 것일까? 씽긋 웃고,

"얼라(어린애) 같은 소리르 작작 해라."

열다섯 살. 동갑이었다. 이제 그런 거쯤 거짓말인 줄 알아야 될 나이가 아니냐?

'당연한 말이다.'

창윤이도 웃었다.

그러나 뱀이 징그러운 건 어쩔 수 없었다. 이런 창윤이의 심정을 아는 듯 현도는,

"점심이나 먹자."

시장기도 느껴진 모양이었다.

"그러자."

둘은 지게를 세워 놓은 데로 걸어갔다.

현도는 손님이다. 50리 떨어진 월산촌(月山村)에서 창윤이의 할아버지 한복 영감의 병문안 겸 단오를 쇠러 왔다가 묵고 있는 중이었다.

이곳 비봉촌(飛鳳村)은 단오놀이를 크게 해 내려왔다. 씨름도 안기고 밤이면 사자놀이, 줄타기도 하고…….

그러나 금년은 청국사람과의 옥신각신 때문에 단오놀이를 전폐하고 말았다.

여느 해려니 하고 구경 겸 할아버지 장치덕이의 명령으로 창윤의 할아버지에게 문후하러 왔던 현도이기에 오늘은 화창한 날씨이므로 들놀

이 겸, 지게를 지고 동규서껀 온 거였다. 나무하는 게 주목적이 아니었다.
 그러나 도시락은 별게 아니었다. 쌀밥은 드물고 보니, 단오에 해먹고 남은 조차떡을 싸가지고 온 것밖에 없었다. 창윤이는 지게에 매놓은, 어머니가 싸준 도시락을 풀었다.
 "너 어째서 머리르 깎지 않니?"
 도시락을 푸는 창윤이의 머리는 땋아 드리워 검정 댕기까지 매고 있었다. 그걸 보면서 머리를 빡빡 깎은 현도가 물었다. 깎은 지 오래 되지 않은 모양이었다. 가르마 자국이 아직도 또렷했다.
 머리를 깎지 못하고 있는 걸 늘 꺼림칙하게 생각하던 창윤이의 얼굴이 화끈해지면서 대답했다.
 "우리 큰아배(할아버지)가 못 깎게 한다."
 "니 큰아배가?"
 "그래."
 현도가 이상하다는 표정으로 혼잣말같이 했다.
 "니 큰아배는 백두산에두 가구 그랬다문서……."
 저희 할아버지에게서 창윤이 할아버지의 여러 가지 무용담(武勇談)을 귀에 못이 박히도록 듣고 있는 터다. 그래서 어린 마음에 이한복 영감을 무척 존경하고 있었다. 그렇듯 환갑이 가깝기는 했으나 노상 완고는 아니라고 생각되는 창윤이 할아버지가 청국사람 꼬랑지 같은 머리를 아직도 드리우게 하고 있다니! 현도는 도무지 알 수 없는 일이었다.
 "그렇기는 해두 머리는 깎지 말라는 게다."
 도시락을 풀어 가지고 현도 옆에 앉으면서 창윤이 대답했다.
 "어째 그럴까?"

현도는 창윤이네 할아버지가 창윤이의 머리를 깎지 못하게 하는 까닭에 깊은 관심이 있는 눈치였다.

그럴밖에 없는 일이었다. 현도네 고장에서는 어른이고 아이고 모조리 머리를 깎아 버렸기 때문이었다.

그리고 그것은 그 동네 연로자인 현도네 할아버지의 명령이나 다름없이 실행된 일이었다.

목극등으로 하여금 정계비를 세워 국경선을 명확히 해놓았으나 그 후 70년 가까이 청국 정부는 이 지방엔 오히려 무관심한 상태였다.

그러던 청국 정부는 이 지방에 이민을 계획했다. 1881년에였다. 이 목적으로 파견된 조사대는 월강금지령 철폐 이후 10년 가까이 자유로 강을 건너 정주하고 있는 조선 농민들로 이 고장이 차 있는 사실을 보고 놀라지 않을 수 없었다. 보고에 접한 청국 정부에서는 곧 조선 조정에 통첩을 했다.

그곳은 청국 땅이다. 그러므로 그 지방에 살고 있는 조선사람은 청국 관청에 세금을 바칠 것, 청국 옷을 입고 머리를 깎아 드리울 것, 청국 법률에 복종할 것, 조선 국적을 버리고 청국에 입적할 것, 그렇지 않으면 전부 철거하라는 것이었다.

임오군란(壬午軍亂)으로 삼일천하의 대원군이 청한 청군이 서울에 진주해 있고 '조선은 청국의 속국이라'고 선포하던 시대적 배경이었다. 조선 정부는 강을 건너간 백성에게 철거명령을 내렸다. 그러나 대부분이 박토인 북부 6진이 고향인 조선 농민은 돌아가야 안주(安住)의 땅이 없었다.

조선 농민들은 정부에 이 사실을 진정했다.

앞서 어윤중의 명령으로 정계비를 조사한 일이 있었으므로, 이걸 근거로 조선 정부는 안변부사(安邊府使) 이중하로 하여금 청국 정부 대표와 현지에 가서 정계비의 문헌을 검토해 국경선을 감정하게 했다. 1885년의 일이었다. 문제의 초점은 토문강이었다. 청국에서는 토문강은 두만강이라고 주장했고, 이중하는 토문강은 송화강의 상류로 두만강과는 별개의 강이라는 점을 강력히 주장했다. 그러므로 간도는 당연히 우리나라 땅이라고 청국 대표들의 협박에 굴하지 않고,

"내 목이 달아나더라도 국토는 촌토(寸土)도 양보할 수 없다."

굳은 신념으로 이렇게 강경한 주장을 했다. 회담은 세 번 있었으나, 마침내 귀결을 짓지 못하고 말았다.

결정은 짓지 못했으나 청국은 강한 국권의 나라. 조선은 임오군란 후 민씨 일파의 외척 세도정치가 국력을 날로 기울어지게 만들고 있는 나라. 거기에 청국 이민들의 수가 불기 시작했다.

입적해라. 흑복변발(黑服辮髮)을 해라⋯⋯. 관청은 그들이 처음 통고한 정책을 조선 농민에게 강요했고 이민들은 국권의 힘을 믿고 조선사람을 압박했다. 그러나 그들이 국권을 뒷받침한 실력을 행사한다면 우리는 피땀으로 개척한 공로가 있다. 조선 농민이 만만히 물러설 까닭이 없었다. 고향이 박토라서만이 아니었다. 대원군 집정 이래 경복궁 중건 때문에 일어난 강제 부역과, 화폐절하로 생긴 생활고, 그리고는 백성을 돌보지 않는 외척의 세도 아래 기를 펴지 못했던 가지가지 쓴 기억이 있는 고향에 발이 돌려질 까닭이 없었다.

강제 부역도 감자나 조밥을 먹으나 생활고에 세도 척신의 눈꼴사나운 일도 없었던 이 고장은 조선 농민의 안식처였다. 그런 이 고장을 쉽게

팽개치고 어디로 갈 것인가?

그렇다고 입적귀화(入籍歸化)해 청국사람이 될 수도 없었다. 어떻게 흰 옷을 소매 긴 청복으로 바꿔 입고, 상투를 풀어 등 뒤로 드리울 수 있을까? '민족의 얼'이 용서하지 않았다.

두 민족의 반목이 차차 심해졌다.

원수 아닌 원수! 얼굴을 붉히고 뇌까리는,

"똥되놈! 오랑캐!"

"까오리빵즈(조선 거지)!"

주먹으로 삿대질하는 흰 옷과 검정 옷! 상투와 머리채로 맞서는 두 민족! 국권과 국권과의 대결.

그러나 청일전쟁(1894~1895) 전후해서는 청국 정부가 간도 문제에 주력할 여유가 없었다. 농민들 사이도 원체 조선사람의 수효가 많기 때문에 협조해 나가는 곳도 있었다.

그랬으나 정세는 청국이 패전한 후에 달라졌다. 등한하게 여겼던 입적 문제를 다시 들고 일어났다. 조선사람만의 부락에서는 그런대로 버티어 나갔으나 청국사람이 옆에 있는 부락은 견딜 수 없었다. 현도네 할아버지인 장치덕이 개척한 월산촌에서도 청국 정부의 압박이 심해 갔다.

"쉬운 일이 아니냐? 총각은 그대로 앞만 깎으면 되고 어른은 상투만 풀어 뒤로 드리우면……."

공연히 버틸 까닭이 없지 않으냐고, 그곳 청국사람 토호(土豪)는 장치덕이를 청해 점잖게 말했다.

"총각은 앞만 깎고 어른은 상투를 풀면 된다고"

장치덕이는 자신부터 머리를 빡빡 깎았다. 그리고 부락 전체에 단발을 권했다. 본국에서는 갑오경장(甲午更張) 후의 단발령이 아직도 완전히 실시되고 있지 않은 이때, 강 건너 이곳에서는 육십 노인부터 솔선 단발을 했던 것이었다. 반항의 표시였다. 어떤 일이 있든 청복과 변발은 하지 않는다는 의사 표시였던 것이다.

현도는 이런 깊은 까닭은 몰랐다. 그러나 머리를 깎는 것이 청국사람이 되지 않겠다는 조선사람의 강력한 의사 표시임은 알 수 있었다. 더구나 깎고 싶던 머리를 이렇게 깎을 수 있는 것이 대견스러웠다. 조선사람임을 주장하고 시원한 삭발. 그러므로 이걸 못하게 하는 창윤이네 할아버지의 마음은 현도로서는 알 수 없는 일이었다.

2

"우리게서는 모두 깎았다."

그러나 현도는 이 이상 창윤이의 머리에 대해서는 말하지 않았다. 뱀 잡으러 갔던 동규가 역시 깎지 않은 머리로 투덜거리면서 자리에 돌아왔기 때문이었다.

"그놈우 뱀이 잡으문 깝주리르 벳게 구어 먹자구 했덩이……."

"뱀일 어떻기 먹니? 징글스럽어서……."

창윤이 몸이 오싹해지면서 얼굴을 찡그렸다.

"못 먹어 봤구나, 참 맛이 있다."

둘이 앉은 옆에 앉으면서 동규는,

"꼭 닭이고기 같다."

창윤이 비위가 거슬려하는 꼴이 우스웠던지 이런 말까지 덧붙였다.

"떡 맛이 달아난다."

현도도 뱀을 먹는다는 말에는 구미가 없어지는 모양이었다. 떡덩이를 입에 넣다 말고 말했다.

"이거 너무 굴구나, 구어 먹자."

동규도 떡덩이 하나를 쥐고 말했다.

"그러자."

나무야 해놓은 게 많것다, 이내 불이 피워졌다. 큰 떡덩이가 낫으로 얇게 썰어졌다. 나뭇가지로 만든 젓가락으로 집어 각각 한 조각씩을 불에 대고 구워 먹었다. 거죽이 연기와 숯으로 거멓게 그슬려지면서 속이 물씬하게 익은 떡 조각! 허리를 끊으면 타서 굳을싸한 거죽 속에서 물씬한 것이 김을 풍기면서 갓 쒀놓은 풀같이 빼죽이 나온다. 그 한쪽을 입에 넣으면 입 안이 뜨거워 견딜 수 없으면서 알맞춤 굳은 것과 연한 것이 싸각싸각 씹히는 맛! 맑은 날씨에 적당한 노동을 했것다, 왕성해진 식욕에 그것은 천하의 별미였다.

"감쥐를 뽑아다 구어 먹자."

떡이 모자랐다. 아쉬운 생각에 눈 아래 바라보이는 감자 밭을 가리키며 현도가 말했다.

"아시 감쥐는 먹을 만할 기다."

창윤이 대뜸 찬성이었다. 그러나 동규가 미타해했다.

"저기 동(董)개네 밭이 앙이야?"

동복산(董福山)이는 이곳 지팡주(地方主 : 지팡은 농장. 원발음은 따팡)였다. 네 귀에 총안(銃眼)이 휑하니 뚫려 있는 포대를 갖춘 높은 토담 속에 살고 있었다.

길림 지방에서 일족을 거느리고 왔다고 했다. 점잖은 사람이었다. 그러나 그 일족을 중심으로 모여든 부근 일대의 청인들은 그의 등을 대고 조선 농민들을 강압적으로 대했다.

창윤이는 '동개네, 동개네' 하고 기를 못 쓰는 부락 사람들의 하는 꼴이 못마땅했다. 더욱이 그런 동가네 지팡집 토담 안으로 드나드는 동규 아버지 최삼봉이에게 까닭 없는 반항심이 생겼다. 그 반항심이 동규와의 친분에도 작용하는 것인가? 둘 사이에 가끔 감정상 티격질이 있는 것은 이 때문이었다.

그런 동가네 밭이라고 동규가 벌벌 떠는 듯이 말하는 것이 아닌가.

"동개네 밭이문 어쨌단 말잉야. 야, 너무 떨지 말아라."

뱉어 버리고는 달음박질해 감자 밭으로 뛰어 내려갔다. 이것도 일종의 반발심에서였다.

현도도 동규도 그 뒤를 따라 내려갔다.

사래 긴 밭엔 검푸른 감자 포기가 꿋꿋이 자라고 있었다. 셋은 이랑에 쭈그리고 두더지같이 감자 포기에 달려들었다. 줄기 대밑을 거머잡았다 뽑았다. 퀴퀴한 흙냄새가 뭉클 코를 찌른다. 그러나 정다운 냄새! 정다운 냄새를 풍기면서 검은 흙이 부풀어 오른다. 그 속에서 나타나는 대롱대롱한 감자알! 손으로 흙을 헤치니 속에서도 감자는 더듬어 잡혔다. 두 손으로 알을 가려 쥐어 저고리 섶에 싸 담기에 열중하다가 창윤이는 문득 앞으로 머리를 들었다.

"왕빠딴!"

소리와 함께 동가네 사람들이 이리로 달려오는 게 보였다.

그러자,

"창윤아, 뛔라!"

현도의 다급한 목소리였다. 창윤이는 반사적으로 일어나 달음질치지 않을 수 없었다.

벌써 동규는 두 주먹을 부르쥐고 밭이랑 사이로 내빼고 있었다. 그 뒤를 현도가, 가끔 이쪽을 돌아보면서 뛰는 건 창윤이를 걱정하는 까닭일 게다.

"까오리빵즈!"

뒤에선 동가네 사람들이 쫓아오고 있었다. 동규는 원체 몸이 날렵했다. 현도는 힘이 있었다. 둘은 제 재주, 제 힘껏 달음질쳤으나, 창윤이는 몸이 약하고 맨 꼴찌였다. 쫓아오는 사람과의 거리가 점점 가까워졌다.

"현도야, 동규야!"

부르는 목구멍에서 겻불내가 확확 타올라온다.

겨우 도랑 있는 데까진 잘 뛰었다. 뛰어넘으려다가 발을 헛디뎠다. 앞으로 엎어졌다.

"타마!"

창윤이의 땋은 머리채가 동가네 청년 한 사람의 손아귀에 무지스럽게 거머잡혔다. 다른 한 사람은 현도를 쫓아 달리었다. 둘 사이가 점점 멀어졌다.

"타마빠즈!"

현도를 쫓던 동가네 사람은 창윤이 붙잡힌 걸 보고 마음이 놓이는 모양이었다. 걸쭉한 욕설 한마디를 뱉고는 걸음을 멈추었다.

창윤이 잡힌 걸 알았으나 현도는 그대로 달리지 않을 수 없었다.

3

　중풍으로 몸을 마음대로 움직일 수 없는 이한복 영감은 따뜻한 날씨에 마루에 나와 앉아 포근포근 해바라기를 하고 있었다. 사십 넘어부터 몸이 나기 시작했으나, 이렇다 할 고장을 몸에 느끼지 않고 내려오다가 두 달 전이었다. 동네 잔칫집에서 술을 마신 게 탈이었을까? 쓰러진 뒤부터 왼쪽 반신을 마음대로 쓸 수 없었다.

　금년에 쉰여덟! 아직은 오히려 한창 농사를 지을 나이였다. 더욱이 두만강을 건넌 지 25~26년! 처음에는 매부 장치덕이와 함께 월산촌을 개척의 터전으로 삼았으나 고향에서 어머니 한 씨가 돌아간 후는 가족을 여기 비봉촌으로 옮겨 오고 말았다.

　그 후 황무지를 밭으로 만들고 산에서 나무를 베어 집을 짓고…….

　그동안의 고초를 청년 시절의 왕성한 방랑벽과 장년 시기에 백두산정계비를 종성부사를 모시고 가던 패기로 이겨 나갔다. 그리고 이제 고초의 보람은 있어 어릴 때부터 고집이 센 아들이었으나 농사에 부지런한 장손이와 더불어 논도 풀고 한숨을 돌리리만큼 되었다. 의젓하게 자라가는 손자의 장래도 흐뭇한 마음으로 셈해 보면서…….

　그러나 하늘은 이한복에게 재기할 수 없는 병을 주었다. 마음속에선 아직도 기운과 패기가 소용돌이치고 있으나, 몸이 말을 듣지 않는다. 만날 방에 드러누워 있어야 되는 신세! 아직도 정정한 장치덕이. 고향에서는 까닭 없이 나쁜 사이가 여기 와서도 입적 문제 때문에 서로 핏대를 세워 가며 의견 충돌이 있었으나, 그런대로 기운이 펄펄한 최칠성이. 친구들을 생각하면 자신의 일생이 더욱 슬퍼졌다. 그러나 그의 슬픈 마음을 더욱 슬프게 만든 것은 최근 갑자기 심해진 입적 문제였다.

백두산 빗돌을 제 눈으로 보고 온 그였으므로, 청국에의 입적 문제는 처음부터 말이 안 되는 일이었다. 그러나 그 문제도 자신이 몸을 움직여 싸우지 않으면 안 된다고 생각했다.

한복 영감은 매일같이 울화가 터져 올랐다. 흐린 날이면 더했다. 그리고 오늘은 드물게도 마음이 개운해지는 것은 날씨가 명랑해서만이 아닌 듯했다. 작년엔 실패했으나 금년 들어 모까지 완전히 꽂은 새로 푼 논 두 마지기 때문이었다.

마누라 뒷방예에게, 밭에서 일하는 장손이 부부에게 점심도 갖다 줄 겸 모가 붙은 논을 보고 오라고 보내고, 지금 혼자 집을 지키며 해바라기를 하고 있는 것도 드물게 찾아온 안정된 마음에서였다.

"세상이 그저 그렇구 그렇지."

맑은 하늘을 쳐다보니 스스로 중얼거려진다. 삽짝이 열리면서 현도가 달려 들어왔다.

"창윤이 되놈 아들한테 잽혀갔소꼬망!"

얼굴이 새하얗게 되고 숨이 차 어깨를 들먹거리는 현도의 말을 듣자 한복 영감은 가슴이 철썩했다.

"무시기라구?"

"감쥐를 캐 굽어 먹자구 하다가 동개네 되놈에게 들켰수꼬망."

"동복산이네 밭에서?"

감각이 있는 왼쪽 몸 전체가 한꺼번에 찌르릉해 났다. 입 언저리는 비끄러매 놓은 것처럼 삐뚤어지는 걸 스스로도 볼 수 있는 듯.

"옛꼬망."

반사적으로 일어서려고 했으나 몸이 민활하게 말을 듣질 않는 게 안타깝다. 한복 영감은 다시 주저앉으며,

"얼핏 밭에 나가 알려라."

겨우 비끄러매 놓은 것 같은 입에서 이 말이 어눌하게 튀어나왔다. 그러지 않아도 집 안에 중풍 걸린 노인 한 분만 있는 걸 본 현도가 아직도 어깨가 들먹거려지는 다급한 숨을 진정할 겨를도 없이 발꿈치를 돌렸다.

'감쥐를 캐 구어 먹자구 하다가, 청인한테 붙잽혔어?'

어느새 삽짝 밖으로 뛰어나간 현도의 재빠른 뒷모습을 보면서 한복 영감은 속으로 말했다. 그러자 문득 감자 때문에 종성부사 앞에 문초를 받던 일이 떠올랐다. 그날 새벽, 감자 자루를 지고 강을 건너 집으로 오던 장면, 해소병인 어머니 한 씨의 모습, 기억은 순서 없이 되살아났다. 종성부사가 보여준 감자 세 알. 그러나 그 앞에서 생각한 바를 가림 없이 팡팡 말했던 자신! 감자나마 마음 놓고 먹어 보자고 가족을 끌고 강을 건너던 사실! 모두 지나간 일이었다. 그리고 지금은 남의 밭곡식을 채 익기도 전에 도둑 한 건 잘못이지마는 어쨌든 그 감자 때문에 귀한 손자가 청인에게 잡혀갔다. 다시금 한탄이 나가지지 않을 수 없었다. 눈물이 글썽해지면서,

"감쥐!"

4

"감쥐?"

아직은 밭에 있던 할머니 뒷방예도 현도가 뛰어가 알려준 이야기를 듣자 되물었다. 뒷방예의 머릿속에도 얼핏 그때의 기억이 되살아났기 때문이었다. 개 짖는 소리에 가슴을 죄던 일, 관가에 붙잡혀 간 남편 때문에 속이 타던 일. 그때는 남편이었으나 지금은 귀여운 손자다. 어찌 이처럼 얄궂은 감자와의 인연일까 싶었다. 그때에 못지않은 초조와 불안이 할머니 뒷방예로 하여금 안절부절 못 하게 했다.

평소에도 조선사람을 갖가지로 억누르려 들던 동가네 사람들이 감자 도둑 한 창윤이를 순순히 돌려보낼 까닭이 없다. 무진 매를 맞는 손자가 눈앞에 선했다. 제 살이 찢기는 것 같은 아픔!

"어찌잔 말이(어떡하면 좋아)?"

창윤이 어머니도 시어머니와 같은 심정이리라. 어쩔 바를 몰라 하면서 남편을 보았다.

"어쩌기는 어째?"

어머니와 아내와는 달라 장손이의 얼굴에는 차갑고 엄숙한 것이 서려 있었다.

"머저리 새끼! 다른 아들은 다 약빠르게 뺑소니르 치는데 혼자 붙잽힌단 말이……."

그렇고야 어떻게 이 싸움판에서 할아버지가 피땀으로 이룩해 놓은 이 농토를 억세게 지켜 나갈 수 있을까?

동무 셋 중에서 혼자 붙잡힌 아들이 못난이만 같아 장손이는 분노가 치밀었다.

"뛰다가 넘어졌다잼메. 가보쟁쿠 어쩌겠습메."

고집이 센 성격을 아는 어머니 뒷방예다.

손자를 위한 변명보다도 얼른 찾아오도록 해야 된다고 말했으나, 그것이 도리어 장손이의 부아를 돋우어 준 것인가?

"가보긴 어디루 가보라구 함둥? 그런 새끼는 되쎄 혼이 나야 합꼬망."

흥분도 아니고 역정도 아닌 침착한 어조였다. 그리고는 입을 꽉 다물고 기장 기음을 계속해 맸다. 그러다가 호미를 놓고 움찔 일어섰다. 동가네 지팡집을 향해 발을 옮겼다. 그 뒤를 할머니 뒷방예와 창윤 어머니도 따라 섰다.

어느 사이에 알았을까? 창윤이 외삼촌 정세룡이 제 나이 또래 되는 젊은이 둘과 함께 뒤쫓아 왔다.

"이놈 아아들으……."

스물한 두엇밖에 되지 않는 젊은이들은 평소의 동가네 일족에게 가졌던 분통을 터뜨릴 때가 왔다는 듯이 흥분했다. 그러나 모두 말이 없이 동가네 집을 향해 걸었다. 동가네 집은 꽤 멀었다. 산굽이를 돌아야 했다. 장손이네 밭에서 가려면 십 리는 잘 될까? 토담까지 반 마장도 못 남았을 지점에서였다.

오솔길을 이리로 오는 청국 소년이 있었다. 다리를 절면서…….

'저게 창윤이 아닌가?'

꼭두에서 앞머리 절반은 면도로 파랗게 밀었고 소매 긴 청복을 입었으나, 어머니의 본능이라고 할까? 창윤 어머니는 그 소년이 대뜸 아들임을 직감할 수 있었다.

"창윤아!"

그러나 소년은 아무 대답도 없이 여럿 앞에 가까이 와서야,

"지엄마!"

이런 꼴이 된 게 부끄러운 모양이었다. 얼굴을 숙일싸하고 힘없이 엄마를 불렀다.

"창윤이 옳구나!"

어머니 먼저, 할머니가 달려들어 손자를 껴안았다. 울음이 터졌다.

"창윤이를 청국 아이를 만들어 보내다니……."

다리를 절룩거리는 건 도랑을 뛰다가 엎어질 때 다친 거였고, 지팡집에서는 별로 맞거나 하지 않았다고 했다. 머리를 깎고 청복을 하면 얼른 집으로 돌려보낸다고 했으므로, 창윤이는 그들이 시키는 대로 잠자코 있었다고 했다.

"꼴이 좋다. 에이, 머저리 새끼!"

아무 저항도 없이 고스란히 청국 아이를 만들도록 내버려두었다는 사실에 장손이는 동가네 사람들보다도 아들을 나무랄 마음이 더했다.

"얼핏 집으루 가자."

할머니 뒷방예와 창윤 어머니도 기가 막혔으나, 매를 맞지 않았다는 데 스스로 위로를 얻지 않을 수 없었다. 창윤이를 앞세우고 얼른 집으로 돌아가기로 했다.

그러나 젊은이들은,

"뙤놈 아새끼들."

"이 새끼드르 어찌문 좋겠니……."

창윤이 꼴이 여기 사는 저희들의 꼴이라고 생각되는 탓이리라. 부아가 치밀어 견딜 수 없었다. 그냥 뛰어가서 토담 안을 짓밟아 놓고 싶은 심정들이었다.

"이 사람들 돌아가세."

젊은이들의 심정을 알 수 있었다. 그리고 자신도 미상불 격분이 치밀었다. 그러나 아들이 못났다고 생각하는 장손이라, 젊은이들의 분격을 가라앉히지 않을 수 없었다.

장손이는 젊은이들도 휘몰아 가지고 집으로 발을 돌렸다. 모두 돌아섰다. 그리고 아까 돌던 산굽이에 이르렀을 때였다.

이쪽으로 '쾅즈(광주리)'에 무얼 담아 장대를 휘춘휘춘 메고 오는 청국사람이 있었다. 무슨 신명이 나는 일이 있는 것인가? 높은 소리로 노래를 부르고 오다가 청복 한 창윤이가 낀 일행과 마주쳤다.

지나가면서 시쭉 웃었다.

"이놈 새끼 어째 웃니?"

분격이 채 가라앉기 전이다. 정세룡이 아니꼽게 대들었다. 무어라고 저희 말로 대답했다. 청복을 하니 좋기는 좋다. 그러나 청복을 했어도 청국사람이 아닌 걸 대뜸 알 수 있다는 뜻임을 쉽게 알아들을 수 있었다.

청국 옷을 입었어도 청국사람이 될 수 없는 일. 이 일을 강요하는 청국 조정. 제 백성이면서 제 나라 옷을 마음 놓고 입을 수 없게 만드는 조선 정부. 이러지도 저러지도 못하는 자신들을 비웃는 웃음이라는 데 젊은이뿐 아니라 장손이도 불끈했다.

"이 새끼, 한 번 더 웃어 봐라!"

정세룡이의 주먹이 올라갔다.

"왜 때려?"

청국사람도 지지 않고 대들었다. 맞붙어 싸웠다. 다른 젊은이도 손을 붙였다.

"그만두게."

나이 먹은 체면으로 젊은 사람들의 중국사람에 대한 분풀이를 말렸으나, 노상 통쾌하지 않은 것도 아니었다.

할머니 뒷방예는 이 이상 여기서 우물쭈물하다가는 창윤이를 위해 좋지 못하다고 생각했다. 저도 한몫 끼여 앞머리를 밀린 복수를 하려고 매맞고 있는 청국사람에게 덤벼드는 창윤이를 끌다시피 며느리와 함께 먼저 그 자리를 떴다.

한 번 말려 듣지 않는 젊은이들에게 다시,

"몰매르 때렸다는 소리르 들을 게 없어……."

장손이의 점잖은 호령을 등 뒤에 남겨 놓고…….

5

"이기 무시기야?"

현도를 밭에 보내 놓고 조바심으로 식구가 돌아오기를 기다리고 있던 한복 영감은 마당으로 들어서는 창윤이의 청국 아이가 된 모습을 보고 어눌하나 큰 소리를 질렀다.

들어서던 창윤이가 멈칫하지 않을 수 없었다. 동무처럼 누그러져 사랑해 주다가도 한번 골을 내면 범같이 무서운 할아버지였다. 더욱이 청국사람이 되는 일에는 조금도 드티어 줄 게 없다고 염불처럼 뇌던 할아버지였다.

월산촌에서 장치덕 영감을 위시해 온 동네가 머리를 깎았다는 소식을 들었을 때에도 한복 영감은 웃었던 것이다.

"청인들 때문에 귀한 머리를 제 손으로 깎을 건 없지 무어야."

약자의 행동이라는 것이었다. 부모가 준 모발을 함부로 깎는 것도 불효여든, 청인 때문에 깎아 버리는 건 더한 일이라고 했다. 그것은 나라를 사랑하고 청인이 아님을 표시하는 굳건한 생각임에는 틀림이 없으나, 그럴 필요가 어디 있느냐는 것이었다. 이럴 때일수록 우리 사람이 가지고 내려오던 것이면 더 고집스럽게 지켜 나가야 된다는 생각이었다. 그러면서 이겨야 된다는 것이었다. 풀어 드리울 가능성이 있다고 해서 미리 머리를 빡빡 깎는 건 벌써 청인에게 한풀 지고 들어가는 일이라고 했다.

그리고는 흑복변발 문제가 해결될 때까지는 머리를 깎지 말고 버티자고 만나는 사람마다 강조했던 한복 영감이었다. 이런 사태가 아니면 맨 먼저 창윤이의 머리를 깎게 했을 할아버지이기도 했으나…….

드리운 머리가 귀찮고 창피하면서도 평소의 할아버지의 생각을 어렴풋이나마 알고 있으므로 창윤이는 머리를 깎자고 하지 않았다.

그런 할아버지 앞에 청복과 변발의 모습으로 나타나다니……. 매가 무섭고 얼른 집으로 돌아가고 싶은 생각으로 쉽게 동가네 사람들이 하는 대로 맡겨 둔 자신의 무기력한 행동이 새삼스럽게 뉘우쳐졌다.

할아버지의 입은 볼품사납게 삐뚤어졌다. 그러나 눈만 멍했을 뿐 말을 못 하고 있었다. 몸이 쾌조일 때에는 어눌하나 말을 하지마는, 그렇지 못하면 말을 못 한다. 갑자기 생긴 마음의 격동으로 말이 못 나오는 것임을 알 수 있었다.

창윤이는 오금이 죄어 섰던 자리에서 꼼짝할 수 없었다.

"청인들이 이런 장난으 해 내놓았소꼬망."

할머니가 짐짓 장난같이 웃으면서,

"얼핏 들어가 입서엉 갈아입어라."

그리고는 창윤이의 팔을 끌고 안으로 들어갔다.

할아버지는 입이 삐뚤어진 채 방 안으로 들어가는 창윤이를 뚫어지게 볼 뿐이었다. 창윤이는 할아버지가 된벼락을 내려 호된 책망을 해주었으면 오히려 불안한 마음이 개운해질 것 같았다.

어머니가 내주는 옷을 얼른 갈아입고 창윤이는 할아버지 앞에 나가 꿇어앉았다. 머리를 수그렸다. 목소리는 들리지 않으나 할아버지가 속으로 하는 책망을 듣고 있다는 자세였다.

그러지 않고는 어린 마음에도 견딜 수 없었다.

이런 손자의 심중을 알아주는 것일까? 한복 영감의 눈에 슬픈 빛이 감돌았다.

그러나 말은 그대로 나오지 못했다. 창윤이도 말이 없었다. 조손이 함께 말이 없는 대로 하늘만 맑았다.

이윽해서다. 한복 영감은 움직일 수 있는 쪽 손가락 식지와 장지로 가위질하는 형용을 하면서 목소리를 냈다. 분명히 알아들을 순 없으나 가위임을 알 수 있었다.

창윤이 정주방에 들어가 가위를 갖고 나왔다.

역시 움직일 수 있는 쪽 손으로 가위를 받아 쥐었다. 그리고 창윤이더러 뒤로 돌아앉으라는 의사 표시를 가위 쥔 손으로 했다. 창윤이 돌아앉았다. 선뜩! 뒤통수에 금속성의 차가움이 느껴진다고 생각되자 썩둑! 머리채가 마룻바닥에 떨어졌다.

'머리를 자르셨구나.'

뭉클, 가슴속을 뜨거운 기운이 꽉 차오르면서 전신이 찌르르했다. 청인한테 장난감이 된 손자의 머리를 숫제 당신 손으로 잘라 버리자는 것이리라! 얼마나 노여웠을까? 그리고 소리를 내어 못난 손자에게 들려주고 싶은 말이 얼마나 많았을까? 창윤이 눈시울이 뜨거워질 겨를도 없이 가위를 쥔 채로인 할아버지의 육중한 몸이 시드덕 모로 쓰러지는 걸 보았다.

"큰아배, 큰아배!"

울음이 탁 터지면서 창윤이는 반사적으로 쓰러지는 할아버지의 몸을 달려들어 안았다.

창윤이의 울음 섞인 황겁한 목소리를 듣고 정주방에서 할머니와 어머니가 뛰어 들어왔다. 한복 영감을 맞들어 방 안에 모시어 눕혔다.

한복 영감의 혼수상태는 이틀을 계속되다가 마침내 운명하고 말았다. 장례는 오일장으로 모시었을 뿐 아니라, 비봉촌 개척 원로자라 만사도 많고 무척 성대했다.

6

훈장 영감이 동네 환갑잔치에 간 사이였다. 아이들이 마당에 나와 놀고 있었다. 말타기 하는 아이들, 자치기하는 아이들……. 넓은 마당 여기저기 아이들은 사뭇 명랑했다.

그러나 창윤이는 혼자 마루에 걸터앉아 먼 산을 바라보고 있었다. 할아버지 돌아가신 뒤의 버릇이었다. 밋밋한 산은 연보랏빛으로 보얗다.

보얀 산을 보면서, 할아버지는 나 때문에 돌아가셨다, 나는 멍텅구리다, 생각하고 있는데,

"창윤아, 일럴(이리로) 오나라."

보니, 수수깡 바자 옆에서 아이들이 씨름을 하면서 부르는 소리였다. 씨름은 좋아하고 잘하기도 했으나, 지금은 통 내키지 않았다. 대꾸도 않고 그대로 앉았으려니 또 말이 들려온다.

"창윤이야 우리하고 놀 택(까닭)이 있겠니?"

"그래, 새끼 되놈 아이니까."

"새끼 되놈!"

"아하하……."

창윤이 어떻게 아이들 옆에 뛰어갔는지 저도 모를 일이었다. 눈에서 불똥이 튀어나오는 듯하다. 그런 눈으로 아이들을 둘러보면서,

"이제 무시기라구 했니?"

악에 질린 소리였다.

"……."

아무도 선뜻 대답하고 나서는 아이가 없었다.

창윤이의 노려보는 품에 기가 질리지 않을 수 없는 것인가? 슬금슬금 그 자리를 피하려는 아이도 있었다.

"말으 못 하겠니?"

창윤이 없는 곳에선 얼마든지 흉을 보던 아이들, 깔깔대고 웃어 주던 그 아이들이 입을 다물고만 있었다.

그러자 뒤에서였다.

말타기 하던 아이들의 목소리가 귓결에 들려온다.

"야 새끼 되놈이 아이들하구 쌈한다."

창윤이 홱 돌아섰다. 그리고 뛰어갔다.

"니지?"

지금 막 허리를 구부리고 있는 아이의 등에 뛰어오르려는 아이의 머리채를 잡아 끌어당기었다. 주먹으로 얼굴을 쥐어박았다. 창윤이보다 두 살은 아래인 어린이다. 아앙 울음과 함께 코피가 터졌다.

"가는 어째 때리니?"

코피를 본 창윤이, 어린애를 때려 안됐다 싶었는데, 동규가 어느 사이에 옆에 와서 하는 말이었다.

"나를 놀려 주는 놈우 쌔끼니까 때렸다."

"비겁한 놈우 새끼."

"무시기야?"

"어린아르 때리는 벱이 어디메 있니?"

"새끼 되놈 아라구 하는 새끼는 아아구 자란이(어른)구 가망이 두지 않는다."

"니 새끼 되놈이 앙이란 말이야?"

"너두 그렇게 말하니?"

그날 함께 감자를 캔 동규였다. 창윤이 동가네 사람에게 붙잡힌 전후 사정을 잘 알고 있는 동규마저 그런 말을 한다는 데 창윤이는 또 울컥했다. 주먹이 동규의 턱을 질렀다.

동규가 물러서지 않았다. 둘은 맞붙잡고 싸웠다. 동규가 자빠졌다. 창윤이 동규를 깔고 앉았다.

아이들이 둥그렇게 모여 구경했다.

"다시 그런 소리르 하겐?"

창윤이 동규의 머리를 땅에 탕탕 부딪치면서 다짐을 받았다.

"하겠다. 새끼 되놈 아새끼."

동규가 힘에는 부치면서도 이내 항복하지 않았다.

"온다."

훈장 영감이 갓이 약간 삐뚤어졌으면서도 애써 단정한 걸음으로 마당에 들어섰다. 쌈 구경하던 아이들이 질겁해 방 안으로 뛰어 들어갔다. 훈장 영감은 '이놈들, 글은 읽지 않고…….' 괘씸한 생각을 하면서 옆을 보니 싸우던 두 아이가 허겁지겁 일어나고 있었다.

"에이끼 놈들, 쌈을 했구나."

한참 힘상궂게 된 두 아이를 노려보다가,

"들어가자."

두 아이를 데리고 들어왔다.

"하늘 천, 따지."

"대학지도는 재명명덕하고……."

어느새 방 안에서는 허리를 구부렸다 폈다 하면서 아이들의 글 읽는 소리가 낭자해지고 있었다.

훈장 영감은 제자리에 가 앉았다. 창윤이와 동규를 앞에 꿇어앉히고…….

대통에 담배 한 대를 다져 넣어 불을 붙여 독한 것을 여러 모금 연거푸 빨고 난 다음, 재떨이를 당기어 대통을 털면서,

"이놈들, 어째 싸웠느냐?"

대통이 재떨이를 때리는 소리와 함께 호령이 찌렁찌렁했다. 엄격하기

로 이름난 훈장 영감이었다. 아이들이 서로 곁눈질하면서, 글 읽는 소리를 더욱 높였다. 창윤이와 동규는 그저 머리를 수그리고 있을 따름이다.

"어째 대답이 없느냐?"

"잘못했소꼬망."

"잘못했소꽝이."

"어째서 잘못했단 말이냐?"

"야가 나르…… 새끼 되놈이라구 해서……."

창윤이 겨우 이렇게 말했다.

"야가 제 외사춘 동생으 때려 코피르 터뜨려 그랬소꼬망……."

동규의 말.

"동생의 역성을 들었단 말이냐?"

"옛꼬망."

"둘 다 맞아야 한다. 내 올 때까지 글을 읽고 있으라고 했는데, 나가 논 것부터 잘못이지마는 쌈까지 하다니."

훈장 영감은 벽에 세워 놓은 매를 집었다.

"걷어라."

훈장 영감의 호령에 움찔하고 둘은 중의 가랑이를 걷어 종아리를 드러내 놓지 않을 수 없었다.

"돌아서라."

가지런히 돌아서지 않을 수 없었다.

찰싹.

"아가갓."

"아구."

"하늘 천, 따지."

"대학지도는 재명명덕하고……."

종아리 때리는 소리. 아프다는 소리. 동무가 매 맞는 꼴을 민망하게 보면서 아이들의 글 읽는 소리. 방 안이 어수선했다.

서당이 파한 후였다. 훈장 영감이 창윤이를 불렀다.

"너 이놈, 그런 법이 어디 있느냐?"

꿇어앉혀 놓고 훈계했다.

"너의 할아버지 돌아가신 지 얼마나 되느냐? 한 달도 못 돼서 쌈질하고 어린아이의 코피를 터뜨리고……. 이 서당을 마련한 것이 누구를 위해선 줄 아느냐? 너의 할아버지가 너 때문에 세운 게다."

그것은 창윤이도 알고 있었다. 한복 영감이 그의 할아버지를 생각하고 발론해서 세운 것이었다. 그러나 선생님 앞에서 무어라고 말이 나가지 않았다. 잠자코 있으려니 훈장영감은 말을 이었다.

"너의 할아버지는 일생을 농사꾼으로 끝마쳤지마는 참 훌륭한 사람이었다. 그러나 항상 글 못 읽는 걸 한탄했다. 그렇게 애를 써 글을 읽히자고 한 당신 할아버지의 뜻을 저버리고 일생을 무식하게 지낸 걸 말끝마다 후회하셨다. 그래서 너만은 어떤 일이 있든지 글을 읽혀 당신 할아버지의 뜻을 저버린 갚음을 해야겠다고 나를 여기 오게 한 거다. 너만은 어떻게 하든지 당신 할아버지 같은 훌륭한 분을 만들겠다고 노상 말씀하셨다. 그런 할아버지가 돌아가신 지 한 달도 채 못 되어……."

처음엔 어깨만 들먹거리던 창윤이 어엉 소리를 내면서 선생님 앞에 엎드려 울었다.

선생님의 간곡한 말씀이 '할아버지를 돌아가시게 한 것이 내다, 나는 바보다'를 더 쿡쿡 찔러 후벼내기 때문이었다. 가슴속에 괴고 있는 걸 선생님 앞에 털어놓고 싶었다.

그러나 어린 마음이었다. 그리고 선생님은 너무도 엄격한 사람으로서 서당 아이들에게 깊은 인상을 박아 놓고 있었다. 창윤이는 그저 소리 높여 울기만 하고 있었다.

7

"뉘기 대표가 된단 말이오?"

"상투를 풀어 앞머리 절반을 멘도로 새파랗게 밀고 새끼 같은 꼬랑지르 달고 다닐 사람이 뉘구요?"

"소매 길고 통이 좁은 검정 바지저고리르 입고 되놈 노릇으 할 사람이 뉘기간 말이오?"

서당에서는 어른들이 모여 서로 핏대를 돋쳐 가며 의논들을 하고 있었다. 대표를 뽑아 변발흑복으로 입적하자는 의논이었다.

곳곳에서 자주 일어나는 두 민족의 반목과 충돌에 머리를 앓고 있던 청국 측에서는 한 가지 타협안을 내걸었다. 변발흑복으로 입적하는 조선사람 이외에는 집조(執照 : 토지문권)를 내주지 않는다는 건 전과 다름없었으나, 전과는 달라 입적하지 않는 사람을 경계선 밖으로 나가라고 강요하는 것이 아니었다.

그런 농민들은 집조는 발급받을 수 없고 따라서 토지를 소유할 권리는 없으나, 청국사람이나 입적한 조선사람의 소작인으로 머무를 수 있다는 것, 이것은 조선 농민의 경작 능력을 제 국민을 위해 이용하자는 정책이었다.

청국 측의 이 정책이 발표되자 비봉촌에서도 여러 차례 의논이 있었다. 이한복 영감이 살아 있을 때부터의 일이었다. 두 갈래로 의논이 갈렸었다. 이한복 영감을 중심으로 한 편과 최칠성 영감을 중심으로 한 편이었다.

한두 사람의 대표를 뽑아 변발흑복을 시키는 건 무방하다. 그리고 우리들의 토지를 통틀어 그 사람의 명의로 집조를 받은 뒤 마음 놓고 농사를 짓는 것을 마다고는 하지 않는다. 그러나 그렇게 되면 이 지역이 청국 영토라는 걸 스스로 인정하고 들어가는 일이 되고 만다. 우리 땅인 걸 알면서 어떻게 그럴 수 있을 것인가? 이것이 이한복 영감을 중심한 사람들의 주장이었다.

그건 그렇기도 하다. 그렇다면 무슨 구체적인 방법을 보여 다구. 그것은 이상론에 지나지 않는다. 실제 문제로 우리 정부가 뒷받침을 해주지 못하고 있는 이 마당에서 어떡해야 한단 말이냐? 최칠성 영감의 의견은 어디까지나 현실주의였다.

퍽 건실하고 실질적인 의견 같기도 하다. 그러나 문제는 국토가 우리 것임을 일치단결해 주장하느냐, 남의 것임을 시인하고 들어가느냐의 중요한 고비에 처하고 있는 것이다. 이 지역은 분명히 우리 땅이다. 정부야 힘이 없건 썩어빠졌건, 어쨌건 우리 땅인 이 고장, 피땀으로 개척한 이 농토를 남의 나라 땅으로 바치고 그들에게서 토지문권까지 받는다는 건, 지금은 방편상 편리하다고 할 수 있겠으나 후손에게 청국사람의 종살이를 마련해 주는 유력한 근거밖에 되지 않는다.

그뿐인가, 우리 사람끼리도 그렇다. 지금 대표로 뽑는 사람, 뽑히는 사람은 서로 사정을 알아, 아무런 지장이나 알력이 없이 제 농토에서 농사를 지을 수 있으나, 우리가 죽고 이 사실을 아는 사람들이 없어져 보아라.

그때에는 온 동네가 대표로 뽑혔던 몇 사람의 후손의 소작인밖에 되지 않는 것이다. 방편으로 꾸몄다는 사실은 사라져 없어지고, 오직 남은 것은 법에 근거를 둔 토지 문권이요, 이것이 엄연한 힘으로 행사된다는 이한복 영감의 반박이었다.

최칠성 영감은 이한복 영감이 이곳에 첫 개척의 흙을 파헤친 후 3~4년 지나 가족을 끌고 왔으나, 고향에서의 까닭 없는 반목은 없어진 지 오래고 쭉 비봉촌 발전을 협조해 왔었다.

그러나 이 문제만은 서로 제 주장을 쉽게 굽히려 들지 않았다.

동네 사람들도 이 파 아닌 두 원로의 주장을 중심으로 둘로 나누어져 있는 것이었다. 주로 젊은이들은 이한복 영감 편이었고, 나이 많은 사람들은 최칠성 영감의 의견에 귀를 기울였다.

이한복 영감이 처음 잔칫집에서 쓰러지던 때도 두 영감이 이 문제를 놓고 격론하던 끝이었다.

"무시기라구요? 그럼 내가 한 몸을 생각하구, 더구나 내 후손을 위해서 이런 의견을 낸단 말이오?"

제 주장을 양보하려 들지 않는 한복 영감 앞에 다가앉으면서 칠성 영감은 소리를 질렀다.

"그러문 뭐란 말이오? 영감은 한 치 앞밖에 보지 못한 거요?"

술이 거나한 이한복 영감은 자리에서 일어섰다.

"어쩌면 그렇단 말이오?"

칠성 영감이 일어서려는 한복 영감의 손을 쥐어 도로 앉히면서 말을 이었다.

"영감, 영감이 이 동네르 사랑하는 만큼은 나두 사랑하오."

"그게 이 동네르 사랑하는 법이오?"

홱 뿌리치고 자리를 물러서다가 한복 영감은 아찔해지면서 허둥지둥 쓰러진 것이었다.

잔칫집에 모였던 사람들은 두 영감의 옥신각신을 무겁게 들었으나, 무엇보다도 비봉촌 백년대계를 격론하던 끝에 졸도한 후 반신불수가 된 이한복 영감이었으므로 그 문제에 대해서는 다시 크게 떠들지 않았다. 누구보다도 최칠성 영감이 그 후 일체 그 문제를 입 밖에 내지 않았다.

그렇던 이한복 영감이 돌아가고 말았다. 최칠성 영감의 의견과 대결해 동네의 여론을 지배할 상대가 없어진 폭이 되었다. 그런데다가 창윤이 청국 소년의 모습으로 동가네 집에서 놓여나던 날에 벌어진 패싸움이 청국사람들로 하여금 적극성을 띠고 나오게 만들었다.

그날, 창윤이 할머니와 어머니와 함께 먼저 집으로 돌아온 뒤의 일이었다.

쾅즈를 멘 청국사람에게 뺨 몇 대를 때려 분풀이를 한 젊은이들이 그제야 개운해진 듯한 마음으로 천천히 동네에 들어오는 길 위에서였다. 한복 영감이 쓰러졌다는 소식을 가지고 뛰어온 현도 소년의 말을 듣자, 장손이 먼저 집으로 달려간 후, 젊은이들이 저희들 밭으로 가려던 참이었다.

"따(打 : 때려라) 따!"

쾅즈를 멘 사람까지 섞인 3~4명의 청국 농민들이 몽치를 들고 쫓아 와서 덤벼들었다. 복수전. 젊은이들이 대항하지 않을 수 없었다. 수효가 적은지라 형세가 불리했다. 밭에서 일하고 있던 조선 농민들이 매 맞는 젊은이들을 보고 잠자코 있을 수 없었다. 하나, 둘, 여기저기서 뛰어왔 다. 조선사람의 수효가 우세해졌다. 청국사람들이 몰려왔다.

패싸움은 크게 벌어지지 않을 수 없었다. 몽치를 휘두르는 청국사람, 박치기하는 우리 농민들……. 머리 깨지는 사람, 팔을 삐는 청년, 옷이 찢기고 머리가 풀어지고…….

싸움은 마침내 저쪽에서 동복산이 현장에 나오고 이쪽에서 최칠성 영감이 나와서야 겨우 그친 셈이었다.

이 싸움으로 동네는 어수선했다. 몇 젊은이가 야먼(衙門 : 관청)에 잡혀가기도 했다.

최삼봉이 동복산이에게 청을 들여 우선 잡혀간 조선 농민의 석방을 주선하도록 했으나, 그 후 조그만 충돌이 가끔 있었다. 두 민족의 반목은 날로 심해 갔다. 그리고 청국 관청의 태도가 더 강압적으로 나왔다.

대표를 뽑아서 몇 사람만 입적하고 다른 사람은 그대로 조선사람인 채 경작하라는데도 마다고 하느냐?

때는 7월. 농번기였다. 어수선해서 농사에 착실할 수 없었다. 흑복변발로 입적하는 대표를 뽑는 일이 절실한 문제로 의논되지 않을 수 없는 계제에 놓이게 되었다.

이렇게 해 오늘 어른들은 서당에 모인 것이었다.

8

"자네가 돼 보랑이."

"이 사람이……."

"자넨 머리숱이 좀 많은가. 머리를 땋아 드리우기 꼭 알맞네."

"이 사람이 나르 밭에 세워 논 허수애비르 아능가?"

"허수애비구 지애비가 있능가, 밭문세(文書), 논문세가 몽땅 자네 이름으루 나온다네."

"내 이름으루 나오문 무슨 소용 있는가? 정말 내 게 돼얍지……."

현재 경작하고 있는 개인 소유의 토지는 청국 정부에서 발급하는 집조와는 달리 우리 사람끼리 문건을 만들어 서로 갖기로 했다. 부다조(浮多租)였다. 이것으로 이한복 영감이 염려하던 것, 다른 농민들이 대표로 입적한 사람의 소작인이 될 위험성은 그 근거가 없어지고 마는 것이다. 이한복 영감의 주장을 신중히 여기던 패들도 굳이 고집하지 않은 것은 이 때문이다.

대표뿐 아니라 우리들도 논문서, 밭문서를 가질 수 있게 되었다는 생각에서였다. 그리고 그것이 오히려 우리 사람끼리는 실질적인 문건이 될 수 있겠기 때문이기도 했다.

두 원로의 주장으로 은연중 나누어졌던 동네의 여론이 일치되어 오늘 여기 서당에는 두 편이 함께 모이게 된 것이었다. 그러나 막상 대표를 뽑으려니 선뜻 나서는 사람이 없었다. 이한복 영감 편에서는 오히려 당연한 일이나 최칠성 영감 편에서도 이 핑계 저 핑계로 대표되는 걸 모면하려고 들었다.

중론은 윤 서방에게로 집중됐다. 어머니를 모신 세 식구의 단출한 살림이었다. 아내가 생산을 못해 자식이 없는 까닭이었다. 자식도 없을 바에야 청국사람이 되었기로 크게 수치스러울 것도 없지 않느냐?

그러나 윤 서방은 펄펄 뛰었다.

"사람으 어떻게 보는 기요? 슬하에 자식새끼 하나 없는 것도 설분 일이라는데 영 되놈이 되라고 하니 그기 말이 되오?"

사십 고개를 넘은 윤 서방은 근직한 농민이었으나 모욕을 당한 듯이 얼굴을 붉히며 크게 노했다.

어느 결에 이 소식을 들었는지 윤 서방의 어머니가 뛰어나왔다.

"뉘가 우리 사램으 되놈이 망글겠다구 했습메, 앙이 됩메. 나는 그러문 자식두 손자두 없이 늘그막에 어떻게 살랍메?"

"영 청인이 되서 그 사람들과 사는 게 아닙꼬망."

윤 서방이 가장 적임자라고 생각하는 박 첨지가 이치를 가려 이야기했으나 윤 서방 어머니는 막무가내였다.

"앙이 됩메, 앙이 됩메. 그게 좋으문, 박 첨지 궈래가 그럽세. 자식도 많지 않음. 자식이 많은 사램이나 할 일입지."

마침내 중론은 최칠성 영감이 적당한 사람을 지명토록 하자는 데 일치되고 말았다. 그러지 않고는 핑계만 하고 결정이 쉬 지어질 것 같지 않기 때문이었다.

최칠성 영감은 윗목에 사회격인 훈장 영감과 나란히 앉아 있었다. 담뱃대를 뻑뻑 빨 뿐, 말이 없이 장내의 분위기만 보고 있었다.

무슨 말이 나올까? 50명은 되리라. 물 건너 부체골, 거북골, 범바위 밑……. 비봉촌은 십 리 주변의 띄엄띄엄 놓여 있는 십여 개 작은 촌락들을 합해 부르는 명칭이었다. 그리고 제일 큰 촌락, 서당골을 중심해서 모든 일이 처리되었다. 오늘도 각 촌락에서 모여든 대표들로 큰 방 둘을 터놓은 넓은 서당이 꽉 차 있었다.

마당에는 창윤이, 동규서껀 서당 아이들이 놀고 있고―.

최칠성 영감이 무겁게 기침을 했다. 에헴, 에헴 담뱃대를 재떨이에 털었다. 그리고 좌중을 둘러보았다.

내 이름이 지명되는 건 아닐까?

그러나 최칠성 영감의 입에서는 뜻밖의 사람이 불리었다.

"최삼봉!"

제 아들의 이름이었다.

'최삼봉?'

'최 영감의 아들?'

서로들 얼굴을 마주 보았다.

'최 영감이 당신 아들을 서슴잰구 청인으로 만들겠다능 거 보문 그게 부끄러운 일이 앙인 모애앵가?'

못 이기는 체하고 시키는 대로 할걸……. 후회하는 사람도 있었다. 윤서방 같은 사람…….

'응, 그래서 전부터 그런 주장을 했구나. 아들으 동복산이네 집에 드나들게 하면서…….'

돌아간 이한복 영감의 의견을 새삼스럽게 되생각하면서 얼핏 이렇게 생각하는 사람들…….

'능구렝 같은 두상…….'

무슨 계획적인 복선이 있다고 머리를 갸우뚱하는 사람들…….

저는 싫으면서 최삼봉이 그렇게 되는 것도 싫은 심정? 훈장 영감은 이한복 영감과 친한 사이였다. 최칠성 영감을 칭찬하는 듯 비꼬는 듯 — 여러분이 대표되기를 꺼려하므로 최 영감이 아들을 지명했다는 것, 비봉촌을 위해선 아들 하나의 창피쯤 아무것도 아니라는 걸 몸소 보여주었다는 걸 점잖게 말했다.

장내는 이상한 분위기에 휩싸였다. 대표는 최삼봉 외에 또 한 사람이 지명되었다. 노 서방이었다. 2, 3년 전에 비봉촌엘 어디선지 모르게 들어와 농사철이면 이집 저집 품팔이로 돌아다니는 늙은 총각이었다. 신수 좋고 기골은 장대하나, 게으르기 때문에 삼십이 넘도록 장가도 못 간 거로 알고들 있었다. 비봉촌에 온 뒤에도 색시를 얻을 염도 집을 마련할 염도 하지 않고, 품팔이해 얻은 돈을 명일 같은 때 벌어지는 소일판(투전판)을 찾아다니며 털어 바치곤 개평이나 얻어 쓰는 걸 즐기는 사람이었다. 그러나 바탕은 퍽이나 어진 듯 누구와 시비를 하려고도 않고, 게으른 성품에도 맡겨만 놓으면 밭일이든 집안일이든 마다하지 않고 굼뜨게나마 열심히 했다. 그래서 웃음거리도 되고 있으나 사랑도 받고 있는 존재였다. 노총각이라고 부르지 않고 노 서방이라고 부르는 것도 동네 사람들이 그를 바보같이 여기면서도 밉게 보지 않는 탓이랄까? 아이들은 '머저리 노 서방'이라고 하지마는……

9

동네 모임이 서당에서 있을 때마다 할아버지가 앉았던 맨 윗자리를 동규 할아버지가 차지하고 있다. 그리고 그의 의견에 반대하는 사람이 없다. 마당에서 놀면서 문을 열어 놓은 방 안에서 진행되는 동네 의논을 아는 듯 모르는 듯 알 수 있는 창윤이는 서글픔을 막을 수 없었다. 서당도 동네도 죄다 동규네 것이 된 듯한 아쉬움에서였다. 다시금 할아버지를 돌아가시게 만든 자책이 쿡쿡 쑤신다. 동규가 미워 견딜 수 없었다. 며칠 전에는 나를 '새끼 되놈'이라고 해, 선생님에게 호되게 매를 맞고 훈계까지 듣게 했지…….

"야, 동규 아버지가 되놈이 된단다. 머저리 노 서방 하구 둘이……"

뻠재기를 하고 앉았던 창윤이 가슴이 꿈틀했다. 머리를 들어 보니 외종사촌 동생이었다.

"거짓부레?"

"정말이다."

창윤이는 움찔 일어섰다. 서면서 큰소리로,

"동규 아버지가 얼되놈이 된단다. 하, 하, 하!"

가슴속에 억눌리어 있었던 감정이 무의식중에 폭발된 것이라고 할까? 아이들이 눈이 둥그레져 창윤이 쪽을 보았다. 그 사실보다도 창윤이의 울부짖는 것 같은 소리에 더욱 놀라지 않을 수 없었다.

"그러면 동규는 새끼 얼되놈이 되는구나."

통쾌하게 한마디를 더 지르고 창윤이는 마당 밖으로 뛰어나갔다. 아버지 장손이는 오늘 이 모임에 참석하지 않았다. 아니꼬운 생각에서일 게다. 밭에서 일을 하고 있었다. 창윤이는 맨 먼저 아버지에게 이 소식을 알려 드려야겠다고 생각했다.

창윤이네 밭은 서당 뒷등성이를 넘어 있었다. 등성이를 뛰어가는데,

"야 이 새끼, 이제 무시기라구 했니?"

돌아다보니 동규가 쫓아오고 있었다.

"응, 너 잘 온다."

창윤이는 뛰다 말고 돌아섰다. 가까이 오는 동규에게 탁 쏘아 주었다.

"너어 아버지가 얼되놈이 된다구 했다."

동규가 창윤이와 마주 서서 노려본다.

"그 말뿐이야?"

창윤이 서슴지 않고 대답했다.

"응, 동규 너는 새끼 얼되놈이라구 했다."

동규의 눈에서 불을 뿜는 듯 얼굴이 새파래진다.

"한 번 더 해봐라!"

"몇 번이래두 하마."

불을 뿜는 듯한 동규의 눈을 쏘아보면서 얼굴에 바싹 들이대고, 창윤이 악에 치받친 소리를 질렀다.

"너는 새끼 얼되놈이다. 너는 새끼 얼되놈이다. 새끼 얼되놈! 새끼 얼되놈……."

"이 새끼!"

"어쿠!"

창윤이는 손으로 얼굴을 가리며 두어 걸음 뒤로 물러서지 않을 수 없었다. 그러나 동규의 두 번째 들어오는 박치기를 막아낼 수 있었다.

재빠르게 몸을 피하면서 발길로 지른 것이 불두덩 근처였던 모양? 동규가 웅크리고 앉는다. 창윤이 달려들려다가 멈칫했다. 그러자 웅크리고 앉았던 동규가 움찔 일어났다. 아무렇지도 않은 듯이 도사리는 것이 아닌가? 창윤이 덤벼들었다.

둘은 맞붙었다. 뒹굴었다. 창윤이 위였다.

"이 새끼, 요전에 나르 무시기라구 했니?"

깔려 있는 동규가 악을 썼다.

"새끼 되놈이라구 했다."

"잘못했다구 빌어라."

"잘못하지 않았다."

"요 새끼 봐라?"

"어쨌단 말이야."

"빌지 않으문 죽인다."

동규가 위가 되었다. 위에서 말한다.

"다시 나르 새끼 얼되놈이라구 아이들 앞에서 그러겠니?"

"너 아바지 얼되놈이니까 너는 새끼 얼되놈이다."

창윤이가 외친다.

"나는 앙이다."

"어째 앙이야?"

"아버지는 그래두, 나는 앙이다."

"애비가 얼되놈이문, 아들두 제절루 얼되놈이 되는 기다."

"나는 앙이다. 나는 앙이다. 나는 앙이다!"

그리고 둘은 끙끙대기만 하면서 뒹굴다가, 앗! 그만 부둥켜안은 채 낭떠러지에 굴러 떨어지고 말았다.

10

소식을 전하러 밭에 나온 처조카 되는 아이의 말을 듣고 장손이는 기가 막혔다.

할아버지가 돌아간 뒤에는 글을 잘 읽지 않고 아이들과 싸움만 하는 창윤이었다. 세상은 어지러워 뻔히 제 나라 땅이면서 그걸 주장하지 못하고 모두 청국사람이 되느냐, 대표로 몇 사람이 변발흑복을 해 눈가림을 하느냐 하는 이 판국에서 쌈패로 변해 가는 못난 아들의 일이 입이 쓰지 않을 수 없었다.

"또 쌈으 했어?"

"옛꼬망, 비랑(낭떠러지)에서 구울어 다쳤소꼬망."

낭떠러지라도 밋밋한 흙 언덕배기다. 동규는 굴러 내려가다가 나무 등걸에 걸렸으므로 이마와 콧등을 밀었을 뿐, 별로 다친 데가 없이 저절로 기어 언덕으로 올라올 수 있었으나, 창윤이는 밑까지 굴러가 머리가 터지고 발목이 절골되어 정신을 잃은 채 쓰러져 있었다. 가까운 밭에서 일하던 농부가 달려와 창윤이를 업어 집으로 가져간 것이었다.

"그래 죽지는 않았니?"

장손이의 말은 어디까지나 아들이 못마땅하다는 투였다.

"죽지는 않았지마는……"

아이도 고지식하다.

"머리가 터지구 발목이 부러지구."

"죽지 않았으면 다행이다."

신푸녕스럽게 말하고 장손이는,

"이 이랑으 다 매구 들어간다구 해라."

아이를 먼저 들여보냈다.

그리고 이윽해서다. 장손이 집으로 들어왔을 때에는 창윤이 머리를 헝겊으로 싸 동여매고 누워 있었다. 잠이 든 것인가, 아직도 혼수상태에 있는 것인가, 할머니 뒷방예가 옆에 앉아 심각한 얼굴이었다.

"으음!"

쓴입을 다시고 나서 어머니에게 물었다.

"어떤 놈우 새끼하구 싸왔다는 기오?"

"최칠성 영감 손자라는궁."

장손이 와락 역정이 치밀면서,

"또 그놈우 새끼하구."

버럭 지르는 소리를 듣고 깬 것일까? 창윤이 눈을 뜨더니 윗몸을 일으키면서,

"아바지, 동규 새끼 애비 얼되놈이 됐소꼬망, 머저리 노 서방하구……."

말을 채 마치지 못하고 다시 누워 버린다. 열에 뜬 언동이었다. 할머니가 황급히 손자를 똑바로 누이고 아들을 보면서 말했다.

"서다앙서 그렇기 된 거 알구 애비께 알리자구 가다가……."

뒤에서 쫓아오는 동규와 맞붙어 싸웠다는 전후 사실을 창윤이한테서 들은 대로 옮겨 놓았다. '새끼 되놈', '새끼 얼되놈'의 사연도

"그놈 아가 앞서 서다앙서 야를 망신으 주었기 때문에……."

그날도 그 애와 싸워 훈장 선생님에게 종아리를 맞았다는 일, 오늘은 그 복수로 그 아버지가 얼되놈이 된 걸 알고 아이들 앞에서 외쳤던 일,

창윤이 지금에야 열에 떠 잠꼬대같이 지껄인 말을 종합해 장손이에게 들려주었다.

"'큰아배(할아버지)는 나 때문에 돌아갔소꼬망. 내가 머저리가 돼서 청국 놈에게 붙잡혔구, 청국 머리에 청국 옷을 입구 그랬기 때문에 돌아갔소꼬망' 하구 몇 번 잠꼬대를 했는지 암메?"

할머니 뒷방에는 영감이 돌아간 후 갑자기 변해진 동네 정세와 그것보다도 모든 주장이 최칠성 영감에게로 옮겨간 것이 누구보다도 가슴 아픈 일이었다. 가슴속에 쌓였던 울분과 설움이 치솟아 올라오는 것인가?

치마꼬리로 눈물을 닦으면서 혀를 끌끌 차고 말을 잇는다.

"……여기 와서 손톱이 무지러지도록 땅으 파구 나무르 베구 하던 큰아배르 생각한다문, 철없는 것두 가슴에 맺히는 게 어째 없겠음……."

장손이도 눈시울이 뜨거워졌다. 저도 모르게 창윤이의 얼굴을 보았다. 고요히 눈을 감고 있었다. 험상궂게 싸 동여맨 헝겊! 그러자 장손이의 눈앞에는 동가네 집에서 돌아오던 청국 소년의 모습을 한 그날의 창윤이 떠올랐다. 어깨를 떨구고 어미를 부르며 울음을 터뜨리던 모양. ─그날의 일은 감자 때문이었지만, 감자 때문에 아이를 비굴하게 만들었고, 동무들에게 놀림감이 되게 했고……. 그리고는 패싸움. 아버지의 임종! 그러자 이상한 일이었다. 그날에는 아들이 바보라는 실망에만 감정이 집중되어 감감히 떠오르지 않았던 자신의 어린 때의 감자에 대한 기억이 생생하게 되살아났다.

아버지가 새벽녘에 감자를 가져오던 장면, 해소병인 할머니와 어머니가 희미한 호롱불빛 속에 개 짖는 소리에 가슴을 죄면서 근심 걱정하던 광경, 기억은 순서 없이 일어났다가 사라졌다. 눈앞에는 할머니의 임종 광경이 떠올랐다. 맵짠 바람이 문풍지를 울리던 겨울 밤중이었다. 아버지 이한복이 처남 장치덕이와 먼저 강을 건너간 그해 겨울이었다. 그해는 비도 알맞게 내렸고 연사도 좋았으나 며느리를 데리고 아낙네끼리만 치른 농사가 해소병인 할머니 한 씨의 생명을 단축시킨 것일까?

그날 밤엔 감자 때와는 달라 개가 짖지 않았다. 그러나 한 씨의 귀에는 개 짖는 소리가 들리는 모양이다.

"저 개지 새끼 어째 저리 짖슴?"

며느리 뒷방예가 대답했다.

"어마임, 개가 짖쟀소꼬망."

"아아애비 상기 오재넸음?"

"어지는 올 때가 됐소꼬망."

"끌끌……."

그리고는 며느리에게 손을 잡힌 채 솥에 안친 밥이 잦아들듯 숨을 거둔 한 씨…….

"어머님 좋은 곳으로 갑소 극락세계로 갑소 불 켜 논 세상으로 갑소"

경건하게 축원하고 다시 슬프게 울던 어머니 뒷방예. 슬픈 것인지 무서운 것인지 분간 못할 감정으로 그저 멍하기만 했던 자신! 그런 기억 속에서 가장 또렷한 것이 감자 세 알과 새 깃 달린 제기의 기억이었다. 무엇보다도 생생한 것은 아버지에게 뺨을 맞던 일이었다.

"고자질하는 새끼는 쥑여 없앤다!"

그 장면과 함께 귀에 쟁쟁한 아버지의 목소리.

이때의 교훈이 아는 듯 모르는 듯 어린 마음에 박혀 이곳에 와서 아버지와 함께 흙을 파헤치는 데 끈기와 투지를 북돋워 준 게 아니었을까!

'새 깃이 달린 제기루 감쥐 세 알으 바꿔 먹자던 삼봉이 청인이 되었다구? 그리고 그 때문에 창윤이 삼봉이 아들하구 싸워서 머리가 깨졌다구?'

장손이는 치미는 감회로 가슴이 꽉 차지 않을 수 없었다.

"아하!"

성난 불꽃

1

창윤이는 외삼촌 정세룡이의 도움을 받으면서 저희 밭에서 아버지와 함께 밭갈이를 하고 있었다.

흐리터분한 봄 하늘이었다.

낭떠러지에서의 사건이 있은 지 4년. 그때 운수 좋게도 생명은 건지었으나, 절골된 발목이 제대로 들어가 잇기지 않았다. 그런대로 굳어지기는 했으나, 왼쪽 다리는 절룩거리지 않을 수 없었다. 그러나 동작엔 조금도 불편을 느끼지 않는 건 이젠 익숙해진 탓일까? 벌써 열아홉 살이었다. 장정이 다 된 듬직한 몸으로 쟁기 꼭지를 쥐고 보습을 흙 속에 깊숙이 박았다.

"이랴, 이랴!"

고삐를 당기면서 소를 다루는 솜씨도 제법 상농꾼 한몫은 넉넉했다.

"이랴, 끌끌!"

소도 솔깃이 창윤이 하는 대로 쟁기를 끌었다.

시퍼런 보습에 파도처럼 파 번져지는 검은 흙! 지난겨울엔 눈이 흠뻑 내렸으므로 흙이 무척 부드럽다.

'금년엔 틀림없이 풍년이다.'

지금 혼삿말이 있는 복동예에게 가을에 장가들 수 있다고 달콤하게 생각하면서 파 번져진 흙을 흐뭇한 마음으로 밟고 나가고 있는데,

"으음, 자아들으 좀 보오"

파헤쳐진 흙 속에서 지난해의 곡식 뿌리를 쇠스랑으로 한군데 모아 놓고 있던 정세룡의 목소리였다.

"무시긴데?"

옆 이랑에서 흙덩어리를 깨면서 아들의 다부지게 하는 일을 만족한 마음으로 보고 있던 아버지 장손이와 창윤이는 거의 한꺼번에 세룡이 가리키는 쪽으로 얼굴을 돌렸다.

큰길에였다. 최삼봉이와 노덕심이 걸어가고 있는 모습이 바라보였다. 비단 다부쇤즈(두루마기 같은 옷) 위에 큰 무늬 둥그런 후단 마뗄(마고자 같은 옷)을 입은 최삼봉이는 머리를 땋아 뒤로 드리우고 있었으나 갓 대신 도토리 깍정 모양인 마오즈(모자)를 올려놓고 있었다. 토호 동복산이 같은 점잖은 차림이었다. 걸음걸이도 동복산이 본새를 따는 것임에 틀림이 없었다. 무거운 몸가짐, 배를 내밀고 느릿느릿한 동작! 그 뒤를 다부쇤즈 소매에 손을 엇바꿔 찌르고 노덕심이 따르고 있었다.

"헛 헛 헛!"

눈에 진물이 나도록 보아 왔던 꼴이었으나 볼 때마다 정세룡이는 웃

음이 터져 견딜 수 없는 모양이었다. 웃음소리가 높았다.

"어허 허!"

창윤이도 외삼촌을 따라 한바탕 마음 놓고 웃어댔다. 어찌 웃지 않을 수 있으랴!

외형이 우스꽝스러워서만이 아니었다. 그들의 태도와 처지가 처음 그들을 호주인(戶主人)으로 뽑던 동기와 그때의 태도와는 어긋나는 까닭이었다. 그뿐이 아니었다. 그들을 싸고도는 주민들의 심리의 변천도 웃음을 자아내기 때문이었다.

그때― 서당에서 최칠성 노인의 지명을 받았을 때, 체면 같은 걸 가릴 처지도 아닌 노덕심은 물론, 아버지의 엄명을 받은 최삼봉이도 함께 싫다고 도리질했다. 머리를 풀어 더운 물로 축이고 앞 절반을 면도로 새파랗게 밀었을 때, 그들은 목을 놓아 울었다.

노덕심이는 스스로 바보 구실을 감수하는 사람이었으나, 그런 까닭에 더구나 슬펐을 것이다. 최삼봉이의 경우는 더욱 복잡했을 것이었다. 이미 동복산이와 인간적으로 친교가 있었다. 그것으로 일부 동네 사람들에게 손가락질을 받곤 했다. 거기에 그날 아들 동규와 창윤이가 낭떠러지에 구른 사건이 있지 않았던가? 그 원인이 제가 얼되놈이 되는 데 대한 시비 때문임을 잘 알고 있었다. 그뿐이랴? 이한복 영감과 최칠성 노인과의 오랫동안 내려오던 변발흑복에 대한 의견 충돌. 동네를 위해 흰 옷을 벗어 던지고 머리꼬랑지를 드리운다고는 하지마는, 오해를 받자면 또 얼마든지 받을 수 있는 처지이기도 했다.

최삼봉이는 그런 뜻을 여러 사람에게 기회 있는 대로 피력했다. 오해하고 있던 사람들도 최삼봉이의 양심을 의심치 않았고 그 태도를 옳게 여겼다.

"미안하지마는 어쩌겠소. 기왕지사 그렇게 된 바에야, 우리 동네를 위해서……"

지각 있는 사람들은 이렇게 싫다고 앙탈하는 노덕심이와 함께 최삼봉이의 앞머리를 면도로 빡빡 밀어 주었던 것이다.

그리고 처음 얼마 동안은 동네 사람들의 기대에 어긋남이 없었다. 비봉촌 주민의 청국 정부에 대한 사무적인 일을 정부 판공서(辦公署)와 싸워 가면서 잘 보아 주었다. 그 사이 내지(內地)에서 많은 이민들이 마음 놓고 넘어와 이곳에 정착할 수 있었다. 호주인의 부다지를 경작한다는 명목이면 입적을 하지 않고도 농사를 지을 수 있었기 때문이었다. 그뿐이 아니었다. 동복산이의 지팡에도 원하는 사람이 있으면 좋은 조건으로 붙여 주는 일을 해나갔다.

'최 퉁스[通事]! 노 퉁스!' 벌써 얼되놈이라고 부르지 않았다. 역관(譯官)을 뜻하는 존칭으로 '퉁스, 퉁스' 했다. 그들이 청국사람과 자주 접촉하므로 청국 말을 잘했을 뿐 아니라, 관청에 일이 있는 때면 함께 가서, 통역 겸 교섭을 해주었기 때문이었다.

청국사람과 관계되는 한 조그만 일에도 최 퉁스를 찾았다.

한편 정부에서는 모든 조선사람의 일을 두 호주인을 통해 의논했다. 세금의 징수, 법령의 실시, 부역에 사람을 뽑는 일 등등…….

자연히 중국 측에서 대우를 받고 또 주민들에게 '퉁스, 퉁스'로 떠받들리는 위치에 놓이지 않을 수 없었다.

특권자! 이한복 영감이 예언한 대로 주민들은 실질적으로 그들의 소작인의 위치에 놓이게 될밖에 없었다. 주머니는 두툼해지고 교만심이 거기에 따랐다. 처음의 양심은 어디 갔을까? 부끄러움은 어디 갔을까?

날이 가고 달이 거듭함을 따라 조선사람의 이익보다 자신의 이익이 주가 되었다. 그리고 자신의 이익을 위해 청국 정부의 이익을 꾀하는 결과를 가져오지 않을 수 없었다. 처음엔 어울리지 않는 머리와 옷차림을 볼 때 동정과 비통한 심정이 생기던 지각 있는 사람들도 이젠 그 꼴이 우스워 볼 수 없었다. 더욱이 기름기 도는 얼굴, 비대해진 몸에 비단옷을 걸치고, '따렌[大人]'의 몸가짐을 지어서 하려는 꼴을 볼 때 비위가 거슬리지 않을 수 없었다. 다시 얼되놈이라 비방과 욕설을 퍼붓는 사람도 있었으나, 표면으로 그들을 미워하고는 동네에서 마음 놓고 살 수 없었다. 이것이 정세룡이와 창윤이로서는 우습지 않을 수 없었다. 그러나 그것보다도 더 우스운 것은 호주인 되기를 원하는 사람이 속출하는 일이었다. 가장 우스운 건 윤 서방이었다. 서당에서 대표를 뽑을 때 처음에 지명을 받고 어머니와 함께 야료로 취소를 했던 그는 어머니가 돌아가자 동복산이의 양아들이 되어 젊은 첩을 얻어 아들까지 낳고 거드럭거리는 상태였다.

퉁스보다도 양아들이 청국사람으로서는 더 친근할밖에 없었다. 이런 인간적인 약점을 알고 있는 윤 서방은 최삼봉이나 노덕심이 위에서 체면이 없이 주민들에게 군림하려 들었다.

"윤가 새끼는 어째 앙이 끼였을까?"

셋이 늘 밀려 다녔다. 그리고 미운 푼수로는 그가 으뜸이었으므로 창윤이는 혼잣말같이 뇌까렸다.

"그 새낀 첩 간나 엉뎅이르 뒤뒤리고 있는 모양이디!"

정세룡이의 까닭 없는 적개심이 상말을 함부로 뱉어 놓게 했다.

"그만두랑이."

젊은이들의 비웃음과 험담을 굳은 표정으로 아닌 체 보고 듣던 장손이는 무겁게 한마디를 던졌다.

그들이 미운 마음은 젊은이들에게 못지않았으나 맞장구를 쳐 삼봉이네들 험구를 하고 있을 수 없었다. 입을 다물고 흙덩이 깨던 일을 계속하려다가,

"야, 너는 좀 쉐라."

움찔 일어나 아들이 잡고 있는 쟁기 옆으로 갔다. 힘쓰는 일을 하는 것으로 마음속의 울분을 억누르려는 생각인 듯했다.

2

"욕보우다."

셋이 다시 말없이 밭갈이에 열중하기 이윽해서다. 최삼봉이와 노덕심이 온 것이 아닌가?

"이거 어떻게?"

고추동무로 자란 사이였으나, 지금의 최삼봉이와 이장손이는 서먹서먹할밖에 없었다. 장손이 뜻밖이라는 표정으로 맞이했다.

"좀 의논할 기 있어서……. 집에 들렀더니 밭에 나갔다구 해서……."

금방 험담을 뱉어 놓았던 젊은이들은 서로 얼굴을 보고 눈짓을 했을 뿐, 그들에게 인사도 하지 않았다.

장손이는 이번엔 처남에게 쟁기를 맡기고 인사도 하지 않는 젊은이들

을 아니꼽게 여기는 두 호주인을 밭두렁으로 인도했다. 셋은 뒤보는 앉음앉음을 했다.

"다른 기 앵이라."

최삼봉이 용건을 끄집어냈다.

"동 대인이 두어 달 뒤에 생신인데, 생신에 죄선사램이 가망이 있을 수 없을 바에는 빗돌이나 하나 세워 주는 게 어떨까 해서……."

조선사람을 후한 조건으로 지팡에 붙여 주었다는 것, 다리를 놓는 데 절반 이상 부담했다는 것, 관청에 걸려든 조선사람을 잘 빼주었다는 것……. 동복산이의 송덕비(頌德碑)를 세워 줄 조건은 그것으로 넉넉하다는 것이었다.

이장손은 어처구니가 없었다. 비를 세워 주는 게 마대서가 아니다. 최삼봉이의 뱃속이 환히 들여다보이기 때문이었다. 세금 독촉이요, 부역에 사람 뽑기요, 관청을 대신해 자잘구레 조선사람을 청국 정부에 얽매어 놓고 주민을 욕보이더니, 이번에는 하찮은 조건으로 토호의 송덕비를 세워 주자는 게 아닌가? 그의 권력에 아첨하는 심보에 와락 비위가 거슬리지 않을 수 없었다. 더욱이 구역질나는 것은 이 일로 지금 밭에까지 찾아온 것이었다.

청국 정부와 청국사람과 친하려 들지 않은 이장손이었으므로, 먼저 그를 설득시킴으로써 다른 사람들이 반대할 여지를 남기지 않고 일을 일사천리로 진행시키자는 것이라고 생각했기 때문이었다.

그러나 신중한 장손이는 즉석에서 반대하거나 찬성도 하지 않았다.

"좋은 생각이지마는……."

장손이는 띄엄띄엄 말했다.

"지금이 어느 때요? 온 동네가 광목을 치는 때가 돼놔서······."

춘궁기에 어떻게 돈을 거둘 수 있을 것인가고 심각한 난색을 보였다.

"그러기에 찾아온 기 앙이요. 동네를 위해서 장손이 힘을 써줘얍지."

그러면서 기부금 적을 책을 내놓았다.

"여기다, 자네가 먼저 적어 주게."

자신의 이익을 위해 입버릇으로 뇌는 민족과 부락민. 최삼봉이는 무슨 일이 있든 '죄선사람, 우리 동네를 위해서'를 내세웠다. 이게 또 장손이의 비위를 거슬렀다. 기부금 방명록은 보지도 않고,

"비를 세우는 게 동네를 위하는 겐지는 모르겠지마는······."

하는데, 노덕심이 움찔 일어나면서,

"그래 싫다는 말이오?"

우둔한 얼굴에 퉁명스런 말투였다. 장손이도 일어났다.

"싫다문 어쩔 테야?"

저도 모르게 쏘는 말로 대꾸했다. 뒤에서 손가락질하건, 앞으로 굽실거리는 것에 기고만장한 노덕심이 잠자코 있지 않았다.

"보자보자 해두 늘 젯바두해 가지구."

"무시기라구!"

목소리가 높아졌다.

밭갈이하던 젊은이들이 눈이 둥그레서 어슬렁어슬렁 가까이 왔다. 그러기를 기다렸다는 태도다.

"이 사람은 성질이 욱해서······."

심상치 않은 얼굴로 다가오는 젊은이들을 보자, 최삼봉이는 먼저 노덕심이를 나무랐다. 그리고,

"그쯤 생각해 두었다가 후에 다시 만나기로 합세."

책을 호주머니 속에 거두어 넣고 노덕심이를 데리고 내려갔다. 이번 송덕비는 비봉촌 전체가 한 사람의 반대도 없이 세우는 것이라고 그걸 동복산이에게 보여주려는 게 본의였으므로 최삼봉이는 만만히 물러간 것이었다.

"갸가 어째 소리르 치구 야단이었음둥?"

두 청복 한 사람이 밋밋하게 경사진 길로 큰길을 향해 내려가는 뒷모양을 보면서 정세룡이가 물었다. 얼른 대답이 없다가 장손이가 마침내,

"비를 세우겠다는 거 싫듯이 얘기했덩이……."

"무슨 빈데?"

"동복산이 좋은 일으 했다는 비란다."

"옛?"

창윤이 감자 사건 때의 패싸움으로 팔을 다쳤고, 아문에 잡혀까지 간 일이 아직도 앙가슴에서 내려가지 않고 있는 정세룡이다. 놀람보다도 비위가 뒤집혔다.

"그런 줄 알았드문 그 새끼들으 때려 쫓아 보내겠는 거……."

그래도 성에 차지 않는 모양인지 두 손을 입에다 대고 둥그렇게 나팔 모양을 만들고,

"얼되놈들아, 무슨 할 짓이 없어 동복산이 비르 해 세우자구 하느냐?"

큰소리에 두 호주인이 힐끔 뒤를 보았다.

"그게 무슨 짓이냐? 그만도라!"

골이 나서 소리 나는 곳으로 몸을 돌려 올라오려는 노덕심이를 말리는 최삼봉이를 보면서 장손이 점잖게 처남의 고함을 제지했다.

최삼봉이와 노덕심이 이쪽에 등을 보이고 내리막길을 걸음을 재촉해 내려갔다.

정세룡이는 한 번 더 소리를 지르지 않고는 견딜 수 없었다.

"비르 세웠다 봐라. 빗돌에 똥칠으 해놓겠다."

"얼되놈 새끼들아……."

창윤이도 악을 써 소리를 질렀다.

3

"혼사가 영 틀어졌담메."

장손이의 밥상머리에 앉아서 창윤이의 할머니 뒷방예가 말했다. 분한 어조였다.

"다 됐다등이……."

며칠 전 중매쟁이 할머니가 와서 술 석 잔을 내라는 둥, 사주머리 떡 살을 부르라는 둥 수다를 떨고 간 걸 알고 있는 장손이였으므로 뜻밖이 라는 듯이 묻지 않을 수 없었다.

"그러덩이, 딸으 노 서방에게 주었담메."

"노 서방에게?"

창윤이와 혼삿말이 있던 복동예는 박 첨지의 셋째 딸이었다. 얌전한 색시였다. 밋출한 키에 치렁치렁한 머리가 탐스러웠다. 둥그스름한 얼굴 엔 언제나 부드러운 것이 떠돌고 있었다. 골난 얼굴을 못 보았다고 누구 보다도 할머니가 손자 며느릿감으로 탐나 했다.

그래서 중매쟁이를 내세워 허혼할 것을 졸라 댔던 것이다. 박 첨지도 한복 영감의 손자라면, 하고 의향을 두는 듯했으나 마침내는 호주인 노덕심에게 허혼하고 만 모양이었다.

밥술을 입에 가져다가 말고 장손이는 어안이 벙벙하지 않을 수 없었다.

"으음, 박 첨지두 똑똑한 사람인 줄 알았덩이……."

"동이구 권세문 제일인 세상이 앙임메."

영감이 살아 있었다면 이렇게 핀잔은 당하지 않았으리라고 생각하면서 할머니 뒷방예는 슬픔마저 치밀었다.

"글쎄 창윤이가 싫으문 거저 싫을 게지 병신이라구 나무라드라구 했다쟀꼬망."

다리를 약간 씰룩거리는 거로 아들을 불구자 다루듯 했다는 사실에 창윤 어미로서는 또 분통이 터지지 않을 수 없었다. 이런 심정으로 남편에게 호소하듯 말했다.

옆에서 밥을 먹고 있는 창윤이는 농사일을 하면서도 복동예와 결혼할 걸 달콤하게 그려 내려오던 꿈이 깨어지고 말았다. 가족 중 누구보다도 마음으로 실망을 했으나, 제 혼사에 대한 이야기라 잠자코 밥만 먹고 있다가 숟가락을 집어던지듯 상 위에 놓고 벌떡 일어났다. 병신이라는 이유로 딱지를 맞았다는 말에 발끈했기 때문이었다.

"뉘기 그런 소리르 했단 말임둥?"

창윤이의 기세에 가족들이 얼른 입을 열지 못했다.

"데럽어서."

그런 가족들을 남겨 놓고 창윤이는 얼른 밖으로 나왔다. 희끄무레, 아직 어둡지는 않았다. 이른 여름 저녁이라 아이들이 길가에서 명랑하게 떠들고 있었다. 명랑한 아이들이 노는 양이 까닭 없이 창윤이의 부아를 더 돋워 준다.

"이 새끼들!"

아이들에게 하는 욕설인지 박 첨지네에게 하는 것인지, 그렇지 않으면 바보 얼되놈 노덕심이에게 하는 욕설인지 분간할 수 없는 욕설이 입에서 저절로 튀어나왔다. 그것은 또 까닭 없이 복동예에게 배반을 당했다는 분노의 폭발이기도 했다.

물론 둘은 서로 연애를 했다거나 그런 사이가 아니었다. 남의 눈을 피해 만난 일도 없었다. 우연한 기회에 길에서 지나치거나 사람이 많이 모인 곳에서 만나면 서로 수줍어하고 얼굴이 화끈 달아오르는 정도밖엔 없었다. 그러나 창윤이는 복동예는 나의 아내가 될 사람이거니, 혼삿말만 가면 반갑게 허혼할 거려니 믿고 있었다. 그런 심정이 여지없이 짓밟힌 것이다.

창윤이의 발은 군삼이네 마을방으로 향해졌다. 서당에 다니던 저희 나이 또래가 모여서 노는 곳이었다.

아직 일렀으나 서너 명이 와 있었다. 그 중에 동규가 끼여 있었다. 낭떠러지에서의 사건이 있은 뒤, 둘은 그전 같은 사이가 아니었다. 저 때문에 창윤이 목숨을 잃을 뻔했다는 생각이 동규의 마음에 심각한 고민을 가져오게 한 것이었을까? 발목을 쓰지 못하고 집에서 뒹굴고 있는 동안 동규는 창윤이를 부지런히 찾아와서 놀아 주곤 했었다. 죽음의 고비를 두고 맺어진 순진한 마음들! 그 후에는 둘의 입에서 '새끼 되놈', '새끼 얼되놈'을 서로 부르지 않았다. 그리고 창윤이 발목이 나은 후부터 둘은 단짝이 되어 다녔다. 둘이 붙어 다니는 걸 보고 처음에는 놀려 주는 아이들이 있기도 했다.

"새끼 되놈과 새끼 얼되놈, 되놈끼리 한 짝이 됐다!"

"무시기 어쩌구 어째?"

그러나 이번에는 둘이 힘을 합해 그렇게 놀려 주는 아이들에게 맞서거나 그들을 때려 주었다. 아이들이 끄떡하지 못했다. 더욱이 놀려 주는 말을 못 한 것은 두 소년의 마음은 새끼 되놈이나 얼되놈과는 딴판으로 열렬한 조선사람인 걸 알게 된 후부터였다.

창윤이는 이한복 영감의 손자라 의심할 여지가 없었으나, 동규는 호주인 최삼봉이의 아들이면서도 아버지를 거역해 집을 쫓기어나기도 하고 매를 맞기도 했기 때문이었다.

이렇게 하는 동안에 4년이 흘러간 것이었다. 그리고 지금 둘이는 군삼이네 마을방에 모여드는 10여 명 중에서도 가장 친한 사이가 되고 있었다.

"무슨 일이 있었니?"

창윤이의 심상치 않은 태도를 남 먼저 동규가 알아보았다. '음' 하고 창윤이는 동규를 밖으로 나가자고 했다. 둘은 개울가를 거닐었다.

"복동예 노덕심에게 시집가게 된 거 아니?"

"그렇게 됐니?"

창윤이와 혼삿말이 있는 것은 알고 있었으나 노덕심이하고의 일은 금시초문이었다. 동규는 도리어 창윤이에게 묻지 않을 수 없었다.

"그렇게 된 모양이다."

"그런 법이 어디세 있능야?"

동규가 분개했다. 그게 창윤이의 마음을 적이 누그러뜨려 주었다. 둘은 잠깐 서로가 말이 없이 거닐다가 동규가 입을 연다.

"너 갸를 정 잊지 못하겠니?"

"잊지 못하기는……. 갸 앙이문 간나들이 없어서 그러겠니?"

"거짓부레르 말아라."

"무시기 거짓부레란 말잉야?"

동규가 시쭉 웃고 창윤이더러 말했다.

"니 아무리 큰소리르 쳐두 갸한테 쫄딱 반하구 있는 기야."

"이 새끼!"

창윤이는 동규의 옆구리를 가볍게 쥐어박았다. 마을방에 뛰어올 때까지의 격분된 마음이 이젠 나른한 감상(感傷)으로 변해 버렸음을 깨달았다. 눈앞, 어둠 속에 복동예의 둥그스름, 화기가 떠도는 얼굴이 수줍음을 머금고 나타났다 사라진다. 밋출한 몸매, 치렁치렁한 머리채. 사라지는 복동예의 환상을 어둠 속에 비끄러매 놓으려는 듯이 창윤이는 전신의 신경을 눈으로 모으고 있는데,

"갸르 만나게 해줄까?"

잠자코 제 생각에 잠기고 있는 듯하던 동규의 말이었다.

"어떻게?"

창윤이는 귀가 번쩍했다.

"내게 맡게라."

그러더니 동규는,

"이 새끼, 싫다구 하문서두, 상기두 마음에 있는 게로구나. 괜히 상사병 만나 죽으문 어쩌니……."

창윤이의 머리를 쥐어흔들면서 장난이었다.

복동예는 동규 고모를 따르고 있었다. 그러므로 내종누이동생 아이를 시켜 고모가 복동예를 부르는 것처럼 한다. 복동예가 동규 고모 댁으로 가는 도중에 창윤이를 만나게 해주자는 것이었다. 그리고 이튿날 밤 동규의 계획은 그대로 실행되었다.

내종누이동생이 복동예를 데리고 나왔다. 동규 고모 댁은 복동예네 집에서 가려면 실개천 징검다리를 건너야 됐다. 징검다리를 건넌 언덕배기에 있는 집이기 때문이었다. 복동예가 실개천에 당도했을 무렵이다. 개울 옆 느티나무 뒤에 함께 숨어 있던 동규가 창윤이 등을 밀어 복동예 오는 쪽에 나서게 했다.

"복동예야!"

창윤이 나서면서 불렀다.

"애구망이나(어머나)!"

복동예의 놀라는 목소리.

"놀랄 기 없다. 내다. 창윤이다."

달이 없는 밤이었으나 복동예도 상대가 창윤임을 알고는 놀라는 가슴을 진정하는 것인가? 그 자리에 서서 아무 말도 없었다. 벌써 동규의 내종누이동생은 익숙한 길이므로 뜀뛰듯이 징검다리를 건너 제 집으로 사라지고 말았다.

"너 나르, 벵신이라구 싫다구 했다지?"

많은 말 중에 이 말이 먼저 나간 것은 무슨 까닭일까? 병신이라고 딱지를 맞았다는 사실이 가슴에 맺혀 있는 탓이리라. 복동예는 아무 말도 없었다.

"너 그래 봐라."

"……."

"얼되놈 머저리 노 서방이 구리두 좋니?"

"……."

느티나무 뒤에 서 있는 동규가 안타까워 견딜 수 없었다. 좀 더 나긋나긋하게 할 수는 없을까? 저렇게 싸움 싸우듯 들이대서야……. 동규가 창윤이를 복동예에게 만나게 해주자는 뜻은, 마음에 있는 계집아이를 만나 혼사는 못 되더라도 아기자기 마음의 불이나 꺼보게 하자는 것이었다.

"내야 무슨 성명이 있니? 부미(부모)가 시키는 대로 해얍지."

"무시기야?"

창윤이의 싸움 싸우듯 하는 말이 더욱 거칠다.

"그래 너는 애비 에미 죽으라문 죽겠니?"

한참 말이 없다가,

"흑……."

복동예의 흐느끼는 것 같은 소리가 들린다고 생각되자,

"그게 뉘귀야?"

박 첨지의 목소리였다.

"이놈아, 동넷집 체엣딸으 호려 내는 놈이 앙이야."

가까이 온 박 첨지는 놀라 물러서는 창윤이의 덜미를 잡았다. 노덕심이와 혼사를 정하게 되자부터 그게 싫다고 애비 에미에게 대들고 반항했던 복동예. 그 복동예가 어두운 밤에 개울 건너 집에서 오란다고 아버지 몰래 부리나케 나갔다. 이내 그걸 안 박 첨지는 어떤 예감에서일까? 뒤로 쫓아온 것이었다.

"이놈, 너 장손이 아들이 앙이야?"

박 첨지는 노기 띤 목소리로 창윤이를 꾸짖다가 징검다리를 건너오는 인기척에 그만 잠잠하고 말았다. 떠들면 도리어 딸의 망신이라고 생각한 까닭이리라.

창윤이의 덜미도 슬그머니 놓아 주었다. 그리고,

"가자!"

딸을 앞세우고 아무것도 아닌 체 집으로 걸음을 옮겨 놓았다. 창윤이도 비슬비슬 느티나무 있는 데로 걸어갔다.

징검다리를 건너온 사람은 아낙네였다. 그리고 그 여자는 동복산이의 양아들 윤 서방의 본처였다.

4

정세룡이 또래 젊은 패들뿐 아니라, 나이 지긋한 사람들도 일부에서 내심 탐탁하게 여기지 않았으나 동복산이의 송덕비 건립운동은 호주인들의 주선으로 착착 진행되어 나갔다.

그리고 오늘은 동복산이의 생일이자, 그의 송덕비를 제막(除幕)하는 날이다. 신록이 눈을 시원하게 해주는 활짝 갠 날씨였다.

비는 동복산이의 지팡집에서 한 마장은 넉넉히 떨어져 있는 언덕배기에 세워졌다. 조선사람들이 거기를 '딴뫼'라고 불렀다. 그리고 그 앞 일대에는 사래 긴 그의 소유 농지가 전개되고 있었다. 그것을 바라다볼 수 있는 위치에 세운 것이다. 비를 보호하기 위해 아담한 비각도 지어 놓았다.

동복산이는 흐뭇한 마음으로 동네에서 유력한 조선사람들을 잔치에 청했다.

비각을 세운 데가 마침 들놀이하기에 알맞은 곳이었다. 신록이 한창 무르녹은 나무 사이에 자리를 차려 놓고 한편에서 솜씨 있는 요리사가 저희 요리를 연방 만들어 대게 하면서…….

윗자리에 동복산이와 최칠성 노인이 가지런히 앉아 있고, 그 아래로 동네 유력자들이 둥그렇게 앉아 향긋하고 독한 고량주(高粱酒)와 맛있고 풍성한 요리를 양껏 먹고 있었다. 혀 꼬부라진 소리를 하는 사람, 갓이 삐뚤어질싸해 가지고 쓸데없이 큰 소리로 떠드는 사람. 먼저 왔던 사람들은 비틀거리는 걸음으로 물러가고, 후에 온 사람은 새 자리를 차리고……. 잔치는 근래에 없이 호화롭고 흥그러운 가운데 끝장을 향하여 벌어지고 있었다. 청한 사람 중에서 오리라 생각했던 몇 사람은 끝날 때까지 얼굴을 보이지 않았다. 그런 사람 중에 이장손이도 끼였다.

이웃에 사는 이민족의 어른, 동복산이의 생신을 축하한다는 뜻이라면 제일 먼저 뛰어갈 것이었으나, 송덕비 제막을 겸하는 잔치고 보니 장손이는 마음이 내키지 않았다.

송덕비는 청국인 토호 동복산 대인이 조선사람에게 베푼 은혜를 진심으로 찬양하는 마음에서라기보다 호주인 최삼봉이와 노덕심이 권세에 아첨하기 위해 조선사람의 이름을 팔고 가난한 동포의 주머니를 턴 것이라는 생각에서였다.

그것은 처음 두 호주인이 밭에 찾아왔을 때 가졌던 생각이었다. 그리고 그것은 쭉 변치 않고 내려온 생각이었다. 거기에 장손이는 엊저녁 처가에서 가져온 국수를 먹고 설사를 만났다. 밭에도 못 나가고 있는 형편이었다. 집에서 달구지 망가진 데를 손질하면서 변소 출입이 잦았으나, 잔치 터의 최삼봉이는 '이놈' 하고 속으로 몇 번 뇌까렸는지 모를 일이었다.

'일부러 밭에꺼지 찾아갔는데두 얼핏 찬동으 하쟎구. 흥, 그나 그뿐잉가, 젊은 아아들으 시켜 뒤에서 우리가 들으라구 큰소리루 욕지거리를 퍼붓게 하구……. 오늘은 올 줄 알았덩이 꼬리 대가리두 보이지 않구. 그놈 아, 무스거 믿구 그럴까?'

장손이의 반대나 그와 동조하는 일부 사람들의 무관심과 방해를 물리치고, 송덕비를 세우는 데 성공했다는 생각에 만족하면 할수록 최삼봉이는 장손이가 괘씸해 견딜 수 없었다. 술이 거나하고 보니 더욱 그런 생각이 들었다.

'이놈 아, 두구 보자.'

노덕심이도 같은 생각이었다. 다른 게 있다면, 이장손이의 아들이 복동예를 유인하려고 했다는 사실에 대한 그로서의 분노라고 할 것이었다.

'애비 아들이 어쩌문 고렇게 같애…….'

그리고 노덕심이도 뇌까렸다.

"두구 보자!"

5

"불이야."
"어디메요?"

"부채골이 앙이오?"

밤불이라 가깝게 보이는 탓일까?

"부체골 같지는 않은데."

아무리 밤불이라도 개울 건너 가까운 데 있는 부체골은 아니었다.

"그러문 어디밀까?"

"딴뫼가 앙인지 모르겠소"

"딴뫼 같기두 하오마는, 거기야 탈 기 있어얍지."

"어째 없겠소, 나무는 못 탄답니까? 바짝 마른 자작나무 말이오"

"그러문 산불이란 말이오?"

"글쎄."

"산불 같지는 않은데······".

불이 옆으로 번져 나가지 않고 한군데서 타고 있기 때문이다. 한군데서 타고 있으되, 역시 밤불이면서도 화광(火光)이 약하게 보였기 때문이었다.

"산불이 앙이문 그러문 무시기야?"

"오늘 거기서 처먹구 법자하게 놀덩이 도깨비불잉가?"

이건 오늘 낮의 잔치를 아니꼽게 여기고 있던 사람의 입에서 나오는 말임에 틀림이 없었다.

덮어놓고 불을 끄겠다고 본능적으로 뛰어가는 젊은이들. 좋은 구경이 났다고 신명이 나서 헐레벌떡 달음질쳐 가는 아이들. 먼 불이라, 강 건너 불처럼 제 집 마당에서나 겨우 울타리 밖까지 나와 바라보는 나이 먹은 사람과 여자들.

단조로운 생활이었으므로 먼 데서 나는 조그만 불 하나에도 온 동네가 벌컥 뒤집혔다. 깊은 밤이 아니었으므로 사람들이 잠들기 전인 탓일까? 더욱이 불난 곳이 오늘 낮에 잔치를 하던 딴뫼라는 데에 그 잔치를 좋게 여기는 사람이건 비위가 거슬리는 사람이건 엽기심이 자극되지 않을 수 없었다. 그리고 그 불이 딴뫼에서 난 것은 확실하되 산불이 아니고 오늘 제막한 동복산이 송덕비를 보호하는 비각이란 것임을 확인하고는 놀라지 않는 사람이 없었다.

"비각집이 탔다?"

심상한 일이 아니라고 머리를 기웃하지 않는 사람이 또 없었다.

"어떻게 났을까?"

까닭 없이 가슴이 두근거리는 사람도 있었다. 그리고 그런 사람 중의 하나가 이장손이었다. 가슴이 두근거린다기보다도 철썩했다는 편이 옳았을는지 모를 일이었다. 불이 딴뫼에서 났다는 말을 들었을 땐 처음부터 벌써 어떤 강력한 예감에 정신이 바싹 차려졌던 이장손이었다.

그때까지 아들, 창윤이 밖에 나갔다가 돌아오지 않은 것을 알고 있기 때문에 일어나는 생각이었다.

창윤이의 최근의 행동은 수상한 점이 적지 않았다.

작년 가을부터의 일이었다. 현도네 가족이 멀리 '용드레촌'으로 이사 간 뒤부터 창윤이는 우리도 그리로 옮겨 가자고 아버지를 졸랐다. 용드레촌에는 여기저기서 조선사람들이 많이 모여들어 제법 큰 도시를 이루고 있다고 현도는 소식을 전해 왔다. 현도뿐 아니라, 그의 아버지 장두남이도 장손이에게 용드레촌은 살기 좋은 곳이라고 은근히 옮겨 올 걸 바라고 있었다.

조선사람이 많이 모여 사는 곳이라, 청국 관헌의 행패나 불법 압박이 월산촌이나 비봉촌처럼 심하지 않고 호주인을 뽑는 웃음거리나 뽑아 놓은 호주인이 우쭐거리는 눈꼴사나운 일도 없다는 것이었다.

창윤이는 훌쩍 떠나자고 졸랐다. 그러나 경솔하게 그렇게 할 수 없는 일이었다. 무겁게 아들의 의견을 묵살하고 말았다. 창윤이 비봉촌과 제 집에 마음을 붙이려 들지 않는 것은 이때부터였다. 은근히 근심이 되었으나 박 첨지 딸과 혼삿말이 있게 되었을 때부터 창윤이는 행동과 생각에 침착성을 띠게 되었다. 밭일에도 힘을 아끼지 않았다. 그리고 돌아간 할아버지를 닮아, 생각하는 것이 큼직하고 무거웠다. 장손이는 마음을 놓았다. 그러나 박 첨지가 딸을 노덕심에게 허혼한 걸 안 후부터의 창윤이는 다시 난폭한 언동을 거듭해 장손이의 속을 은근히 썩이고 있었다.

"되놈에게 붙어먹는 아아새끼들으는 모두 쥑예 없애야겠다."

이런 말을 거리낌 없이 탕탕 뱉어 놓았다. 그랬는데 오늘 밤의 딴뫼의 불이 아니었던가? 그리고 낮에 나갔던 창윤이, 불이 꺼진 지도 오래고 이미 자정이 가까웠는데도 들어오지 않고 있다.

'야아가 혹…….'

장손이는 어김없이 다가드는 예감을 부정하려는 듯이 설사만이 아니리라, 자주 변소에 드나들기도 하고 마당을 거닐기도 하였다.

그랬다면, 시끄러워질 뒷일을 어떻게 수습할 것인가?

'아니다. 설마 그랬을까?'

생각하는데 안에서 어머니 뒷방예가 밖에 대고 아들에게 묻는다. 황겁한 목소리였다.

"요전 매낀 거 내갔음?"

며칠 전에 곡식을 판 돈을 간직하도록 어머니에게 맡긴 것이었다.

"앙이오!"

"그럼 그게 어디루 갔을까?"

그때까지 들어오지 않은 창윤이 때문에 누웠다 일어났다, 잠도 못 이루고 걱정하던 끝이었다. 창윤 할머니도 어떤 예감 때문일까? 돈을 간직했던 궤 속에 깊숙이 손을 넣어 보았었다. 그리고 그 돈이 없어진 걸 발견했다. 이젠 어김없는 일이었다. 집안이 뒤집혔다. 젖먹이를 끼고 누웠던 창윤 어머니도 일어났다. 젖꼭지를 뽑힌 아기가 운다.

되는 대로 뒹굴고 자던 잠에서 깨어 눈을 비비는 창윤이 동생 남매……

"집 안에서 무실 하구 있었단 말이……"

아내를 나무라는 장손이…….

"야를 어찌간 말이."

안절부절못하다가 치마를 둘러 입고 동네로 부리나케 나가는 할머니…….

"성이 낮에 어디 있디?"

동생들에게 제 형의 오늘의 동정을 캐어묻는 어머니. 창윤이 어머니도 마침내 우는 아기를 등에 업고 친정집으로 뛰어가느라고 사립문을 열고 나갔다. 친정 동생 정세룡이나 창윤이의 일을 알고 있지 않을까 해서였다.

선하품을 하면서 정주방에서 마당을 들락날락하는 어린것들, 그들을 보면서 장손이는 무겁게 앉아 생각에 잠기었다.

'야가 불을 놓고 도망을 쳤다면 뒷일이?'

단순한 게 아니었다. 그러나 그러면서도 마음 한구석에는 일종의 통

북간도 137

쾌감 같은 것이 샘물처럼 치솟고 있었다. 밭일을 다부지게 하는 걸 보았을 때 느껴지곤 하던 믿음직한 생각과는 다른 감정이었다. 그걸 무어라고 장손이로서는 꼬집어 밝힐 수 없었다. 그러나 아버지 이한복 영감이나 그의 할아버지가 가지고 있는 기개가 창윤이의 혈관 속에도 맥맥히 살아 있다는 생각임에 틀림이 없는 것이리라. 역시 장손이로서는 정확한 말로 표현할 수는 없었으나, '우리 가문이 아직도 살아 있다, 선조에 대해서 부끄럼이 없다'는 것이라고 할까?

"창윤아, 이놈 새끼!"

장손이 눈앞에 돌아간 아버지와 보지는 못했으나 아버지에게서 들은 것으로 머릿속에 자리 잡고 있는 증조부의 환상이 떠올랐다. 그것과 덮쳐 창윤이의 얼굴이 나타났다가 사라진다.

"니 가구 싶어하던 곳으로 가거라. 몸으 조심하구……. 그리구……."

하는데 밖이 어수선하더니 사립문을 밀치고 들어서는 건 청국사람 순경이었다. 두 사람이었다. 방문을 열고 장손이를 보자, 아들을 내놓으라고 했다. 밖에서 들어오지 않았다고 했더니,

"왕빠딴!"

하고 불을 지른 아이를 어디다 감추었느냐고 눈을 부라렸다. 모른다고 잡아뗄 수밖에 없었다.

"모른다구?"

"그래요."

"그럼 가자!"

장손이 앙탈할 수 없었다. 순경 두 사람이 좌우에서 팔을 끼었기 때문이었다. 어린것들이 울부짖으며 아버지에게 매달렸다.

"이 사람이 무슨 죄가 있어 잡아갑메?"

마침 동네에 갔다 돌아오던 어머니 뒷방예가 순경에게 대들었다. 그러나 그게 무슨 힘이 있으랴? 아이들의 울음소리, 떨면서 뇌는 어머니 뒷방예의 비통한 푸념을 뒤에 남겨 놓고 장손이는 잡혀갔다.

그러나 잡혀간 건 장손이만이 아니었다. 친정에 갔던 창윤이 어머니가 가지고 온 소식으로는 정세룡이도 잡혀갔고 평소에 노덕심이와 윤서방에게 척을 졌던 사람도 셋이나 끌려갔다는 이야기였다. 그리고 그 이튿날 동네에서들은 이번 기회에 청국 관청에 협조하지 않은 조선사람을 모조리 잡아가는 것이 아닌가 하고 벌써부터 떨고 있었다.

앞으로 갓!

1

"앞으로 갓!"

인가가 드문 빈터에서였다. 아이 업은 아낙네들, 담뱃대를 쥔 할아버지, 손자의 손목을 쥔 할머니, 처녀, 총각, 어린이들……. 주위에 구경꾼들이 모여 있는 속에서 장정들이 총을 메고 훈련을 하고 있었다.

사포대원(私砲隊員)들이었다. 솜바지저고리에 신발은 짚신이나, 쌍코백이(청국 신)로 형형색색의 차림이었으나 각반만은 일제히 가뜬하게 치고 있었다. 이런 장정들이 지휘자의 구령 밑에 발을 맞춰 행진을 하고 있었다. 장정들이라고 하나 삼십이 넘은 사람이 있는가 하면 이십 전인 소년도 있었다. 30명쯤 될까? 키도 고르지 않고 발도 잘 맞는다고 할 수는 없었다. 그러나 옮겨 놓는 보조가 힘차고, 앞을 보고 행진하는 얼굴이 긴장하고 엄숙들 했다.

"뒤로돌아 갓!"

조직한 후 한 달, 훈련을 시작한 지는 20일밖에 되지 않았다. 그리고 보조가 맞지는 않았으나, 그런대로 제법 사열 횡대(四列橫隊)는 어지러운 꼴을 보이지 않고 뒤로 돌아 행진을 계속하고 있었다.

"하낫 둘, 하낫 둘!"

지휘자는 신제 군대의 장교복으로 차리고 있었다. 팔자수염을 만지는 버릇이 있었다. 칼칼한 얼굴이 날카로운 군인의 모습 그대로였다.

"제자리에 섯!"

지휘자는 전대(全隊)를 세웠다.

"열중 쉬엇!"

그리고는 수염을 한 번 어루만지고 쇳소리로 훈계였다.

"도무지 기운이 없단 말야. 사포대는 군대 아닌 군대란 말야. 군대란 총만 가지고 적을 쏘아 넘어뜨리는 거라고 생각해서는 큰 잘못이야. 총 먼저 정신이야. 정신으로 적을 무찌른 뒤에 총이야. 총으로는 다시 일어 못 나게 하는 거야. 그런데 너희들은 정신이 없는 군대야. 적을 쏴 넘어뜨리기 전에 총알이 먼저 날아온단 말야. 그래 가지고는 청국사람들 속에서 우리가 어떻게 살아 나갈 수 있느냐 말야. 밤낮 억울한 꼴만 당하지 별수가 있느냐 말야."

다시 한 번 팔자수염을 한 손으로 배틀고 나서 한층 소리를 높여,

"알았지?"

대원들은 아무 대답이 없었다.

"왜 대답이 없어?"

그제야 몇 사람의 입에서 겨우, '알았습니다!'가 나왔다.

"굶었느냐? 알았습니다, 일제히 크게 대답해!"

"알았습니다!"

제법 큰 소리였다.

그러나 지휘자는 탐탁지 않다는 듯이 머리를 세게 가로저었다. 그리고 골이 난 듯 고함을 질렀다.

"안 돼. 그걸 가지고는 청국사람이 여름날 모깃소리만도 못 여겨. 한 번 더 크게. 목청이 찢어지도록 못 해!"

"알았습니다!"

"한 번 더!"

"알았습니다!"

큰소리를 지르느라고 얼굴이 밝개지는 대원도 있었다.

"됐어!"

지휘자가 벙긋이 웃었다. 만족한 웃음이었다. 애교가 있었다.

"하, 하, 하!"

구경꾼들 속에서 웃음소리가 높게 퍼져 나갔다. 어린이들처럼 되풀이하는 '알았습니다!'가 우스워서만이 아니었다. 우리도 우리의 실력으로 우리를 지킬 수 있다는 미더운 생각, 거기서 생기는 기쁨이 가져다주는 웃음이었다. 그럴밖에 없는 일이었다. 여기 용드레촌에 모여든 사람들은 각지 부락에서 청국 관헌과 악질 토호와 입적자의 불법 압박에 시달리다 못해 동포들이 많이 모여 있는 곳을 찾아온 사람들이 대부분이었다. 처음에 발을 붙였던 곳에 안착할 수 없는 까닭이 무엇임을 뼈저리게 알고 있는 사람들이었다. 그것은 실력이었다. 우리가 우리를 지킬 수 있는 힘, 그것이 없기 때문에 그들에게 압제를 받았고, 마침내 쫓기게까지 된 것이 아니었던가? 그랬는데 여기 눈앞에 우선 30여 명의 장정이 바지저고리의 복장으로나마 총을 메고 훈련을 받고 있다. 그 늠름한 모습……. 어찌 믿음이 가지 않으랴! 어찌 마음이 놓이지 않으랴. 더욱이 대장의 익살맞고 구수한 훈시는 소박하나마 오히려 그런 까닭에 구경꾼들의 마음속에 꽉 차 있는 것을 단순하고 쉬운 말로 대변해 주는 것이 아닐 수 없었다.

"하, 하, 하!"

마음 놓고 웃는 명랑한 웃음 속에서 눈물이 찔끔해지는 할머니도 있었다. 가슴에 걷잡을 수 없는 물결이 일면서 스스로 주먹이 쥐어지는 젊은이도 있었다. 그리고 그런 구경꾼 중에 이창윤이와 장현도도 끼어 있었다.

2

창윤이 동복산이의 송덕비 잔칫날 밤에 쌓였던 분격을 비각에 질러 놓은 불꽃과 함께 날려 보내고 현도가 있는 용드레촌에 찾아오니 거기는 2백여 리밖에 떨어져 있는 곳이 아니면서도 비봉촌과는 딴 나라 같았다.

용드레촌은 한자로 용정촌(龍井村)이라고 쓴다. 회령에서 동북으로 1백20리의 거리에 있었고, 삼봉(三峰)에서는 70리밖에 되지 않았다. 청국 사람들은 여기를 육도구(六道溝)라고 했다. 동북으로 흐르는 육도하(六道河)와 서쪽 밀림지대에서 발원해 동쪽으로 흐르는 해란강(海蘭江)이 합류

하는 지점의 평야로되, 둘레가 산으로 둘러싸여 있는 분지(盆地)다.

유랑민들이 살기 좋은 고장을 찾아 남부여대해 돌아다니다가 용드레 우물이 있는 이곳을 발견하고 그 우물을 중심으로 집을 짓고 밭을 이루고 논을 풀고 한 것이 용정촌의 기원이었다고 했다. 처음에는 여느 촌락과 같이 농사가 위주인 마을에 지나지 않았으나, 차차 회령 지방의 상인들이 간도 방면의 곡식을 무역하기 위해 용정촌을 그 근거지로 삼았다. 주변의 농촌에서는 곡식을 용정촌으로 운반해다 무역하는 사람에게 팔지 않아서는 안 되었다. 용정촌은 자연히 농촌을 겸한 상업지로 변해 갔다.

그리고 사방이 밋밋한 산으로 둘러싸여 있고 강이 흐르는 조건이, 도시로 발전할 지리적 요소를 스스로 간직하고 있었다. 처음엔 곡물을 무역하기 위해 그 시기에만 임시로 왔다 가던 곡상(穀商)들이 차차 여기다 생활 근거를 마련하고 살게 되었다.

거리가 제법 도회지의 면모를 갖춰 나가고 있었다. 가게가 있고 유리창을 한 집, 널빤지로 대문을 한 집, 열십자로 길이 나고…….

그 길에는 청인은 오히려 보기 드물고 눈에 띄는 사람이 동포였다. 그리고 그들은 조금도 주눅이 잡혀 있거나 비봉촌 사람들처럼 어깨가 축 늘어져 있지도 않았다.

창윤이는 이럴 것이라고 미리 짐작은 하고 있었으나, 실제로 보니 촌에서만 자란 그의 눈에는 모든 것이 밝고 흥그럽고 아늑하기만 했다.

창윤이는 며칠 동안은 현도와 함께 지난 일을 이야기하면서, 비봉촌과는 다른 용정촌의 분위기를 마음속에 흠뻑 젖어들도록 버려두었다.

그런데 그 무렵, 이 근방을 러시아 병정이 대부대를 지어 지나가기도 하고 때로는 용정에 머물렀다가 어디로인지 이동해 가는 것이 또한 신기했다. 비봉촌에 있을 때에도 러시아 병정의 소문을 듣기는 했으나 눈으로 보기는 처음이었다.

청일전쟁에 패배한 청국 정부는 열강의 침략을 물리치기 위해 개혁운동을 일으키려고 했다. 그러나 실권을 잡고 있는 보수파에게 실패당하고 말았다. 무술정변(戊戌政變, 1898년)이었다. 그러나 민간에서는 외국인을 배척하는 운동이 그 후에 더욱 맹렬히 일어나 천진, 북경 지방에까지 뻗치었다. 권비(拳匪) 또는 의화단(義和團)이었다. 청의 서태후는 의화단의 실력을 과대평가한 나머지 이들을 유도해 북경의 공사관 구역을 포위하고 선전(宣戰)을 포고했다. 1899년의 일이었다. 미·영을 위시한 8개국 연합군이 천진을 점령하고 북경을 함락시켰다.

한편 1898년에 동지 철도 부설권과, 여순, 대련을 조차(租借)하였고 동지 철도를 대련에까지 연장하기로 조약을 맺은 러시아는, 의화단의 폭동이 만주에 파급되자 동지 철도를 보호한다는 명목으로 종래의 만주에 대한 야심을 실행하기 위해 십만 대군을 블라디보스토크로부터 만주에 투입시켰다. 1900년의 일이었다.

그리고 지금 이 고장을 거쳐 가는 러시아 병정은 만주를 실질적으로 점령하고 있는 군대였다.

십만의 러시아 군대가 만주의 주요한 도시에 흩어져 있게 되자, 그곳에 있던 청국 관헌들은 자연히 구축되지 않을 수 없었다.

만주에서 청국 관헌이 구축당하고 그 세력이 약화되자 조선 정부에서는 해결을 보지 못한 채 내려오던 영토 문제를 갑자기 떠메고 나서게 되었다. 간도 지방은 우리 영토다. 그러므로 우리가 관리해야겠다. 당당한 주장이었다. 그러나 그것도 말 꼬리에 붙은 파리가 아닐 수 없었다.

임오군란 때에는 청국의 세력이 강대했으므로 거기에 기울어졌던 조선 정부는 러시아가 그 후 일본, 청국과의 관계로 두 세력을 내리누르는 것을 보았다. 그래서 대두한 것이 친로 정책이었다. 청일전쟁 후부터의 일이었으나 을미사변(乙未事變, 1895년) 때에는 고종과 세자가 아관(俄館)에 파천한 일까지 있어 러시아의 세력이 청국을 대신해 조선을 끼고 일본과 대립하게 되었던 것이었다.

그런 러시아가 만주를 실질적으로 점령하고 있는 것이다. 제 힘을 기를 줄을 모르고 강한 자에게 등 대는 걸 즐겨 내려왔던 조선 정부가 이번에는 러시아를 믿고 나선 것이었다. 그 러시아가 만주를 점령하고 있는 게 아닌가?

"간도는 우리 땅이다!"

조선 정부에서는 갑자기 간도관리사(間島管理使)로 친로파 이범진(李範晉)의 동생 이범윤(李範允)을 임명 파견했다.

이범윤은 기골이 있는 사람이었다. 부임하자, 이 지방의 동포들이 악질 청국 관헌과 토호들에게 압박과 불법착취를 당한 것에 격분하지 않을 수 없었다. 그들의 박해에 대비하기 위해서는 오직 실력밖에 없다고 생각했다. 그는 조선사람을 압박하는 청국 관헌을 구축하여 버리자고 선언했다.

그리고 조직한 것이 사포대였다. 먼저 쉬운 방법으로 엽총을 가진 사람을 모으기로 했고, 민간에 흩어져 있는 총기를 거두어들이었다. 국내에서 총을 가져오도록 하는 한편, 장차는 러시아 군대의 원조를 얻어 자위에 알맞을 만한 무장을 차리기로 계획을 세웠다. 물론 총이 부족할밖에 없었다. 부족한 것은 목총(木銃)으로 대신 시켜 입대를 지원한 자에게

골고루 메도록 했다. 실총이 손에 들어오는 대로 바꿔 멜 수 있도록 훈련만은 시키자는 방침에서였다. 대장은 서울 군영에서 우선 퇴역장교한 사람을 데려왔다. 팔자수염의 지휘자가 바로 그 사람이었다.

처음에는 지원제로 하기로 했으나, 장차는 장정이 의무적으로 대원이 되어 농사나 생업에 지장이 없는 이른 아침이나 저녁때를 이용해 훈련을 하고 기세를 올리자는 것이었다. 그리고 그 첫 시험으로 용정촌을 중심한 인근 촌에서 지원자를 모집해 훈련에 착수한 것이었다.

물론 용정촌을 지키는 사포대였다.

그러나 이내 각지에서 장정을 대표로 뽑아 보내게 하여 여기서 훈련을 받게 하고 그들이 제 고장으로 돌아가 그곳 장정을 뽑아 제 지방 사포대를 조직하고 지휘하도록 할 방침이었다.

이범윤 관리사는 또 서울 정부와 연락하여 국가정책으로 이민 사업을 대대적으로 경륜하기로 진행 중에 있었다.

거리에서 본 주민들의 얼굴이 명랑하고 걸음걸이에 활기를 띠고 있는 것은 이 때문이 아닐까?

현도한테서 사포대 이야기를 들었을 때 창윤이는 알지 못할 감격에 가슴이 벅차지는 걸 걷잡을 수 없었다.

억울과 분격과 눈꼴사나운 일을 억제하다 못해 비각에 불을 지르는 것으로 표시한 반항! 그런 한 사람의 조직성이 없는 반항이 아니라, 그 동네의 장정들이 한 덩이가 되어 실력으로 악질 청국 관헌의 압박을 막아 내고, 그리고 이 고장이 우리 땅임을 주장하는 일!

창윤이는 문득 돌아간 할아버지를 생각하지 않을 수 없었다. 머리를 깎는 것도 약자의 일이고, 입적자를 대표로 뽑는 일도 우스꽝스러운 일로 돌보지 않다가 돌아간 할아버지! 오직 실력만을 주장하던 할아버지! 이범윤 관리사의 경륜 속에서 창윤이는 돌아간 할아버지의 매섭고 굳건한 뜻을 새삼스럽게 캐내지 않을 수 없었다.

"사포대에 지원하쟁캤니?"

그래서 창윤이는 현도의 뜻을 물어 본 것이었다.

"나도 생각은 있었다마는……."

지금 현도는 곡물상 하는 회령 사람의 점방에서 사환 겸 좁쌀, 흰팥 같은 곡물을 사는 일을 돌봐 주고 있었다. 점원이라고는 하나, 지금은 곡식을 사들이는 시기가 아니었으므로 집에서 아버지의 농사를 도와주고 있는 터였다. 그러므로 현도도 창윤이의 의견에 귀를 기울이지 않을 수 없었다.

"하여튼 가보자."

둘은 이렇게 하여 사포대 훈련장에 온 것이었다. 그리고 둘은 다른 구경꾼들과 함께 감격에 스스로 주먹을 쥐게 된 것이었다.

3

훈련이 끝났다. 벙글벙글 웃으면서 흩어지는 대원들의 모습을 부러운 듯이 보면서 창윤이 현도의 옆구리를 찔렀다.

"어떻게 하겠니?"

현도가 되물었다.

"너는 어떻게 하겠니?"

"나는 지원하겠다."

"니가 하문 나두 하겠다."

둘은 얼른 대장의 뒤를 쫓아갔다.

"대장님!"

팔자수염이 얼굴을 돌렸다.

"사포대에 지원하겠음메다."

흥분한 것 같은 어조인 창윤이의 말을 듣자 대장은 빙긋이 웃음을 머금었다. 씩씩한 모양이 대견도 했으나, 이렇게 자진해 입대하는 청소년이 늘어 간다는 사실이 기쁜 모양이었다.

"너희 둘이 함께?"

"옛꼬망!"

이번에는 현도가 대답했다.

"꼬망이야?"

사투리가 재미있다는 듯이 다시 한 번 웃더니 팔자수염 대장은,

"나를 따라와!"

했다.

둘은 서로 얼굴을 보고 씽긋 웃고 대장의 뒤를 따랐다. 들어가는 곳은 사포대 본부라고 쓴 간판이 붙은 집이었다. 사포대 본부치고는 좁은 방이라고 창윤이는 생각했다. 무엇보다 방 안에 아무 장식도 없었다. 그러나 검소한 방 안 분위기가 도리어 두 청년으로 하여금 마음을 긴장케 만들었다.

신용팔 대장은 책상에 가 앉더니 물었다.

"어디 살며, 성명은 무언가?"

둘은 사는 곳을 대고 이름을 말했다. 창윤이 비봉촌을 말하자, 대장은 비봉촌이 어디며, 어떻게 알고 왔느냐고 물었다. 창윤이는 비봉촌이 여기서 2백 리나 되는 곳임을 말하고, 미리 알고 온 것이 아니라 현도네 집에 와서 사포대가 조직된 걸 알았노라고 간단히 대답했다. 대장은 그 이상 묻지 않았다. 그리고,

"사포대는 군대 아닌 군대란 말이야. 한번 입대한 이상 중간에 괴롭다고 그만둔다든가 해서는 안 돼. 알았지?"

큰 목소리였다. '사포대는 군대 아닌 군대'도 아까 구경할 때 들어 귀에 익고 인상이 짙은 말이지마는 '알았지'의 되풀이가 생각나서 창윤이는 터지는 웃음을 겨우 참으면서,

"알았습니다!"

아까의 사포대원들처럼 힘 있게 대답했다. 현도의 목소리보다 더 높았다.

"옳지. 씩씩해 좋아. 이창윤이랬지?"

신용팔 대장은 창윤이를 흘끔 쳐다보고 만족한 듯이 머리를 끄덕거렸다.

"내일도 다섯 시부터야. 그럼 갔다가 내일부터 와……."

둘은 경례를 하고 신 대장 앞에서 물러 나왔다.

"이창윤! 다리를 저는 건 이창윤이지?"

문을 열고 나오던 창윤이는 뜨끔해 멈춰 서지 않을 수 없었다. 반사적으로 신 대장이 앉아 있는 뒤쪽에 머리를 돌렸다. 의자에 기대앉은 채 신 대장은,

"그 다리를 가지고 훈련을 받아 낼까?"

순간 창윤이는 동규와 싸우던 일이 생각났다. '새끼 되놈!', '새끼 얼되놈!' 그리고는 복동예의 모습! 그러자 걷잡을 수 없이 눈물이 솟아오르며,

"앙이 되겠습메까?"

울음 섞인 말이었다. 창윤이의 눈물이 괸 눈과 비장한 얼굴에서 심각한 사연을 읽은 것일까?

"어떻게 다친 다리지?"

대장의 묻는 말도 군대조가 아니었다.

그러나 창윤이는 창졸간에 다리 다친 사연을 이야기할 수 없었다. 머리를 폭 수그리면서 다시,

"앙이 되겠습메까?"

하는 말이 겨우 나갔다. 대장은 자리에서 일어나 창윤이 앞으로 걸어갔다. 창윤이의 어깨를 어루만지면서,

"걱정할 거 없어. 넉넉해. 내일부터 나와 훈련을 받아야지."

부드럽게 말했다. 어깨에 닿은 대장의 손길과 부드러운 말을 몸과 마음에 잦아들게 느끼면서 창윤이는 머리를 수그린 채 밖으로 뛰다시피 나왔다.

"일없다지 안애?"

창윤이의 아직도 비통한 것이 서려 있는 얼굴을 보고 현도는 위로하는 심정으로 말했다.

"으응."

겉으로는 현도의 말에 응수해 주었으나 마음속에서는,

'대장은 좋은 어른이야. 좋은 분이야.'

하고 그 딱딱한 외모 속에 감춰져 있을 것이라고 느껴지는 신 대장의 인간미를 창윤이는 이런 말로 마음속에서 거듭 뇌고 있었다.

4

창윤이의 사포대원으로서의 생활은 현도와 함께 그 이튿날부터 시작되었다.

뜻하는 바가 굳건한지라 남달리 훈련에 열심이기도 했으나, 첫날의 인상이 피차에 좋았던 탓일까? 신 대장은 창윤이를 무던히 사랑해 주었고 창윤이도 신 대장을 존경하고 따랐다.

"이창윤!"

무슨 일이든 대장은 창윤이를 찾아 시켰고 창윤이는 대장의 사사로운 일에까지도 몸을 아끼지 않았다. 대(隊) 일에도 소상할밖에 없었으므로 창윤이는 대장의 부관이자 종졸(從卒)을 겸한 셈이었다.

창윤이는 현도네 집에 있으면서 삯 기음이나 토역일 같은 걸로 제 벌이는 하고 있었다. 그러나 오래 현도네 집에서 폐를 끼칠 수 없었다.

이 사실을 아는 대장은 창윤이를 대본부에 와 함께 있게 했다. 대장은 가족을 데리고 오지 않고 대본부에 거처를 정하고 있었다. 창윤이는 대장의 식사까지 맡아 보게 되었다. 취사병(炊事兵)이라고 할까?

이렇게 하여 창윤이는 대원 중 누구보다도 군대 기분을 맛보면서, 신용팔 대장과의 사이는 더욱 가까워졌다.

창윤이는 대장의 방에서 조금 떨어진 좁으나 아담한 방에 기거하게 되었다. 생활이 정돈되어 갔다.

사포대 일에 더욱 열심인 어느 날이었다. 현도가 비봉촌에서 온 사람이라고 데리고 왔다. 만나 보니 비봉촌 범바위골에 살던 사람이었다. 창윤이 떠나온 뒤의 이야기를 묻는 대로 들려주었다.

그날 밤 비각에 불이 나던 일, 새벽에 창윤이 아버지와 외삼촌 정세룡이 잡혀가던 일, 이런 이야기로부터 시작해 그가 이야기하는 그때의 사실은 대강 다음 같은 것이었다.

정세룡이는 닷새 만에 놓여나왔으나 원체 몹시 미움을 받고 있는 사람이라 반주검이 되어 있었다. 창윤 아버지에게는 아들 대신으로 징역을 시킨다고 으르렁댔으나 호주인 최삼봉이 나서서 무마하는 체했다. 친구의 정의로도 그렇고 무엇보다도 한복 영감을 보아서도 그럴 수 없다는 것이었다. 어차피 혼찌검은 내준 것이고 보니 선심을 쓰는 체했다. 주민들의 환심을 사자는 얕은 꾀에서였을 거라고 범바위골 사람은 주석까지 달아 이야기했다. 저희가 붙잡아 넣게 하고, 저희가 놓여나오게 하고……. 이렇게 하여 창윤이 아버지는 열흘 만에야 겨우 자유의 몸이 되었다. 그 밖의 사람들도 이틀 혹은 사날씩 까닭 없는 매를 맞은 뒤에 집으로 돌아왔다. 그 대신 불탄 자리에는 전의 것보다 더 크고 훌륭한 빗돌과 비각을 세우기로 이번에는 호주인들이 전보다 더 큰소리를 치면서 돈을 거두러 다니었다.

범바위골 사람은 이런 꼴이 보기 싫고 성가셔 얼따오꺼우[二道溝]에 있는 친척을 찾아, 밤에 젖먹이 어린것을 등에 업은 아내와 셋이 몰래 비봉촌을 빠져 나왔다는 것이었다. 그리고 지금은 얼따오꺼우에 가족을 안정시켜 놓고 여기는 볼일로 나왔다는 것이었다.

잠자코 듣고 있었으나 창윤이의 눈앞에는 열흘이나 갇히어 있다가 나온 아버지의 초췌한 모습, 반주검이 되어 나왔다는 성미 괄괄한 외삼촌의 얼굴, 그 밖에 저 때문에 까닭 없는 매를 맞았다는 몇 사람의 모양이 떠올랐다. 그리고는 근심 걱정에 잠겨 있었을 할머니와 어머니도 눈에 선했다.

그들에게 얼마나 미안한 일이냐? 불 놓은 사람이 도망쳐 버리면 뒤에는 문제가 없으리라고 생각한 것이 잘못이었다. 벌은 죄지은 사람이 받는 것이라는 단순한 생각이라고 할까? 창윤이는 도망쳐 나온 뒤에 다소 시끄럽게 되리라고는 짐작했으나 여러 사람에게 피해를 끼칠 줄은 통 몰랐다. 오히려 동네 사람들은 불꽃에 싸인 송덕비각을 보고 통쾌하게 여길 것이라는 일종의 영웅 심리까지 작용했었다. 그러므로 지금까지 미안하게 생각한 것은 피땀의 결정인 아버지의 곡식 판 돈을 몰래 훔쳐 가지고 왔다는 사실에 대해서만 이었다. 그랬는데 얼마나 큰 죄를 또 아버지나 동네 사람들에게 짓고 있었던가?

범바위골 사람에게 제 손으로 지은 밥과 반찬을 대접해 보내고 창윤이는 지금까지 거처를 알리는 것이 조심스러워 쓰지 않았던 편지를 아버지에게 보냈다. 아버지에게 사과하는 편지였고 외삼촌이나 동네 여러분에게 사과하는 사연이었다.

그 사연에다 사포대에 입대해 대장의 사랑을 받으면서 한집에서 기거하고 있다는 자신의 근황도 자세히 덧붙여 인편에 전해 보냈다.

5

"저 꼭대기에서 적의 총알이 비 뿌리듯이 쏟아져 내려온다구 생각하란 말이야. 그 적을 무찌르러 올라가는 거야."

오늘의 훈련은 산 위에 있는 적진을 점령하기 위해 기어 올라가는 것이었다.

가을도 이제 한창 무르녹는 계절이었다. 나무는 누렇게 단풍이 들기 시작했다. 그런 산으로 배를 땅에 착 붙이고 밀고 올라간다. 그러다가는 적당한 위치에서 일어나 허리를 꾸부리고 재빠르게 앞에 있는 은신할 데로 뛰어가 다시 엎드리는 동작, 그것은 민첩과 끈기를 요하는 일이었다. 거기에 산은 높지는 않으나 경사가 제법 가파로운 언덕배기였다. 대장이 지휘도를 휘두르며 전진하라고 외치는데 조심스럽게 기고 뛰고 엎드리고……. 이러노라면 숨이 차고 고되지 않을 수 없었다.

땅, 땅, 땅, 땅!

실감을 내기 위해 산꼭대기에 미리 대원이 올라가 오뚝이 같은 걸로 총소리 흉내를 내고 있었다.

어린애들의 장난 같기도 했다. 그러나 마음이 긴장해지고 신명이 나지 않는 것도 아니었다.

대원들은 산꼭대기에 있다고 가상되는 적을 눈앞에 그려 보면서 민활하게 활동을 했다. 창윤이도 여느 대원과 같이 적진을 향해 올라갔다. 그러나 자유롭게 움직일 수 없는 발목이 평지와는 달랐다. 행동이 굼뜨지 않을 수 없었다. 자연히 맨 마지막에서 꾸물댔다. 그러나 '떨어져서 되겠나?' 열심히 쫓아가려고 하는데,

"너는 왜 이렇게 여기서 꾸물거렷?"

엎드린 엉덩이를 발로 차는 건 신용팔 대장이었다. 사사로운 일에는 상냥하나, 훈련에 들어서는 사정이 없는 대장의 책망이었다. 창윤이는 벌떡 일어나 뛰었다.

"그렇게 함부로 뛰어서는 안 돼. 총알이 와 맞아."

창윤이는 은신처를 찾았다. 웅덩이진 데가 눈에 띄었다. 그리로 몸을 꾸부리고 재빠르게 뛰어갔다. 그러다가 자유롭지 못한 발목 때문에 옆으로 쓰러지고 말았다. 그리고 몸은 낭떠러지로 굴러 내려갔다. 발목이 자유로웠으면 구르기 전에 발을 붙일 수 있었을 것이었다. 대장이 쫓아 내려가 안아 일으켰다. 창윤이의 눈에 눈물이 괴어 있었다. 신 대장으로는 두 번째 보는 창윤이의 눈에 괸 눈물이었다. 두 번 다 발목 때문에 솟아나는 눈물이었다.

'역시 발목 때문에……. 곡절이 있는 발목일까?'

생각했으나, 이 자리에서 그걸 물을 계제가 아님을 알고 있었다.

이러는 중에 돌격의 함성과 함께 산꼭대기의 적진을 점령하는 훈련은 끝났다. 전대(全隊)는 대열을 지어 산에서 내려왔다. 대장에게 거수경례를 하고 흩어지는데,

"창윤아!"

앞으로 오는 사람은 외삼촌 정세룡이 아닌가? 반갑기도 하려니와 불사건 때문에 미안하기 짝이 없는 외삼촌.

"아즈방이가 어떻게 여기르……."

"너르 데리러 왔다."

반가운 마음속에서도 창윤이는 뜨끔하지 않을 수 없었다.

"나르 데리리요?"

"그래, 너이 아버지가 앓는다."

창윤이의 가슴은 철렁했다. 얼굴이 금시에 해쓱해졌다. 위독함에 틀림이 없다고 생각했기 때문이었다. 그렇지 않으면 외삼촌을 일부러 보냈을 까닭이 없는 것이 아닌가? 하여튼 창윤이는 외삼촌을 제 방으로 인도했다.

"몹시 편치 않으신가요?"

외모뿐만이 아니라 말씨도 다듬어졌다고 정세룡이는 생각했다. 그러면서,

"앙이, 그렇게 걱정할 건 앙이다."

창윤이의 근심기가 서려 있는 얼굴을 보면서 정세룡이는 부드러운 어조로 말했다. 생질을 우선 안심시키자는 심정의 발로이리라. 그리고 말을 이었다.

"동네 최 주부의 말이, 황달인데 황달만두 앙이라구 하는구나. 할머니 말을 들으면, 설사르 만난 사람으, 그 되놈 아이들이 붙들어다가……."

열흘 동안의 고초를 겪고 자유의 몸이 된 뒤부터 시름시름 앓기 시작한 것이 벌써 다섯 달째, 거뜬해지지 않더니 요즘은 몸져눕고 있다는 것이었다.

"추수 때는 당해 오고, 주인은 몸져눕고, 그런데다가 너 큰아매(할머니)가 너르 보구 싶어하구……."

아버지는 창윤이가 인편에 부친 편지로 사정을 알았으므로 아들을 산골로 불러 오라고 하지 않았다. 대처(도회)에서 제대로 발전시키려고 마음먹고 있었다.

더욱이 사포대장의 사랑을 받고 있다는 걸 무척 대견히 여겼다. 그러나 할머니는 손자를 멀리 떼어 놓고는 견딜 수 없는 모양이었다. 어머니와 아들이 창윤이를 데려오자, 안 된다로 의견의 충돌을 거듭하다가 추수 때가 되고, 창윤 아버지가 몸져눕게 되었다. 추수야 사람을 사서 할 수도 있는 일이었으나, 할머니는 이 기회에 창윤이를 데려오자고 우겨, 마침내 아들 장손이의 고집을 꺾고 만 것이었다.

편지로도 사정을 전할 수 있는 일이었다. 그러나 마땅한 인편도 없으려니와, 편지 같은 거로 창윤이의 마음을 움직일 수 있을 것 같지 않았다. 거기에 정세룡이는 사포대에 은근히 호기심이 갔다. 그것도 구경할 겸 자진해 용정촌으로 가겠다고 나선 것이었다.

"그러니까, 너르 데리러두 오구, 사포대가 어떤 겐가 알아보기두 하자구 온 기다."

정세룡이의 마음속에는 창윤이를 데려다가 비봉촌에도 사포대를 만들자는 생각이 있었다.

"우리 동네두 아라사 군대의 세력이 뻗치어 청국사람들이 기르 못 쓰구 있다. 동복산이는 길림으루 옮겨 간다는 소문두 있다. 비봉촌에 가서 사포대를 만들어 청인들을 얼른 몰아 버리자."

창윤이는 마다고 할 수 없었다. 오히려 그것은 즐겨 응해야 될 일이었다. 사포대를 조직해 놓고 장정을 훈련시키는 건 본의나 악의가 아니면서 창윤이 비봉촌 불 사건 때에 끼쳤던 피해를 갚음하는 것이 되리라고 생각했다. 그뿐이 아니었다. 그건 또 할아버지 한복 영감의 뜻을 그 뼈가 묻혀 있는 비봉촌에서 실현시켜 보는 것이기도 했다.

"그렇게 하기로 합세다."

창윤이는 신용팔 대장에게 사정을 이야기했다.

"그건 퍽으나 좋은 일이야."

대장은 대뜸 찬의를 표했다. 찬의뿐이 아니었다. 조직을 해놓고 보면 금후 총 같은 것도 알선해 주겠다고 했다. 그러나 창윤이를 옆에서 떠나보내는 걸 퍽으나 섭섭하게 여겼다.

"내가 너를 떠내 보내는 걸 섭섭해 하는 까닭이 있다."

신용팔 대장은 감회어린 어조로 말을 이었다.

"내게도 너같이 발목을 잘 못 쓰는 누이동생이 있었어. 어렸을 때의 일이었다. 그 애와 함께 산에 진달래를 꺾으러 간 일이 있었다."

동생이 여덟 살, 신용팔 대장이 열두 살, 둘은 서로 정다우면서도 싸우기도 잘했다. 고명딸이라 아버지의 사랑을 독차지하는 것이 어린 마음에 마땅치 않았다. 이것이 신 대장으로 하여금 동생을 구박을 주게 한 심리상의 원인이었는지 모른다.

구박을 하니 대들고, 대드니 구박을 하고……. 싸움이 잦을밖에 없었는데 그날은 어쩐 일인지 둘은 정답게 꽃 꺾으러 산에 갔던 것이었다. 여러 가지 꽃을 많이 꺾었으나, 그 애는 가파로운 언덕 바위 옆에 무더기로 피어 있는 진달래를 꺾어 달라고 성화를 시켰다.

신용팔 대장은 동생의 욕심에 심증이 치민 것인가? 이내 응해 주지 않았다. 동생은 조르다 못해 제가 가서 꺾었다.

진달래를 꺾고 있는 동생을 보자, 까닭 없이 얄밉게 여겨져,

"진달래나무 옆에 뱀이 있다."

고 소리를 질렀다.

"어머나!"

동생은 질겁해 물러서 뛰어 달아나다가 다복소나무 대에 걸려 자빠졌다. 발목이 절골됐다. 그러나 그 발목이 제자리에 잇기지 않아 창윤이처럼 절게 되었다는 이야기였다.

 살록살록 저는 대로 어렸을 적엔 몰랐으나, 나이 들고 보니 출가를 할 수 없었다. 몇 군데서 혼삿말이 있었으나, 마침내는 깨어지곤 했다.

 "그걸 비관하던 끝에 철없는 것이……."

 목을 매어 죽었다는 말을 차마 못 하는 것인가? 잠깐 멈췄다가, 신용팔 대장은 말을 이었다.

 "그 애의 비참한 최후는 나 때문에 빚어진 거라구 생각해. 그래서 그 뒤에는 불구자에게 남달리 동정을 해왔었다. 그런데 이창윤이는 바로 그 애처럼 발목을 잘 못 쓰고 있는 게 아닌가? 너를 보던 첫날 내 방에서 나가는 네가 다리 저는 걸 본 뒤부터 너를 꼭 그 애처럼 생각했다. 네가 정이 가지 않을 수 없었다. 더구나 정이 가게 된 것은 네 성질이 근면할 뿐 아니라, 발목이 그런 걸 조금도 비감해하거나 주눅이 잡혀 하지 않는 태도였었다. 내 동생은 계집애여서 그랬는지 모르지만 너 절반만큼 했어두 그렇게는 되지 않았을 거다. 그래서 나는 마음속으로 생각했다. 너를 사랑해 주구, 너의 앞날을 열어 주는 게 죽은 그 애에게 가지구 있는 미안한 마음을 덜게 하는 일이라구……. 그래서 너를 사포대원으로서뿐 아니라, 장차는 기회 있는 대루 서울이라두 보내어 주자는 것이었다. 너와 함께 있자구 한 것두 속심은 이런 데 있는 게였다. 네가 내 옆을 떠난다니 어찌 섭섭지 않겠느냐?"

 '그런 심각한 사정이 있어 나를 사랑해 주었구나.'

 생각하니 창윤이는 신용팔 대장이 평소보다 더욱 따뜻하게 느껴졌다.

콧마루가 찡해졌다. 저도 모르게,

"대장님!"

부르고,

"제게는 할아버지가 계셨습니다."

이런 말로 시작해 발목을 다치던 전후 사정을 대강 이야기하지 않고는 견딜 수 없었다.

"으음, 그랬었나?"

머리를 끄덕이면서 듣고 있던 신용팔 대장은 또 고마운 말을 해주었다.

"그렇다면 더욱 비봉촌으로 돌아가야겠군. 그러나 아버지 일을 도와드리구 사포대를 조직하구, 그리구는 다시 나올 수 있으면 그렇게 해보아라. 언제든지 너를 맞아 주마."

6

"죄를 지었습니다."

비봉촌에 돌아온 창윤이는 병석의 아버지에게 먼저 사죄의 말을 했다.

"너 기어쿠 왔구나."

도로 데려오게 한 걸 지금도 완전히 찬성하지 않는 듯, 장손이는 자리에서 일어나 앉아 말했다.

얼굴이 누르기는 했다. 그러나 예상했던 것과는 달라 그렇게 중태라 싶지는 않았다. 창윤이는 마음이 놓여지지 않을 수 없었다. 그러나 이렇게 앓게 된 것도 그 시초는 제가 지른 불 때문이라고 생각하니 죄송해 견딜 수 없었다. 그런 심정을 한마디로 표현하는 것이리라.

"그동안 얼마나 고생하셨습니까?"

그리고 머리를 수그렸다. 그렇게 하는 창윤이의 언동이 몹시도 의젓하고 어른스러웠다.

장손이는 흡족하지 않을 수 없었다. 누른 얼굴에 웃음을 띠면서,

"너는 과히 고생이 없었느냐? 대장이 너르 몹시 사랑해 주더라문서?"

"예."

그리고 창윤이는 보따리에서 헝겊에 싼 걸 꺼내 아버지 앞에 내놓았다. 그 헝겊! 옆에 앉아 있는 할머니는 이내 쌀 판 돈, 창윤이가 가지고 간 돈을 쌌던 헝겊임을 알 수 있었다.

"이건 무시기야?"

하면서 장손이는 풀어 보았다. 돈이 나타났다. 장손이의 손이 저도 모르게 떨렸다. 그때 가지고 갔던 액수와 같은지는 모르겠다. 그러나 그 돈을 마련해 가지고 돌아온 어린 아들의 심정에 장손이는 가슴이 뭉클했다. 할머니는 어쨌으랴? 눈물이 와락 솟으면서 손자의 손을 덥석 잡았다.

"그 돈으 마련해 가지구 오느라니 얼매나 애르 썼겠니……."

그러나 창윤이는 아무렇지도 않다는 듯한 표정이었다.

"거기 가서 돈을 잘 벌었습니다."

"돈으 잘 벌다니?"

할머니의 물음이었다.

"훈련받는 틈틈에 토역질두 하구 샇 기음두 매주구 했거든요……."

그리고 창윤이는 부끄럽다는 듯이 뒤통수를 긁적하면서,

"조금만 더 벌자구 했는데……."

하고 장난같이 웃었다. 믿음직스럽고 소박한 태도, 장손이도 입가에 웃음을 띠고 돈을 싼 헝겊을 창윤이 할머니에게 드리면서,

"욕심두 많구나!"

하였다.

"너 애비 이제는 살았다."

할머니 뒷방에도 치마끈을 쥐어 풀어진 노안(老眼)에 괴어 있는 눈물을 찍어 내면서 즐겁게 웃었다.

최 주부가 장손이는 약 서너 제를 연거푸 써야 완전히 회복된다고 했다. 그러나 그 약값이 마련되지 않아 걱정하고 있었던 중이기 때문이었다.

7

"장손이 아들이 그동안에 돈을 벌어 가지구 왔다지."

"불으 지르구 도망으 갈 때, 가망이 가지구 갔던 돈으루 아귀를 채와 도루 내놓더라지."

"장손이 아들으 잘 둣서."

"한복 영감의 손잔데 어련하겠음."

동네 사람들의 칭찬을 들으면서 창윤이는 급한 추수부터 착수했다. 벼부터 베기로 했다. 그러나 잘 자란 벼는 아니었다. 밭곡식은 더욱 그랬다. 벌써 몇 달을 시름시름 앓아 내려온 장손이라, 제철에 기음 갈

은 걸 매어 주었을 리 없었다. 패랭이 돌피 같은 잡초가 곡초와 더불어 무성한 걸 보고 창윤이는 새삼스럽게 가슴이 아팠다. 그러나 그런대로 거들어 주는 어머니와 함께 곡식을 베는 일부터 시작했다.

그리고 밤이면 정세룡이와, 사포대 조직할 걸 열심히 의논했다. 그러나 아버지가 앓고 누워 있어 추수는 창윤이 아무리 부지런히 해도 힘에 부쳤고, 추수기에 들어선 장정들을 훈련시키려는 사포대 조직도 용정촌에서 생각던 것같이 단순한 일이 아니었다. 무엇보다도 총이 없었다. 부근에는 사냥꾼도 흔치 않았으므로 엽총을 거두어들일 수도 없었다.

용정촌 신용팔 대장에게 연락을 해 총을 몇 자루만이라도 구하려고 했으나, 그것도 뜻대로 되지 않았다. 그래서 오늘 저녁은 서당에 동네 어른 4~5명을 모셔 놓고 정세룡이와 창윤이 이 일을 의논하고 있는 중이었다.

"그런 걸 만드는 게 좋기는 한데……"

제 고장을 제 힘으로 지키는 정신은 아무도 반대하는 사람이 없었다. 더욱이 앞으로 닥칠 겨울철에, 도박이요 술이요로 풀어지기 쉬운 청년들의 마음을 붙잡아 매 두는 방편으로도 절대 필요한 일이라는 데 의견이 일치되었다.

"그렇다면 총이 아니라도 되지 않겠소"

다른 방법이 없겠느냐는 사람.

"없어도 되겠지마는 총이 없는 병정이 어디 있겠소 사포대는 동네를 지키는 병정이 앙이겠소"

이렇게 말하는 사람.

"병정도 병정이지만 총을 메지 않구야, 어디 훈련하는 맛이 나오?"

"그러니까 나무총을 쓰잔 말이오."

"나두 그렇게 생각하는데, 나무총두 만든 걸 사와야 되지 않겠소."

"그러기에 이렇게 모인 게 아니오. 비용을 어떻게 모으느냐 의논하자는 게요."

훈장 조 선생은 이런 일에는 늘 좌장(座長) 노릇을 했다. 오늘 밤도 요령 있게 회의를 진행시키고 있는데 문이 열리면서 불쑥 들어선 사람은 최삼봉이었다. 그렇게 아껴서 입고 다니던, 비단 다부샨즈 위에 무늬 굵은 후단 마꽬을 입은 차림이 아니었다. 앞이마 위가 새파랗고 뒤로 꽁지를 드리운 머리가 아니었다. 두루마기에 통영갓을 쓴 신수 좋은 조선사람의 모습이었다.

"진지를 잡쉐습메까?"

깍듯이 인사를 하는 것도 전에 없던 일이었다. 이 고장에도 러시아 병정의 압력이 침투되었다. 권비의 폭동을 진압하고 저희 철도를 보호한다는 명목으로 투입된 러시아 병정이었다. 그랬으므로 그들은 권비를 색출하기 위해 청국 양민에게도 검문검찰이 준엄 가열했다. 권비, 의화단이란 민중의 폭동대요 단체이기 때문에, 양민이라고 소홀히 넘길 수 없기 때문일까?

그러므로 의화단 아닌 양민들도 불안과 공포에 싸여 지내지 않을 수 없었다. 더욱 산간벽지나 저희 민족이 드문 곳에 있는 사람들은 더욱 견딜 수 없었다. 지방의 말단 관청이 러시아 병정의 압박으로 그 기능을 잃어버리고 보니 법으로 생명 재산을 보호받을 길도 막연해졌다.

그들이 그런대로 안심할 수 있는 곳은 오직 제 민족이 모여 있는 대도시나, 정부기관이 미비하나마 그런대로 러시아 군부를 상대로 외교적 기능이라도 발휘할 수 있는 정치 중심지가 아닐 수 없었다. 지방의 토호나 양민들은 이런 곳을 향해 살던 곳을 버리고 뒤를 이어 떠나고 있었다.

비봉촌의 동복산이도 창윤이 돌아온 지 열흘도 못 되어 벌써부터 준비해 내려오던 대로 일족을 거느리고 길림을 향해 떠나고 말았다. 총안(銃眼)이 휑하니 뚫어진 포대가 네 귀에 있는 높고 두꺼운 토담과 그 안에 있는 집을 남겨 놓고······.

역시 힘과 힘의 싸움이었다. 약한 힘, 조선사람 위에 군림하던 굳센 힘인 청국사람이 그들보다 더 강한 힘 앞에 보여주는 우스꽝스럽고 초라한 꼴, 그러나 그것보다도 더 우스꽝스럽고 밉살스러운 건 어느새 청복을 조선옷으로 바꿔 입고 조선사람의 힘을 기르는 일을 의논하는 이곳에 나타난 최삼봉이었다.

'으음' 하고 외면하는 사람, 모멸에 찬 시선으로 얼핏 아래위를 훑어보는 사람, 좌중은 그 꼴이 아니꼽고, 그 심보가 메스꺼워 견딜 수 없었다. 창윤이는 눈에서 불이 났다. 상전이 물러가자 얼른 조선사람 행세를 하려 드는 최삼봉! 속이 뒤집히는 대로 무어라고 말하려는데,

"최 퉁스는 어째 왔소?"

방 안이 찌렁 하고 울리는 정세룡이의 목소리였다.

"사포대르 만든다문서."

"사포대가 최 퉁스한테 무슨 상관이 있소?"

이번에는 창윤이 소리를 지르지 않을 수 없었다.

"어째 상관이 없단 말이야?"

최삼봉이도 뻔뻔스럽게 목소리가 제법 높았다.

"여기는 조선사람의 일을 의논하는 마당이오."

정세룡이 도맡아 가지고 나섰다. 최삼봉이는 눈을 둥그렇게 뜨더니 정세룡이 앞에 다가섰다. 그 얼굴을 쏘아보며,

"나는 조선사람이 앙이란 말인가?"

"조선옷에 갓을 쓰면 조선사람인 줄 아시오?"

"내가 앞서 청복으 했다구 해서 그러는 모양이지마는……. 그거는 그렇게 하라구 온 동네가 모아서 뽑은 게 아인가, 바루 이 자리에서. 하라는 대루 했는데 지금 와서 무슨 소링가?"

"하라는 대루 했다구?"

정세룡이는 분격이 치미는 중에도 어처구니없었다. 허허 기막힌 웃음을 한 번 웃지 않을 수 없었다.

"하지 않은 게 무시긴가?"

최삼봉이의 심보는 어떻게 되어먹은 것일까? 정세룡이는 저도 모르게 주먹이 불끈 쥐어졌다.

"이 양심두 쓸개두 없는……."

걷잡을 사이도 없이 이런 한마디가 튀어나갔다.

"야아 환장했구나. 나를 칠 작정이야. 쳐라! 때려라!"

정세룡이의 주먹이 신수 좋은 최삼봉이의 얼굴로 올라갈 것 같았다. 그러나 나이대접을 해야 된다는 생각에서일 것이었다. 들었던 주먹을 떨기만 하다가 도로 내려놓는데,

"삼봉이 이 개새끼."

윗목에 앉아 무겁게 최삼봉이와 정세룡이의 싸움을 보고 있던 훈장 영감이 고래고래 소리를 질렀다.

"썩, 여기서 나가거라! 무슨 염치루 여기 왔으며, 무얼 잘했다구 젊은

사람들한테 큰소린가? 이 부끄럼두 모르는 개새끼!"

젊은 사람들과는 그런대로 자기를 주장할 배짱도 있었던 최삼봉이도 훈장 영감의 위압에는 눌리지 않을 수 없었다.

"옛?"

펄펄 뛰고 앉았는 훈장 영감 쪽에 머리를 돌리더니 아무 말도 못 하고 문을 열고 나갔다.

"여기가 어디라구, 무슨 일을 의논한다구 함부루 들어와서 떠들구 야단이람."

최삼봉이 나간 뒤에도 훈장 영감의 분격은 가라앉지 않았다.

8

어느덧 시월상달에 접어들었다.

하늘이 파랗게 높은 늦가을, 달력으로는 아직 가을이었으나 날씨는 벌서 겨울 속으로 몇 걸음 들어가고 있었다. 대륙인 탓이었다. 북쪽인 탓이었다.

바람이 제법 맵짜다. 옷 속에 추위가 스며드나, 그게 도리어 상쾌한 느낌이라고 할까?

상쾌한 느낌에 가슴이 또한 부푼다. 부푼 가슴으로 장정들은 서당 옆 빈터로 모여들고 있었다. 서당 옆 빈터에서는 오늘 비봉촌 사포대 결성식이 있는 것이었다. 그날, 서당방에서 갓을 쓴 얼되놈이 보기 좋게 쫓겨 나간 다음 좌중의 분격이 가라앉은 뒤 의논은 계속되었다.

좋은 의견들이 최삼봉이 들어오기 전보다도 더 활발하게 교환되었다. 그리고 마침내 몇 가지를 결정했다.

1. 목총은 우선 30자루를 사오도록 할 것.
1. 그 값과 그 밖의 다른 비용으로 기부금을 거둘 것.
1. 결성은 상달 초사흗날에 할 것.

음력 시월 초사흗날에는 이 고장 일대 가정에서 새 곡식으로 떡을 만들어 고사를 지내는 풍습이 있었다. '상상'이라고 부르는 것이다. 결성식은 이 상상을 지내는 날에 하자는 것이었다. 그리고 그동안 훈장 영감 조 선생이 앞장을 서서 거둔 돈으로 목총 30자루를 사들이게 됐다. 그 밖에 훈련에 필요한 것이 대깅 갖추어졌다.

그래서 예정에 어긋남이 없이 오늘, 상상날에 사포대는 결성식을 올리고, 그 첫 훈련을 시작하게 됐다.

서당 옆 빈터, 사포대 결성식장에 모이는 사람은 장정들만이 아니었다. 아기를 업은 아낙네들, 머리채를 드리운 처녀들, 담뱃대를 꽁무니에 찬 늙은이들……. 남편이요, 오빠요, 아들 손자 들이 총을 메고 줄을 지어 마치 러시아 병정처럼 행진하는 걸 구경하기 위해서였다.

금년은 북새통에도 농사가 풍년인 셈이었다. 그리고 물심양면으로 못 견디게 굴던 동복산이 일족을 비롯해 청국 관원들이 물러가고 없었다. 그들이 없는 이 고장을 우리의 힘으로 지킨다는 굳건한 생각들…….

사포대에 뽑힌 장정이건 부인네들이건 한마음 한뜻이었다. 어린이들은 더욱 좋아했다. 일찍부터 그 장소에 가서 떠들고 있었다.

이윽고 시간이 되었다. 동네 사람, 남녀노소가 둥그렇게 서 있는 가운데서 결성식은 막을 열었다.

나무총을 가진 20여 명의 장정이 이열대로 정렬했다.

먼저 훈장 조 선생이 정렬한 장정들 앞에 나왔다.

"경롓!"

창윤이 호령을 불렀다. 머리를 일제히 수그렸다가 드는 것이 아니었다. 끄덕하는 사람, 정중하게 60도 각도로 천천히 허리를 꾸부렸다 펴는 사람, 20여 명 하나하나가 제 모양 제멋대로였다. 그러나 그런대로 경례는 끝났다.

"에헴……."

조 선생은 기침을 했다. 그리고 정중하게 입을 열었다. 자신도 가슴이 벅차오르는 것인가? 처음엔 말을 더듬었다. 그러나 이내 제법 조리를 잡아 일장의 연설을 했다.

"……오늘은 시월 초사흘이오 시월 초사흘 하면 상상을 지내는 날이오. 상상이라면 새 곡식으로 고사를 지내는 일이오. 일 년 농사를 잘 짓게 해주어 고맙다고 그해에 난 곡식으로 떡을 만들어 고사를 올리는 것은 좋은 풍속이란 말이오 그러나 여러분 중에는 이날이 우리나라가 맨 처음 세워진 날인 걸 아는 사람은 드물 것이오. 단군께서 천부인(天符印)을 가지고 태백산 신단수(神壇樹) 밑에 내려와 우리나라를 처음으로 개국(開國)한 날이 바로 이날이란 말이오. 이날, 뜻깊은 이날을 맞아서 우리 비봉촌 사포대가 또 첫 걸음마를 하는 것이오……."

한번 조리를 잡은 조 선생은 자신의 말에 감동하면서 길게 사포대의 의의를 설명했다. 성현(聖賢)의 명구를 인용해 가며…….

모두 옳은 말이었다. 대원들만이 아니었다. 모여 서 있는 동네 사람들도 조 선생의 말이 가슴에 스며들었다.

"……지금은 우리를 못 견디게 굴던 사람들이 물러갔단 말이오. 그런데 여기서 우리가 명심해 두지 않아서는 안 될 일이 있소. 그것은 다름이 아니라, 우리가 청국사람을 미워한 것은 결코 그 사람들이 덮어놓고 미워서 그런 것이 아니라는 것이오. 그 사람들이 이곳을 제 땅이라고 그릇 생각하고 텃세를 한 까닭이오. 그러나 이곳은 우리나라 땅이오. 우리나라이기 때문에 우리나라에서 관리사(管理使)를 보냈고, 그래서 우리가 이렇게 사포대를 만들어 우리 땅을 우리가 지키자는 것이오……."

조 선생은 여기서 잠깐 말을 끊었다가,

"에헴!"

기침을 하고 이었다.

"……오늘 이처럼 뜻 깊은 날에 생각나는 것은 이한복 노인의 일이오. 그분은……."

비봉촌 개척의 은인이라는 것, 이 고장 일대가 우리나라 땅임을 젊은 시절부터 주장해 내려왔다는 것, 그것 때문에 싸우다가 오늘이 오는 걸 보지 못하고 세상을 떠났다는 것, 이런 것을 목메는 소리로 이야기했다.

모두 비감해 했다. 더욱이 비감한 건 창윤일밖에 없었다. 왈칵 울음이 치밀었다.

"그러나 그분도 우리가 지금 이 자리에서 이렇게 하고 있는 걸 지하에서 보고 있을 것이오. 보고 기뻐할 것이오……."

대장에는 정세룡이가 뽑히었다.

"하라는 대로 하겠지마는……."

북간도 171

조 선생의 긴 훈사가 끝난 다음 정세룡이 대장으로서의 인사가 있었다. 서투른 연설이었다. 서툴렀으므로 간단하게 말하는 것인가? 그것이 도리어 소박하고 좋았다.

"……대장이라구 하지마는 심부름꾼이지 무시기겠음둥…….."

그리고는 창윤이의 말이었다. 우선 훈련을 맡아보게 된 것은 용정에서 훈련을 받아 본 경험 때문이었다. 창윤이는 이런 걸 전제해 놓고, 그러므로 군대 모양으로 지휘자가 윗사람이고 지휘 받는 사람이 아랫사람이라는 생각은 없다고 밝혀 놓았다. 그러나

"……그렇지마는 지휘자의 말을 듣지 않으면 훈련이 될 쉬 없습거든……. 그러니까, 이 자리에 서서 부르는 구령에는 절대복종하재문 앙이 됩메다."

당연한 말을 했다. 그리고,

"나는 다리 하나를 저는데, 지휘하는 내가 다리를 전다구 해서 여러분두 그걸 따라서는 앙이 됩메다."

해서,

"핫 핫 핫!"

대원도 구경꾼도 함께 웃었다.

그리고는 첫 훈련이 시작됐다. 먼저 정렬(整列)부터―.

"우로나란히!"

그러나 난생 한군데 모여 단체훈련이라고는 해본 일이 없는 농민들이다. '우로나란히'도 몇 번 거듭하지 않을 수 없었다.

"바롯!"

겨우 줄을 맞춰 서게 되었으므로, 이번에는 번호 부르기였다.

"번훗!"

"하낫!"

"둘!"

"셋!"

"넷!"

"다아스"

"안 돼. '다아스'는, 힘이 없어."

신용팔 대장을 눈앞에 떠올리면서 창윤이는 스스로가 서슬이 있었다.

"'다섯!' 이렇게. 번호 다시!"

"하낫!"

"둘!"

"셋!"

"넷!"

"다섯!"

"……"

"……"

"옳지!"

그리고는 다시 처음부터였다.

"우로나란힛!"

"바롯!"

"번훗!"

"하낫!"

"둘!"

"힘 있게! 목구멍이 찢어지게……."

소리 지르는 창윤이의 눈에는 눈물이 괴어 있었다.

"힘 있게! 목구멍이 찢어지게……."

훈련은 날마다 저녁 무렵이면 쉬지 않고 계속되었다. 대원도 불어 갔다.

이것으로 창윤이 비봉촌으로 돌아올 때 가지고 왔던 사명의 하나가 달성된 셈이었다. 다른 하나의 일이었던 추수도 이미 끝났으므로, 정세룡이만 훈련에 익숙해져 지휘할 수 있게 된다면 신용팔 대장 옆으로 갈 수 있었다.

정세룡이는 원체가 날렵한 몸이었다. 그런데다가 날마다의 훈련에 빠지지 않는 열성도 있었다. 그러므로 훈련을 시작한 지 두 달이 지났을 무렵 기본훈련은 다리를 저는 창윤이보다 훨씬 낫게 시킬 수 있었다.

여기서의 훈련이라야 기본훈련이면 족할 것이었고, 창윤이 자신도 그 이상은 알 수 없었으므로, 그 후부터는 훈련을 주로 정세룡이가 맡아 했다.

명실(名實)이 함께 대장의 구실을 하게 된 셈이었다.

이제는 사포대 일에는 마음을 놓을 수 있었다. 이제 남은 것은 신용팔 대장 옆으로 되돌아가는 일이었다.

그러나 최 주부가 약을 쓰는데도 아버지의 병환은 차도가 없었다. 병석의 아버지를 남겨 놓고 어찌 훌쩍 떠날 수 있으랴. 회복만을 기다리고 있는 섣달그믐께, 그 무렵 호조였던 아버지의 병세가 갑자기 악화되었다. 닷새 동안 풍에 어리워 혼수상태에 빠졌다가, 한마디의 말도 남겨 놓지 못한 채 세상을 떠나고 말았다.

앞길이 약속되는 신용팔 대장 옆으로 못 가는 것은 둘째였다. 아버지의 죽음의 원인이 자신이 비각에 지른 불 때문에 열흘 동안 겪은 고초에서 얻은 병에 있다고 생각하니, 창윤이는 견딜 수 없었다.

할아버지의 임종 전후가 생각났다. 감자 때문에 동복산이네 사람들에게 붙잡혔던 일, 변발청복의 모습으로 들어오는 손자를 보고 말도 못 하던 일, 가위로 드리운 뒷머리를 자르다가 쓰러지던 순간의 철렁하던 가슴.

아버지의 영구 옆에서 창윤이는 그때 일이 생생하게 회상되었다. 그때는 감자와 머리 때문이었고 이번에는 빗돌과 불 때문이었다.

두 번 다, 창윤 자신이 직접 동기가 되었다. 어쩌면 좋으냐? 통곡하려야 목이 메어 소리가 질러지지 않았다. 그러나 엄숙한 마음으로 생각하면 두 분의 혈관 속에 흐르고 있는 조선사람이 그런 비통한 최후를 가져온 게 아니었을까?

'할아버지와 아버지의 피를 더럽혀서는 안 된다.'

창윤이는 스스로 다짐했다.

장례를 치르고 나니 갑자기 한 집의 가장이 되었다는 자각이 마음에 꽉 찼다. 그나마도 가져 볼 수 있었던 꿈도 이젠 깨어지고 말았다.

창윤이 앞에 절실한 문제는 도회에 나가는 일도, 입신출세하는 일도 아니었다. 오직 할아버지와 아버지의 유업(遺業)을 이어 받들어 건실한 농사군이 되는 일밖에 없었다.

아버지의 유해는 할아버지 옆에 모셨다.

장례를 모신 지 사흘 되던 날, 창윤이는 아버지의 묘를 돌아보러 갔다.

비봉촌을 멀리 한눈으로 볼 수 있는 자리, 청룡(青龍) 백호(白虎)로 둘러싸인 아늑한 자리였다.

상복을 입은 창윤이는 할아버지 묘와 아버지의 새 묘 사이에 서서 비봉촌을 내려다보고 있었다. 서당 옆 빈터에서 사포대원들의 훈련하는 광경이 눈에 들어왔다.

엎드렸다 일어나고 했다. 이윽고는 분열행진(分列行進)인 모양이었다. 앞으로 가다가는 갑자기 뒤로 돌아서 걷는다. 따로 떨어져 있는 건 정세룡임에 틀림이 없었다.

"앞으로 갓!"

"뒤로 돌아갓!"

이젠 제대로 트인 목청인 정세룡의 구령 소리가 가깝게 들리는 듯했다.

"하낫, 둘, 셋, 넷……"

들리지 않는 정세룡의 구령 소리를 마음의 귀로 들으면서 창윤이는 속으로 고요히 부르짖었다.

'비봉촌을 위해, 두만강 건너의 우리 사람을 위해, 나도 할아버지와 아버지 옆에 묻히기로 하자!'

훈련은 지금이 고비인 모양이었다.

분열행진을 하던 대원들은 총을 가누어 들고 저만큼씩 앞으로 달음박질하고 있었다.

돌격하는 태세라고 창윤이는 생각했다.

제 2 부

어둠 속의 꼬망둥

1

으르렁, 으르렁!

서당 앞 빈터 한 모퉁이에서다. 개 두 마리가 맞서서 으르렁거리고 있었다. 바둑이와 검둥이였다.

어제 동네에서 추렴으로 소 한 마리를 잡았다. 어느 집에서인가 그 한몫으로 타온 쇠고기, 제법 살까지 붙어 있는 갈비, 그것도 옹근 한 대를 바둑이가 물고 왔다. 검둥이가 그걸 빼앗으려는 싸움이었다.

으르렁, 으르렁!

귀가 벌쭉하게 서 있는 검둥이는 호개[胡犬]의 변종인 망아지만한 크기였다. 제 기운을 믿고 바둑이를 낮잡아 봄에 틀림이 없었다. 으르렁 소리로 위협하고 있다. 그러나 날렵하고 악센 바둑이는 영리하기까지 했다. 만만히 물러설 까닭이 없었다. 더구나 제가 물고 온 성찬(盛饌)이 아닌가? 입을 열면 물고 있는 게 땅에 떨어진다는 이치도 아는 모양이었다. 오직 눈에서 불을 뿜을 뿐, 그런 눈으로 상대를 노려보고 있는데 멍멍 소리 사납게 누렁이가 옆에서 맹렬한 기세로 뛰어들었다.

검둥이의 주의가 반사적으로 누렁이한테 쏠려진 듯했다. 머리를 그쪽으로 돌려 으르렁거리는 순간, 바둑이는 잽싸게 등을 구부렸다 펴면서 뛰기 시작했다.

그 뒤를 쫓는 검둥이와 누렁이……. 쫓고 쫓기고…….

서당 옆 넓은 빈터. 한땐 사포대원의 훈련으로 패기가 넘쳐 있었던 터전이었고 동네 아이들의 천진한 놀이터이기도 했다. 조석으로 남녀노소 사람의 그림자가 끊긴 때가 거의 없었던 이곳이었으나, 이 시각엔 쇠뼈다귀를 빼앗으려는 개 새끼들의 쫓고 쫓기는 광경만이 눈에 뜨일 뿐 텅 비어 있었다.

오늘은 팔월 한가위, 추석날이었다. 동네 사람들이 아이들을 데리고 성묘(省墓)로 산소(山所)에들 간 까닭일 게다. 그러나 거기다가 사포대가 흐지부지하고 있는 요즘인 탓도 있는 것이 아닐는지?

마침내 바둑이가 뼈다귀를 빼앗긴 모양이었다. 빼앗은 건 누렁인가? 이번엔 검둥이와 바둑이가 누렁이의 뒤를 쫓고 있었다. 도망치는 누렁이를 쫓는 두 마리의 개― 저쪽에서 개 한 마리가 또 뛰어온다.

2

이한복 영감 부자의 산소에서 먼발로 이 광경을 내려다보면 싸움의 장본인 쇠뼈다귀는 또렷하지 않았다. 그저 개 서너 마리가 휩쓸려 쫓고 쫓기는 것으로만 보였다. 그것들의 필사적인 질주(疾走)가 마치 경주를 하는 것 같기도 했다. 파란 하늘 밑 텅 빈 공터에서의 개의 경주는 한가롭기까지 했다.

그러나 이창윤의 눈엔 그게 노상 한가롭게만 보이는 건 아니었다. 옆에 앉아 있는 외삼촌 정세룡의 눈에는 더욱 그런 것이 아닐까?

산소에 제사를 드린 뒤였다. 그래서 지금은 음복(飮福)의 절차다.

산소에는 창윤이와 정세룡이네 가족 외에 동리 사람 몇이 와 있었다. 그리고 지금 어른들이 앉은 자리에서는 술잔이 한창 돌고 있는 중이었다. 두 무덤 중 할아버지 한복 영감 산소 옆의 마른 잔디 위, 비봉촌이 한눈으로 내려다보이는 위치, 창윤이가 아버지의 영구를 모시고 사포대 훈련 광경을 보면서 마음에 다짐했던 그 위치에서였다.

술은 오늘 성묘 때 쓰려고 창윤이 할머니가 미리 정성스럽게 빚어 놓은 것이었고 제찬도 추렴에서 한몫으로 타온 쇠고기 요리가 있어 제법 풍성했다.

맛있는 술에 풍성한 안주, 거기에 맑은 하늘과 홍엽(紅葉)의 가을 경치! 마시는 술이 얼른 도는 모양이었다.

장손이가 그의 아버지 옆에 묻힌 지도 이미 5년, 소상(小祥)·대상(大祥)이 지난 지도 2년이었다.

이제 아기까지 보고 있는 어른 된 창윤이기도 했으므로 아버지 장손이를 여읜 슬픔이 5년 전처럼 뼈저리게 남아 있는 건 아니었다. 창윤이 이렇거늘 동네 사람들이야.

이내 목소리들이 높아졌다. 갓이 삐뚤어지는 걸 깨닫지 못했다. 농담도 섞여 있는 혀 꼬부라진 소리. 평소의 노여움을 털어놓는 사람도 있었다.

"이 사람, 그기 무시긴가? 나르 무스거루 보는 겡가 말이다?"

"글쎄, 그렇게 노여워 말랑이까."

"어째 노엽쟎겠능가?"

"그만 하구 술이나 들랑이."

"술? 술은 들겠네마는……."

그런 주고받는 말 중에서 창윤이의 귀를 자극하는 게 있었다.

"동개네 아이들이 지팡집으 고치는 거 아잉가?"

"파이난 토담으 쌓능 거 봤네."

"가아들이 또 오자능 기앵가?"

"글쎄 말이네."

"아라사 벵젱이 쬐껴 갔응이 가아들이 오자구 그러는지 모릅지."

"아라사 벵젱은 덩치만 크지, 머저리 새끼들이지 뭐야, 왜병한테 지당이 말이 되간디."

"아라사 벵젱이 쫓기우겠으문 쫓기우구 왜병이 이기겠으문 이기구 내게 무슨 상관이 있겠네마는 개네 아아들이 집으 고치능 기 심상치 않네."

"사포대두 흐지부지한 팡잉이, 그기 걱정이 아잉 기 앙이네."

동불그레 둥근 얼굴과 까미 껴 칼칼한 얼굴인 두 중노인의 대화였다.

창윤이는 저도 모르게 두 사람이 있는 쪽에 얼굴을 돌렸다. 정세룡이도 그들의 대화에 섬뜩한 것인가? 그쪽에 머리를 돌렸다가 창윤이와 눈이 마주쳤다. 눈을 꿈벅하면서 히쭉 웃었다. 회심의 웃음이라 할까? 그러기에는 지나치게 근심스러운 심정의 쓰디쓴 웃음이었다.

둘은 거의 함께 머리를 돌려 서당 빈터 있는 데로 시선을 옮겼다. 쫓고 쫓기던 개들은 어느덧 사라지고 없었다. 완전히 텅 빈 공지(空地)! 거기엔 낙엽만이 처량하고 어지럽게 구르고 있을는지 모른다.

창윤이와 정세룡은 둘이 다 술이 과한 편은 아니었으나 싫다면서 서너 잔은 향긋함과 더불어 가슴을 에는 쾌미를 즐길 줄 알고 있는 터다. 더구나 괄괄한 정세룡은 주흥에 겨우면 소리도 하고 춤도 추는 풍류까지 이해하고 있었다.

그러나 오늘은 둘이 다 함께 오직 옆에서 권하는 잔에 겨우 입술을 대는 정도였을 뿐 그렇게 해서 마셨기로 도합 한 잔 분량밖에 되지 않았을 것이었다. 그랬으면서도 창윤이는 얼굴이 훈훈해지는 것은 무슨 까닭일까? 흡사 서당 옆 빈터에 구르고 있을 낙엽처럼 마음이 처량해지는 것도 깨닫지 않을 수 없었다.

정세룡이도 마찬가지 심정인 모양이었다. 입을 굳게 다문 채 침울한 얼굴로 서당 빈터를 바라보다가 두 손을 뒤로 하여 마른 잔디를 짚었다. 윗몸을 비스듬히 짚은 팔에 의지하고 입을 열었다. 무거운 어조였다.

"이 사람, 창윤이."

창윤이 외삼촌을 보았다.

"일이 어떻게 될 것 같은가?"

창윤이 대답했다.

"글쎄 말입꼬망!"

역시 근심스러운 말투였다.

3

창윤이 아버지인 장손이 죽고 사포대가 발족한 후 서너 해 동안 비봉촌은 평온무사한 편이었다. 청국 관헌의 불법압박도 그 자취를 감춰 버리고 흑복변발을 강요당하는 일도 없었다. 사포대도 활발히 운영돼 나갔다. 토호가 물러간 뒤 세도를 부리던 호주인, 얼되놈의 눈꼴신 일도 없어졌다. 간도 관리사 보호 밑에 오직 농사에 근면하기만 하면 되었다.

이한복 영감이 그리던 것이 거의 실현될 참이라고 할 수 있었다. 그러나 그러다가 작년(1904년)이었다. 러시아와 일본은 국교를 단절하고 교전상태에 들어갔다. 노일전쟁(露日戰爭)이었다.

청일전쟁(1894~1895)이 일본의 승리로 끝난 뒤 하관조약(下關條約, 1895년 4월)에서 일본은 요동반도와 대만 등을 조차했다. 그랬지만 일본의 요동반도 획득은 남진하는 러시아에 큰 위협이었다. 러시아는 이미 청국에 이권을 갖고 있는 독·불(獨佛)과 함께 일본에 대해 소위 삼국간섭(三國干涉)을 했다. 그 결과 요동반도가 청국에 반환됐다. 그 대가로 러시아는 관동주를 조차하고 동지 철도(東支鐵道) 부설권을 얻었다.

의화단폭동(1900년)이 만주에 비화하자 미·영·독·불 등 다른 열강과 함께 러시아도 폭도 진압과 동지 철도를 보호한다는 구실로 만주에 출병했다. 그리고 폭도가 진압되어 다른 열강이 철병한 뒤에도 계속 만주에 머물러 있었다. 그뿐이 아니었다. 이미 일본을 공동의 적으로 한다는 청국과의 비밀협약에서 남만주철도(南滿洲鐵道) 부설권과 더불어 대련(大連)과 함께 25년간 조차권(租借權)을 얻었던 여순(旅順)항을 중수하고 거기에 극동의 군사, 외교, 행정을 맡아 보는 총독부를 두었다.

만주의 실질적인 점령이요, 우리나라를 손아귀에 넣으려는 무서운 정략이었다. 이에 놀란 것은 미·영 등의 열강이었다. 특히 러시아와 여러 곳에서 대립하고 있던 영국은 일본과, 다른 나라와 교전하게 될 때 서로 중립을 지킬 것을 골자로 하는 영일동맹을 맺었다. 1902년의 일이었다.

러시아는 열국의 항의와 영일동맹에 움찔하는 듯했다. 그러나 제2회 철병기(撤兵期)인 1903년 4~5월경에도 군사를 거두지 않았다. 그뿐인가, 같은 5월, 러시아 사람들은 압록강구의 용암포에 입주해 그곳을 점거해 버렸다. 그리고 압록강변의 목재를 채벌하면서 7월에는 우리나라 정부에 용암포 조차권을 강요해 왔다. 힘이 없는 정부였다. 이 요구에 응하지 않을 수 없었으나 미·영·일 3국의 개입으로 개항만이 결정되었다.

바로 그해였다. 일본은 러시아에 협상안을 제출했다. 한국에서의 일본의 우월권을 요구하는……. 그러나 러시아는 그걸 묵살해 버리고 한국의 북위 39도 이북을 중립지대로 할 것과 종전의 한일관계, 조약을 폐기할 걸 요구했다.

교섭은 마침내 결렬될 수밖에 없었다. 남의 집 갈비를 몰래 물고 와서는, 주인은 아랑곳도 없이 으르렁거리고 쫓고 쫓기는 강아지의 싸움? 이렇게 해서 다음해 2월 8일에 러시아와 일본은 국교를 단절하고 극동 천지에 전운(戰雲)을 일으키고 말았다. 인천, 여순에서 발단한 싸움은 러시아군이 육전에서부터 불리했다. 그러다가 금년(1905년) 5월 발틱 함대의 동해에서의 결전으로 러시아는 패배당하고 말았다.

만주와 함께 우리나라를 손아귀에 넣으려던 제정 러시아의 야망! 그 불붙던 야망은 이렇게 해서 섬나라 키 작은 민족한테 꺾이고 만 셈이었다. 장근 4년이나 점령했던 만주에서 쫓기고 만 덩치 큰 아라사 병정들!

그리고 오늘은 팔월 한가위, 양력으로는 9월 13일이다. 루스벨트 대통령의 주재로 포츠머스에서 노일강화조약이 열린 것이 9월 5일(양력)이었다. 그날부터 여드레 뒤다. 벌써부터 영국과 더불어 팽창하는 러시아 세력의 남하를 걱정해 오던 미국이었다. 미국은 일본이 한국을 그의 세력범위하에 두는 것을 승인했었고 또 노일전쟁에서 일본이 승리하도록 도왔다. 이젠 미국의 주선으로 강화조약이 이루어진 것이었다.

이미 세계에는 조약의 결과가 전파로 널리 알려져 있었다. 노일 양군은 즉시 철수하고 만주에서의 러시아의 이권이 일본에 이양되었다는 것과, 그것보다도 우리나라의 정치·경제·사회상의 특권이 인정되었다는 엄청나고 비통한 사실이…….

그러나 벽촌이고 소식이 늦은 이 고장 주민들은 아직 이런 것을 확실히 모르고 있었다.

다만 덩치 큰 아라사 병정이 키 작은 왜병, 임진왜란에 이순신 장군에게 몰패 당했던 그 왜병에게 여지없이 졌다는 사실만이 뜻밖이었다. 그리고 걱정되는 것은 아라사 병정이 물러감으로 해서 다시 청국 관헌의 세력이 이곳까지 뻗어올 것, 그것보다도 토호 동복산이 일족을 거느리고 돌아오면 어쩌랴 싶은 일이었다.

그럴밖에 없는 일이었다. 그동안 흑복변발을 강요당하는 일이 없었으므로 주민들은 무엇보다 마음이 편했다. 한식, 추석과 단오 명절을 고향에서 하던 예법 풍속대로 즐길 수가 있었다.

그러나 그것보다도 동가네 지팡 토지를 별로 소작료도 무는 일 없이 경작할 수 있었다. 그랬던 생활이 그들 일족이 나타남으로 해서 무너지는 것이 아닐까? 그리고 달포 전에 거의 팽개친 거나 다름없던 그들의 집을 길림(吉林)에서 사람이 돌보러 온 일이 있었다. 그때부터 주민들 마음에 싹트기 시작한 불안의 그림자가, 요즘 부서진 토담을 수축하는 것을 보고서 점점 그 면적을 넓히게 된 것이다.

"동복산이네가 돌아와?"

"그거 골친데……."

불그레 둥근 얼굴과 가무잡잡 칼칼한 얼굴인 중노인들의 농이 섞인 취담도 이러한 이곳 주민들의 단순하나 심각하고 현실적인 걱정의 일단이 아닐 수 없었다.

"동복산 일족이 오면 어쩌나?"

"도루아미타불 될까?"

정세룡과 이창윤에게도 여느 주민들과 공통된 불안이 없는 게 아니었다.

불그레 둥근 얼굴과 가무잡잡 칼칼한 얼굴의 취담이 유난히 귀를 자극한 것은 그 때문이었다. 그러나 둘이에겐 주민들보다 더 심각한 것이 가슴을 무겁게 덮고 있는 듯했다.

"그렇게 하는 기 옳잴까?"

이미 수태 논의해 오던 이야기인 모양이었다. 잔디를 뒤로 짚었던 두 팔을 거두고 똑바로 앉으면서 정세룡이 말했다. 얼굴엔 결연한 게 서려 있었다. 그것은 엄숙한 것이기도 했다.

"글쎄요."

여전히 창윤이가 미타한 말로 되풀이해 대답했다. 정세룡의 얼굴에 서린 엄숙한 것을 정시하지 못하면서……. 그러나 창윤이의 표정도 무던히 무거웠다. 고민에 차 있는 것 같기도 했다.

4

"아라사 병정을 도와야 된다."

"아라사가 지면 왜놈이 우리나라를 손아귀에 넣는다."

"엉큼한 뱃속인 일본을 물리쳐야 한다."

기울어 가는 우리나라를 회생시키는 길은 오직 배일친로(排日親露)밖에 없다. 이런 뜻을 가진 관리사 이범윤은 노일전쟁이 터지자 이제 올 것이 왔다고 생각했다. 일본의 염치없고 더러운 야심의 순을 따 그걸 여지없이 밟아 뭉개 버리고 그들의 그림자를 조선 팔도, 삼천리강산에서 몰아낼 기회가 바로 이때라는 생각이었다.

그리고 기대에 찬 눈으로 전국(戰局)을 노려보고 있었다. 그러나 한달음에 일병을 무찔러 황해와 동해물에 장사 지내리라 굳게 믿었던 러시아군은 서전에서부터 패세를 만회하지 못했다. 그리고 마침내 여순에서, 평양에서, 봉천에서 승승장구하는 일병의 총부리 앞에 하잘것없이 진지를 내맡기는 노병의 맥 빠진 소식을 들을 때 이범윤은 제정신이 아니었다.

"아라사가 지게 됐다."

"아라사가 지면 우리나라가 온통 왜놈의 손아귀에 들어간다."

"나라는 망하고 겨레는 영영 왜놈의 종이 되고 만다."

기골 있는 이범윤의 외침은 나라와 겨레 사랑하는 열렬한 마음으로 더욱 불꽃을 튀겼다.

노일전쟁이 터진 지 십여 일 후 2월 23일에 강제로 조인했던 한일의정서(韓日議定書)의 뒤를 이어 일본의 전세가 유리해졌을 8월 22일에는 제1차 한일협약이 성립됐다. 일본이 보내는 고문관에 의해 우리나라의 재정, 외교, 그 외의 각 방면이 간섭을 받게 된 것이었다. 이걸 알고 있는 이범윤이었다.

"어떤 일이 있든 아라사 병정을 도와야 한다."

관리 하에 있는 주민들을 향한 이범윤의 부르짖음은 각지의 사포대, 또는 사포대와 관련이 있었던 사람들로 하여금 실천에 옮기게 한 원동력이 되었다.

"이미 우리나라는 일본의 손아귀에 들어가고 있는 셈이다."

의복을 걷어 보내는 곳도 있었다. 돈을 모아 보내는 지방도 있었다. 병정의 짐을 날라 주기 위해 사람의 힘을 보태는 사포대…….

비봉촌에서는 식량을 보내기로 주민들 사이에 합의됐었다. 러시아 국내에서는 제1차 혁명이 일어나고 있을 때였다. 소위 5월 혁명, 부르주아 혁명이었다. 전제 군주 로마노프가(家)의 최후의 쯔아[皇帝], 니콜라이 2세는 이 혁명세력에 밀려 그 완강한 전제정치를 포기하고 헌법을 반포하지 않을 수 없었던 계제에 놓였던 때다. 극동을 제패(制覇)하려는 야심은 만만했으나 어찌 전쟁에 전력을 기울일 수 있었을 것인가? 이게 패전의 한 원인이기도 했다. 그리고 일선 장병이 식량을 필요로 했던 것도 자연스러운 일이 아닐 수 없었다.

필요한 식량! 그걸 보태 주는 일이 간도 지방의 한국사람들이 이범윤 관리사의 열렬한 부르짖음에 응해, 일본을 물리치려는 러시아 병정에게 협력하는 가장 쉬운 방법이 아닐 수 없었다. 도처에서 이 손쉬운 방법으로 러시아 병정을 응원했다.

비봉촌도 남이 하는 대로 이 손쉬운 방법을 쓰게 되었다. 작년은 전쟁은 아랑곳없다는 듯이 풍작이었다. 조 이삭이 다듬잇방망이같이 축축 늘어졌다. 수수가 꺼미 껴 알찬 결실을 키 높은 대 위에 맺어 굳굳했다. 콩이 그랬고, 얼마 되지 않은 논에도 벼 이삭이 물결쳤다. 달콤하고 알 굵은 옥수수. 감자는 이미 캐둔 후였다. 이렇고 보니 무어든지 약간만 뽑아 보내면 될 것이었다.

그러나 여름의 땡볕 밑, 숨이 콱콱 막히는 지열 속에서 이룩한 곡식! 그 한 알인들 허술히 내놓고 싶지 않은 게 농민들의 심정이었다. 더구나 러시아 병정들이 특히 원하는 것은, 쉽게 요리할 수 있고 야영의 모닥불에 그대로 구워 먹을 수 있는 감자나 옥수수, 콩 같은 것이었다.

감자, 옥수수, 콩! 이건 주민들의 주식량은 아니었다. 그러나 감자는 절량기(絕量期)의 가장 귀중한 식량이었다. 그리고 작년은 풍작이었지만 전 해는 그렇지 못했다. 기근이라고는 할 수 없었으나 가을 계량까지 나락이 풍부히 남아 있지 못했다. 감자가 여름 제철에 거의 소비되지 않을 수 없었다. 그리고 감자는 겨울철의 농촌엔 없지 못할 먹을거리였다. 긴 긴 겨울밤, 군불 땐 아궁이 안 재 섞인 섶 불 속에 파묻어 구워 낸 거나 큰 솥에 하나 가득 삶아 낸 김이 무럭 나는 감자를 베 헝겊으로 깨진 데를 더덕더덕 덧붙인 질화롯가에 온 가족이 둘러앉아 도란도란 얘기하며 먹는 맛이란……. 구수한 감자 내음과 함께 따뜻한 정이 가슴 깊이 스며드는 것이었다.

옥수수도 그랬다. 여름철에 통째로 삶아 먹기도 했다. 그러나 그것보다도 생선이 귀한 이런 벽촌에서 그것들과 바꿀 수 있는 유일한 것이었다. 생선—그것도 고등어만큼씩이나 큰 소금에 절인 청어—그것은 노령 해삼 바다에서 잡히는 것이었다. 그런 청어와 바꿀 수 있는 옥수수였다.

왜병을 무찌르는 건 좋다.

관리사의 말을 괄시할 수 없다.

그러나 곡식, 더구나 감자와 옥수수를 내놓는 일엔 선뜻 내키지 않는 마음들이었다. 그런데다가 사포대에 대한 열성이 처음 발족할 때와는 달리 적이 식어지고 있을 무렵이었다.

그럴밖에 없었다. 발족할 무렵엔 눈에 보이는 적이 있었다. 이미 비실비실 물러갔으나 그때에는 동복산 일족은 적이 아니랄 수 없었다. 그들한테 받은 수모와 박해가 생생했다.

그랬던 동복산 일족이 자취를 감춘 지 오래 되었을 뿐만이 아니었다. 길림 지방으로 걸어 간 청국 관헌의 명령도 미미하기 짝이 없었다. 구태여 장난감 목총 같은 걸 메고 분열행진을 했기로, 방어할 적이 없는 바에야 그건 싱겁기 짝이 없다는 생각들이었다. 안일한 생활 속에서 해이해진 마음? 출발에서 너무 기세가 높았으므로 도리어 허기지도록 푸 하고 빠지는 맥이라고 할는지.

바쁘다, 몸이 아프다, 농번기면 농번기라 해서, 한가한 겨울이면 다른 핑계로 훈련에 나오기 싫어하는 청년이 늘어 갔다.

이래선 안 된다. 누구보다도 정세룡이 안달이 나지 않을 수 없었다. '우로나란히!'를 불러 보지 못하는 날이 늘어 가기 때문이었다. 날마다 있던 훈련이 일주일에 한 번으로 도수가 떠졌다. 그 일주일이 열흘에 한 번으로……. 그러다가 그 무렵엔 한 달에 한 번이었으나 그것도 성의 있게 모여들지 않았다. 이 무렵 이미 정세룡은 대장의 자리에서 물러난 뒤였으나 창윤이와 함께 해이해지는 사포대를 진심으로 걱정하지 않을 수 없었다.

"어쩌자구 이러능 기야?"

"큰일입꼬망."

한편에서는 노골적으로 입을 삐죽거리는 패도 있었다.

"앞으로 갓, 뒤로돌아, 하문 밥이 나온다더나?"

"그래 말입꼬망."

그런 축에서 주동이 되는 사람이 머저리 노덕심에게 딸을 주었던 박첨지네 가족과 최삼봉이 가족이었다.

토호 동복산 일족이 물러감과 함께 얼되놈 최삼봉이와 노덕심은 비봉촌에서 소식도 없이 자취를 감추고 말았다. 그러나 이들 얼되놈의 원근 친척들은 의연히 비봉촌 일대에 남아 있었다. 처음엔 끄덕 머리를 들었을 까닭이 없었다. 그러나 세월이 흐름에 따라 주민들에게 잊음[忘却]의 연막을 쳐놓지 않을 수 없었다. 거기에 삼봉이의 아버지 최칠성이 아직도 동네의 원로로 정정하게 도사리고 있다. 그리고 삼봉이 아들 동규도 이젠 창윤이와 함께 아기의 아버지가 된 지 오랬다.

창윤이와는 낭떠러지 사건 이후 한때 도리어 뜻이 통했던 동규였다. 그러나 아버지가 주민들의 손가락질을 받으며 자취 없이 비봉촌에서 사라진 지도 4~5년, 그것이 혈육의 정이라고 할까? 그 치욕이 한 살 두 살 나이가 더해짐을 따라 머리를 들었다. 그러나 동규는 창윤이, 정세룡이 주동이 됐던 사포대를 정면으로 반대하지는 않았다. 그렇다고 앞장서서 거들어 주지도 않았다. 그뿐이 아니었다. 훈장 영감도 고향으로 돌아간 지 3년이나 되었다. 최칠성 영감과 맞서 동네의 여론을 창윤이네에게 유리하게 전개시킬 힘 하나가 또 없어진 셈이었다.

"아라사와 일본의 싸움이 한창이라는데……."

"아라사가 밀리는 모양이랍지 않소."

정세룡이와 더불어 걱정에 잠겨 있는데 관리사의 전달 지시가 내렸다. 신용팔 대장도 인편으로 창윤이한테 노병의 전승을 위해 협력할 것을 부탁해 왔다.

"아라사를 돕자!"

창윤이와 함께 정세룡이 앞장을 선 것은 물론이었다.

세계정세에는 어두운 주민들이었다. 발등에 떨어지지 않은 불이라 관리사의 외침도 그다지 따가운 것이 아니었다. 그런데다가 식량이 아닌가? 더욱이 감자와 옥수수……

"그 곰 같은 마우재 개새끼들을 도와 줄 게 뭐람."

반대하는 축도 있었다. 부인네들은 더욱 그랬다. 아이들은 철도 없이 투덜댔다.

"러스케 새끼들 ××을 쥐구 늘어졌댔자 벨쉬가 있겠관디."

그러나 그렇다고 관리사를 괄시할 순 없었다. 감자와 옥수수를 냄으로 해서 등한했던 사포대에 대한 미안한 생각을 덜자는 유난히 양심적인 패도 있었다. 그리고 그 여론이 이기고 말았다.

감자와 옥수수가 생활 정도에 따라 할당되었다. 감자와 옥수수가 아직 남아 있는 사람은 그 중에서, 그렇지 못한 사람은 돈으로 사거나 다른 나락과 바꾸기로 했다.

"이거는 마우재 밑궁그까지 쓰서야 된단 말이……"

"그러재문 진다잼둥, 마우재가 이게얍지. 우리가 편안하당이 어찌겠음."

"감쥐나 옥수수르 대준다구 쬐끼우든 아라사 병정이 갑재기 이게 내겠깐디……"

"그래두 앙이하니만 났습지."

"더 말해 무실하겠습짱이……."

볼멘소릴 하는 사람이나 제법 넓은 아량과 궁량을 가진 사람이나 마침내 아까우면서도 감자와 옥수수를 내놓지 않을 수 없었다.

할당량이 거의 예상대로 모여들었다. 그리고 그것까지는 그런대로 순조로운 편이었다. 그랬는데 문제는 그걸 운반하는 데서 생겼다고 할 것이었다.

늦은 가을이었다. 달구지 세 대를 내기로 했다. 연길(延吉)까지 갖다주면 다시 다른 곳에서 온 것서껀 합해 거기서 다시 돈화(敦化) 방면의 노병 병참기지로 보내게 되어 있었다. 연길까지는 서북으로 1백50리의 산골이었다. 추수기의 달구지였으나 세 바리는 감자, 옥수수를 싣고 떠났다. 노군(露軍)에 바칠 곡식 외에 일찍 찧은 곡식도 싣고……. 연길 장거리에서 팔기 위한 것이었다.

달구지 세 바리는 기세 좋게 연길을 향해 떠났다. 그리고 아직도 해가 기울려면 두세 시간은 넉넉히 남아 있을 무렵 세 바리의 달구지는 ××령 '아흔아홉 고비'를 돌아 올라갔다. 낮에도 범이 나온다는 높고 수목으로 덮인 깊은 영이었다. 이 영을 넘어 평탄한 길로 몇 마장만 가면 쉬임 참(站)이 있다. 거기서 사람과 더불어 소가 하룻밤을 지내게 되는 것이다.

"이랴! 이랴!"

"이놈우 쇠새끼, 어째 이러니?"

긴장했으나 그런대로 셋이라 쇠고삐를 가누어 잡은 채 가끔 채찍으로 소잔등을 때리면서 굽이를 돌아 영을 오르는 데 여념이 없을 때였다. 영

마루가 가까웠다고 짐작되는 굽이를 돌자 길을 막는 사람들은 훙우즈[紅鬍子], 청인 도둑떼였다.

소와 곡식을 몽땅 떼였다.

"거저 그런 재귀를 칠 줄 알았당이, 끌끌……."

감자, 옥수수가 유난히도 아까웠던 패들이 입을 비쭉이는 것만이 아니었다. 노병을 돕자는 데 이해를 하던 사람들도 '호오적(훙우즈의 우리나라 사람들의 와음)'한테 떼일 바에야 아까운 곡식을…… 하고 못내 투덜댔다.

그러나 피해가 그것에만 그친 걸 오히려 다행으로 여기는 사람도 있었다.

"목숨으 살린 기 다행입지."

목숨을 건지기로 납치해다 억지로 부하를 삼는대도 호소할 길이 없었다. 의화단의 폭동이 진압된 후 밀림 속으로 들어갔던 폭도가 중심이 된 것일까? 이미 마적(馬賊)이 북간도 밀림지대를 근거로 그 세력을 기르고 있을 때였다.

"잡혜 갔으문 죽었는지 살았는지 그거르 몰라 더 애타겠음."

면치 못할 재앙이었다면 차라리 곡식이나 가축을 사람의 목숨과 바꾼 게 나은 일이지 뭐냐고 누구보다도 세 사람의 가족들이 이렇게 생각했다.

전쟁은 철도 연선을 중심으로 벌어지고 있었다. 치열한 싸움이었으나 이곳은 싸움터에선 지극히 먼 위치에 있었다. 그런 전쟁 이야기, 먼 불구경 하듯 떠오는 풍문을 근거로 한 싸움 이야기밖엔 화제에 궁한 주민들이었다. ××령에서의 동네 사람들이 당한 적변(賊變), 더욱이 자신들이 모아 보내는 곡식과 소를 빼앗긴 것이 한층 더 생생하고 매력 있는 화제가 아닐 수 없었다.

남녀노소가 제가끔 한마디씩 하지 않으면 제 구실을 못 하는 듯했다.

"장정 셋이서 꼼짝 못하구 다 빼앗긴단 말이."

"아라사 병저엉 돕자는 기 호오적으 돕아준 셈이 됐소꼬망. 어허 읍 버서."

"세상일으 암둥? 호오적 덕으 볼 날이 있을지······."

"도적놈의 덕으 입어서야 어디 쓰겠음."

이번 식량 갹출의 주동이었던 창윤이와 정세룡이의 귀가 따갑지 않을 수 없었다. 비난과 비꼼과 악의에 찬 야유. 그게 쿡쿡 찌르기도 했으나 무엇보다 아픈 건 주민에게 미안한 생각이었다. 차라리 식량을 거두지 않았더니만 같지 못했다고 뉘우쳐지는 심정이기도 했다.

그러나 그런 심중에서도 정세룡인 다소 마음이 놓이는 일이 있었다. 그건 달구지를 몰고 간 셋 중에 정세룡 자신이 끼여 있었기 때문이었다.

공동 피해자라는 의식!

그러나 창윤이는 마음이 개운치 못했다. 신용팔 대장에 대해 미안하기 짝이 없었다. 지금은 이범윤 관리사와 함께 사포대보다도 아라사군 사령부와 정치적인 접촉을 가지고 있는 신용팔 대장이었다. 그 신용팔 대장의 모처럼의 부탁에 유종의 미를 거둬들이지 못했다는 자책 때문이었다.

그러나 무엇보다도 창윤이와 정세룡 두 사람에게 더 큰 타격은 주민들의 사포대에 대한 열의가 그 후 그나마도 영영 식어지고 만 일이었다.

"훈련에 나오라."

"흥, 나락을 호오적한테 바치자구?"

××령상에서의 적변의 책임을 사포대나 정세룡이한테 돌리는 말투였

다. 억울하기 짝이 없는 일이었다. 그러는 동안 러시아는 패전 일로 물러서기만 했다. 그리고 마침내 항복하고 말았다.

세상은 어수선했다. 비가 올 것인가? 눈이 뿌릴 것인가? 그렇지 않으면 활짝 갠 하늘이 머리 위에서 높이 푸를 것인가?

괄괄한 정세룡이 얼른 용정촌에 뛰어가 보았다. 그러나 찾아갔던 신용팔 대장은 이미 철수하는 아라사 병정의 뒤를 따라 이범윤 관리사와 함께 노령(露領)으로 떠난 뒤였다. 그리고 많은 조선사람들이 관리사의 뒤를 따라 해삼위(海參威)로 연추(煙秋)로 가족을 거느리고 넘어가고 있다는 소식을 가지고 돌아왔다.

일본 세력이 아라사 대신 여기 뻗치게 된다. 그렇게 되면 러시아에 협력했던 사람의 설 곳이 어딜까?

식량을 공급한 일, 사포대 지도자로서 받을 박해를 각오하지 않아서는 안 된다.

그러나 그것보다도 정세룡은 창윤이와 더불어 아직 겪어 보진 못했으나 일본이 싫은 것이었다. 신용팔 대장의 영향에서였다. 거기에 또 중국 관헌, 토호 들의 압박이 어떤 형태로든 되풀이될 것이 아닌가?

"노령을 향해 여길 아낌없이 뜨자!"

정세룡의 의견은 이런 것이었다.

창윤이도 신용팔 대장의 뒤를 따르고 싶지 않은 건 아니었다. 닥쳐올 사태가 어떤 것이든, 그 불안을 벗어나 존경하는 지도자가 있는 새 터전에서 자유롭게 마련될 수 있다면 그렇게 하는 게 나쁠 건 없겠다. 그러나,

"할아버지와 아버지의 뜻을 이어 여길 지키다가 나도 두 분 옆에 묻히겠다."

북간도 197

5년 전에 했던 맹세가 정세룡이 그 얘기를 끄집어낼 때마다 떠올라 창윤이의 마음을 파들곤 했다. 더욱이 지금 여기는 돌아가신 두 분의 산소가 아닌가? 두 분 옆에 묻힐 걸 다짐했던 5년 전 그때처럼 비봉촌이 환히 내려다보인다. 서당 옆 빈터에 사포대 훈련 광경 대신 개가 쫓기는 게 다를 뿐이지만……. 또 여기는 정이 든 고장, 아버지가 여기서 자랐고 자신은 나서 뼈가 굵어진 곳! 나무 한 대 언덕 하나에 추억과 사랑이 깃들어 있다. 거기에 진갑이 지난 할머니 뒷방예와 오십이 멀지 않은 어머니, 장가 시집보내야 될 동생이 둘, 그뿐이랴. 한 달이면 두 돌이 되는 자신의 아들! 그 엄마의 배는 두 번째로 나올 애기 때문에 눈에 띄게 부르고 있다.
  이런 가족들을 데리고 어찌 가볍게 뜰 수 있을까? 실제 문제로도 어려운 일이 아닐 수 없었다.
  그러나 정세룡이는 강요하다시피 자신의 의견을 고집해 내려왔다. 그리고 이 자리에서는 쓸쓸한 서당 옆 빈터를 내려다보는 공허한 심정이 제주 몇 잔에 갓이 비뚤어진 동네 사람들의 주고받는 취담으로 해서 자극되어 불안을 더욱 조장했음에 틀림없었다.
  "그렇게 하는 기 옳잴까?"
  정세룡의 말은 여느 때보다도 더 무거울밖에 없었다. 그러나 창윤이의 대답이 또 우유부단하면서 그 표정이 심각하지 않을 수 없었다.
  이 고장에 버티어야 된다. 그렇게 함으로써 선조부와 선친이 이룩한 땅을 지켜야 된다. 이것이 창윤이의 진의였기 때문이었다. 겉보다 속이 깊은 창윤이었다. 외삼촌의 불안에 안달하는 마음을 정면으로 반대할 수도 없었다.

"글쎄요."

창윤이의 대답이 우유부단하면서도 그 표정이 심각한 것은 오직 이런 사정인 까닭이었다.

5

"또 청복으 입으라, 꼬랑지르 드리우라, 그 지랄이겠능가?"

"그것망이라문 좋겠지마는……."

불그레 둥근 얼굴과 까미 껴 칼칼한 얼굴의 주고받는 걱정은 그칠 줄 몰랐다.

"그거말구 또?"

"이번에는 그렇게 만만챌겠메……."

그러다가,

"일보, 정 대장!"

"예!"

무거운 심정이던 정세룡이 소리 나는 쪽으로 머리를 돌리니 까미 껴 칼칼한 사람이었다.

"거 사포대 어쩔 셈잉가?"

"어쩌긴요?"

"지팡집 담으 고치는 줄 모릉가?"

"나두 알구 있습죠마는……."

"그런데 어째 사포대가 꼴기르 못 추는가 말이야?"

사포대 반대파가 아니었다. 이한복 영감을 따르던 사람이기도 했다.

그래서 오늘 이 자리에 온 그는 취안을 동그랗게 뜨고 정세룡일 쏴보았다. 사뭇 항의하는 태도로. 정세룡뿐이 아니었다. 창윤이도 뜨끔하지 않을 수 없었다.

"나오랑이 나와 죠야 말입죠."

"나오쟀당이?"

"아다시피 ××령상의 일이 있는 뒤부터는 여엉 무가냅꼬망."

"그기 말이 되능가? 동가네가 지팡집으 고치구 있는 판국에……"

불그레 둥근 얼굴도 친구의 말에 한마디를 덧붙였다.

"이 사람, 젊은 사람들이 끌기르 채레야지……"

까미 껴 칼칼한 노인의 자신 있는 말.

"우리 뒤에서 도와줌세."

"옛?"

창윤이의 얼굴이 긴장되었다. 아라사로 가려는 꿈을 꾸고 있는 정세룡은 이 중노인들의 말이 아프게 들리지 않을 수 없었다. 머리를 숙이면서,

"예이꼬망."

그리고 창윤이와 마주 보고 싱긋이 웃었다.

―사포대가 갱생할 수 있다면야? 이런 생각에서 웃어지는 웃음임에 틀림없었다. 막다른 골목에서의 새 희망? 이런 사포대 갱생의 여론이 떠돈다면, 그리고 그게 실현된다면 두 젊은이에겐 새 힘이 생기지 않을 수 없는 일이다.

구태여 아라사로 도망하다시피 내뺄 게 뭔가? 정세룡이는 내심 이렇게 생각 하고 있었다. 숙였떤 머리를 들고 두 노인을 보면서,

"뒤르 밀어만 준다믄사 얼매든지 해봅죠."

눈이 번쩍 빛났다.

"으음, 그래야지."

"가망이 보구만 있을 쉰 없당이까……."

두 노인의 말도 취담만은 아닌 듯 무게가 있었다.

6

"일본이 아라사 대신 우리나라와 만주를 손아귀에 넣게 됐다."

"이번에는 머리를 뒤르 드리우고 소매 긴 청복 대신에 펄덕펄덕 신다리(정갱이)가 보이는 후매때다가 쪽바리 나무판대기르 신게 맨들지 뉘기 알겠음둥."

"어찌겠관디?"

포츠머스 조약의 내용이, 온갖 억측과 유언비어를 거느리고 비봉촌에도 늦게나마 날아 들어왔다.

동복산이의 지팡집 무너진 토담을 고친다는 사실에 자극이 된 주민들은 이 소식에 자위책을 세우지 않을 수 없었다.

여론이 비등했다. 앞에서 창윤이, 정세룡 같은 패들이 끌고 뒤에서 지각 있는 노인들이 밀었다.

발등에 떨어지는 불!

창윤이와 정세룡이 생각하던 것보다 사포대 재건이 쉽고 이내 진척된 것은 이 때문이었다.

"앞으로 갓!"

"뒤로돌아갓!"

"번호."

"하나."

"둘."

"셋!"

"……."

서당 옆 빈터에는 다시금 조석으로 장정들의 훈련하는 늠름한 모습이 보이게 되었다.

그러던 어느 날, 추석이 지난 지도 한 달. 아직 가을철이었으나 이미 이 고장의 기온은 겨울에 접어들고 있는 듯했다. 얼른 찾아드는 겨울이라 주민들은 나머지 추수에 여념이 없었다. 그러면서 다시 북돋운 사포대 훈련에도 열을 올리고 있을 무렵.

"얼되놈이 왔소꼬망."

흐리터분 음산한 날씨였다. 아직 대낮엔 포근포근한 햇볕이 곡초를 베는 등을 따습게 쬐어 줄 때였건만 구름이 해를 가린 오늘은 낫을 쥔 손이 제법 시리기까지 했다.

콩 가을이었다. 언덕배기 밭에 전작해 놓은……. 그리고 지금은 점심 때.

둘째 번 아기로 배가 부른 창윤이의 아내가 씨근거리면서 점심을 담은 함지를 이고 올라와서였다.

남편은 손이 시렸으나 아내 쌍가매의 이마에는 땀방울이 빠지직 맺혀 있었다. 식은땀? 그 땀방울을 손으로 훔치면서 하는 아내의 말에 창윤이는 움찔 놀라지 않을 수 없었다.

"무시기라구?"

"얼되놈이 왔소꼬망."

"얼되놈이?"

"예, 올라오다가 왔다는 말으 들었소꼬망."

"누구한테서?"

"우물 역으로 지내오다가 뒷집 새각시한테서 들었소꼬망."

"정말?"

어두워만 가던 창윤이의 얼굴, 이마의 주름살이 더욱 굵게 잡혔다.

"거저, 왔다는 말으 듣기만 했소꼬망."

남편의 표정에 쌍가매의 대답도 조심스럽지 않을 수 없었다. 꽁무니를 빼려는 태도? 말에 힘이 없었다.

"어느?"

잠깐 입을 다물고 있던 창윤이 무겁게 소리쳤다.

"머저리 노 서방인 모앵이꼬망."

"노덕심이?"

"옛꼬망."

순간 창윤이의 머릿속에 떠오르는 것은 바로 이 밭에서의 일이었다. 아버지 계실 때 최삼봉이와 더불어 동복산 송덕비 때문에 여길 찾아 올라왔던 그때 광경이었다. 따렌大시 동복산이 본을 따서 무늬 굵은 비단 마펠에 도토리 깍정 같은 마오즈를 머리에 올려놓고 몸을 뒤로 젖히고 느릿느릿 걸음을 옮겨 놓던 최삼봉! 그를 호위하듯 푸른 다부쏸즈의 좁은 소매 속에 두 손을 엇바꿔 끼고 허리를 구부정 뒤를 따라다니던 노덕심의 꼴.

창윤이의 입가에 저도 모르게 쓴웃음이 머금어졌다. 그러자 그들의 우스꽝스러운 꼴 위에 덮치는 거룩한 것이 있었다. 그들의 요구를 딱 잡아 거절한다고 말하던 아버지의 결연한 얼굴. 그때의 아버지의 의젓하던 모습 전체였다. 그걸 아내 쌍가매에게 보여주고 싶었다. 재롱이 늘어가는 아들에게도……

그러나 창윤이의 상념은 아버지의 환상에만 그치는 것이 아니었다.

"동복산이 비르 세우면 똥칠하겠다."

물러가는 두 얼되놈의 등 뒤에 대고 외삼촌 정세룡이와 함께 소리소리 질렀던 기억이 뒤를 이어 되살아나고 있었다.

그때의 욕설! 이게 비각을 태운 먼 원인이 되었고 그리고 그것 때문에 아버지가 돌아가시고……

다 지나간 이야기였다. 그러나 이런 감상보다도 창윤이의 마음을 설레게 하는 건 돌아온 호주인 얼되놈들이 취할 금후의 태도였다.

처자를 데리고 쫓겨난 그들이었다. 쫓겼다 돌아온 그들이라 앙심이 없다고 단정할 순 없을 거다. 적어도 사포대 결성에 대한 의논이 있었을 때, 서당에서 창피를 당했던 최삼봉에겐……

앙갚음이라 하기로 창윤이 개인으론 겁날 것이 없었으나 재건 제일보인 사포대에 지장이 있다면 걱정이 되지 않는 것도 아니었다.

"노덕심이 혼자 왔다구 그럽데?"

그러므로 창윤이의 물음은 최삼봉도 아니냐는 뜻이었다. 그러나 쌍가매는 노덕심의 아내 복동예와 창윤이와의 관계를 알고 있는 모양이었다. 그리고 그게 쌍가매에겐 가슴에 걸려 있는 모양이었다. 순간 앵돌아지고 말았다.

"복동예가 왔는지는 모르겠소꼬망."

"복동예?"

창윤이는 또다시 뜨끔해짐을 깨닫지 않을 수 없었다. 가슴에서 확 불이 일어났다.

지난날 잠깐 감정 속에 그림자를 남겨 놓았던 복동예! 그러나 지금은 잊은 지도 오랜 사람이었다. 그런 사람의 이름이 뜻밖에도 아내 쌍가매의 입에서 튀어나오는 게 아닌가? 복동예를 질투하고 있음에 틀림이 없었다.

창윤이는 웃었다. 잊었던 감정 속의 기억이 되살아나면서도 아내가 귀엽게 여겨지는 심정!

'쌍가매, 내게 정이 있는 증거야!'

볼이라도 꼬집어 주고 싶은 충동을 느끼면서 창윤이의 입에선 농담이 나왔다.

"복동예가 보고 싶어 눈에 진물이 나는 판인데 앙이 왔으문 어쩌나?"

쌍가매에게도 남편의 심정이 이내 통한 모양이었다.

"그렇게 보기 싶으문 노 서방 붙들구 물어 봅게나."

"노 서방으 붙들구?"

"그래얍지."

"내가 어떻게 묻겠관디? 쌍가매가 물어다 줘야지."

"애구망이나, 내가 무슨 택으루 그런 거 물어다 주겠음둥."

"무슨 택? 새서방 위해서……."

"애개개, 오미불멍(오매불망)하는 귀래(당신)나 가서 물어볼 끼지 내가 무슨 상광이 있음둥."

"쌍가매, 니 옐녠(烈女) 줄 알았등이 여엉 틀레먹었구나."

금실이 남부럽지 않게 좋은 부부였다.

그러나 시조모와 시모가 함께 과부로 늙었고, 늙어 가고 있는 쌍가매였다. 이제 두 아이의 어머니가 되면서도 이렇게 밭 같은 데 나와서야 마음 놓고 남편과 정담을 주고받을 수 있는 처지였다. 부른 배가 숨이 가빴으나, 쌍가매는 짐짓 눈, 아직도 억실억실한 대로 있는 눈을 흘겨 남편을 보았다.

"옐네? 듣기 싫소꼬망."

"듣기 싫어?"

"뉘기 옐네 되겠다구 한 일이 있음둥?"

"옐네 되기 싫응가?"

"그런 옐네는 싫소꼬망."

창윤이 또 아내의 뺨을 꼬집어 주고 싶은 충동을 금할 수 없었다.

"무시기라구?"

손이 아내의 얼굴에 가려는데,

"아지미 나왔음둥?"

일하다 말고 점심을 가져온 걸 보고 뛰어온 창덕이었다.

열다섯이었다. 그러나 덩치만 컸지 형의 그 낫세 때보다는 어느 모로나 못하다고 창윤이가 생각하는 동생이다. 오늘, 싫어하는 걸 억지로 끌고 콩 가을을 도와 달라고 했더니, 큰 능률은 못 내고 있다. 그런 주제에 형님 부부의 아기자기한 장면을 깨고 있는 게 아닌가?

"욕보우다."

야릇한 장면을 들킨 폭이 되어 얼굴이 발개진 형수는 엉겁결에 말이 나갔다. 그러나 창윤이는 거친 목소리로 책망이었다.

"이놈 아야 그렇게 점심이 급하냐?"

"배고파 죽겠는데……."

"배가 고파도 그 고랑이나 다 베구 와야지, 일으 중간에 팽개치는 버릇으 해서는 못 쓰는 거야."

아버지 대신 잔소리마디나 하는 창윤이었다. 지금은 아내와의 모처럼의 장면을 훼방당한 감정마저 섞여 있는 것일까?

그러나 창덕인 형님의 책망이 이젠 만성이 되어 버린 듯 별로 시무룩해하지도 않았다. 그리고 아직도 함지에 씌워져 있는 보자기를 벗기면서,

"아지미, 오늘 먹을 기 많슴둥?"

"이 걸신 든 놈우 새끼야."

동생이 못마땅한 창윤이의 손이 보자기 벗기는 창덕이의 손등을 때렸다.

"놔둡소"

쌍가매도 이 장면에 뛰어든 시동생이 얄미웠다. 그러나 기가 꺾인 시동생을 위해 너그럽게 변명해 주지 않을 수 없었다.

"돌이래두 금시 꺼져 내려갈 나이가 앙임둥, 일으 했으니 더 그럴 게 앙이겠관디."

스물셋밖에 되지 않은 쌍가매다. 돌을 먹어도 금시에 소화되는 푼수로는, 쌍가매 자신이 그럴 나이기도 했다. 거기에 지금은 임신 중, 왕성한 식욕이 아닐 수 없었다. 그런 쌍가매가 의젓하게 형수 구실을 하고 있다.

창윤이는 또 아내가 귀엽게 보였다.

"……."

더 말이 없었다. 그러나 노덕심이 나타났다는 소식이 까닭 없이 마음을 어둡게 하지 않는 것도 아니었다.

아내와 더불어 탐탁하지 않은 동생과 함께 점심을 먹는 사이에도 창윤이의 마음속에서는 불안의 그림자가 이내 가시지 않았다.

'노덕심이 왔다구?'

7

"노덕심이 갔다구?"

동네 사람들이 마을방에서 이야기하고 있었다.

"하하하, 그놈우 새끼, 범 잡은 푀쉬처럼 우쭐거리구 오등이."

"하룻밤으 자나마나 하구 가버렸다지?"

"그렇지."

"이튿날 새벽에 뺑송이르 했다문서?"

"그렁이까 하룻밤으 자나마나지비."

"어떤 꼴악시르 하구 왔능가 보자덩 기……."

"그 꼴이 그 꼴입지……."

입을 비쭉이는 건 노덕심이 묵고 간 박 첨지네 옆집 사람, 그러니까 돌아온 노덕심의 모습을 비교적 똑똑히 본 사람이었다.

"그 꼴이 그 꼴이랑이, 되놈우 차림으 했음둥?"

"그럼."

"꼬랑지두 드리우구?"

"꼬랑지는 없지마는 입서는 그겝두군."

"소매 좁은 다부샨즈?"

"그래."

"가스집에서 묵구 갔구만?"

"다른 사램이야 뉘기 반갑다구 하겠관디."

"어째 왔는지 모름둥?"

"아라사 벵젱 쫓기웠으이 무슨 먹을 알이나 있을까 하구 왔겠지비……."

"먹을 알?"

"하하하."

사포대 훈련을 마치고 흩어지던 패들은 이렇게 주고받고 했다.

"형펜으 보라구 보낸 기 앙일까?"

"최삼봉이?"

"그래."

"여길 떠나서두 한데 붙어 댕겠으까?"

"그렇겠구. 노 서방 같은 머저리가 어디 가서 혼자 제구실했겠다구."

"하긴 그랬을 기야. 배통 내밀구 장쾌 걸음을 하는 삼봉이 뒤를 다부샨즈 소매에 손으 찌르구 허리를 구부정 쫓아댕겠을 기 아임둥."

"그랬는데 어째 이내 갔을까?"

"형펜 틀레다구 본 모옝이지."

"형펜 틀레?"

"사포대가 다시 일어났거덩."

"사포대 때문에?"

"최삼봉이 무서워하는 기 사포대거덩."

"사포대 때문에 쫓겨 간 셈이기는 하지마는……."

사포대원들은 서로 얼굴을 보고 회심의 웃음을 웃었다.

"복동예는 어떻게 됐을까?"

우물 역에서 주고받는 아낙네들의 이야기였다.

"글쎄 말입꼬망."

"한 번두 오재냈지?"

"살아 있기나 한지?"

"첨지네 집에서 무시기라구 하겠음둥?"

"쉬쉬하기만 했지, 아무 내색두 없습두구만……."

"그 두생 우뭉스럽어서."

"노친은 앙이 그런 줄 암둥?"

번쩍 나타났다가 사라진 노덕심에 대한 동네 사람들의 억측은 구구했다. 그러나 왔다 가버린 바에야 잠깐 심심찮은 화젯거리를 제공했을 뿐, 주민들에겐 당장 이로울 것도 해로울 것도 없었다.

더구나 망가진 토담을 수축했을 뿐, 주민들에게 위협이었던 동복산 일족도 이내는 그들의 거성인 지팡집에 이동해 오지 않았다. 그래도 주민들은 우선 수축된 지팡집 토담을 노려보면서 앞으로 다가올 비바람에 대비해, 사포대를 중심으로 한데 뭉치고 있었다.

관리사가 러시아로 망명한 뒤의 주인 잃은 조선사람! 그러나 비봉촌의 조선사람은 그들 스스로의 힘으로 공백 기간을 메워 나갈 태세를 갖춘 셈이었다.

"앞으로 갓!"

"뒤로돌아갓!"

"하나, 둘, 셋, 넷."

8

"훈장 영감이 생존해 계실까?"

"글쎄."

"몇이 되던가?"

"가만있자, 예순다섯?"

"그렇게 됐을 기야."

상달에 접어들었다. 추수와 탈곡이 대충 끝난 비봉촌 집에서들은 정성을 모은 상상 드리기에 조심스럽게 흥성거리고 있었다.

추석이 남녀노소 온 가족의 명절이라면 상상은 주로 부인네들의 소관사(所關事)였다. 햇곡식으로 떡을 치고 고명을 지지고 나물을 만들고 닭, 돼지를 잡아 조상에게 바치고 복을 비는 행사, 음력 시월 초사흘을 전후해, 집 울타리 안, 정결한 곳을 택해 상을 차려 놓기도 하고 부엌이나 집안에 돗자리를 펴고 촛불을 밝히고 지내는 지신(地神)과 조왕신(竈王神)에 대한 고사이기도 했다.

일종의 고사이기는 하면서도 부인네들이 친척이나 이웃을 청해 음식을 대접하는 기회도 되는 것이었다. 그리고 또 이웃끼리 서로 음식을 돌림으로 해서 정의를 두텁게 한다.

그런 상상 고사가 정세롱의 집에서 있는 날. 젊은 쌍가매가 음식 만드는 것을 거들어 주기 위해 일찍부터 와 있었다. 그리고 지금은 고사도 끝나고 음식도 나눈 뒤였다. 상을 물린 뒤 정세롱과 이창윤이 마주 앉아 이야기를 하고 있었다.

"자네가 갔다 와야겠네."

정세롱이의 말이었다.

"내가?"

창윤이 대답 겸 외삼촌을 보았다.

"가실 때 그렇게 노엽혔승이 자네가 가서 사괄 하구 여기 형편으 이야기하구 다시 모셔 와야지."

동복산 일족이 눈에서 보이지 않자 해이해지는 주민들의 태도가 아니꼽다고 가버린 훈장 영감이었다. 몸도 편치 않았지마는……. 그 후 여러 차례 인편에 와줍소사 하고 편지를 보냈으나 몸이 회복되지 않았다고 마침내 오지 않고 말았다. 그리고 몇 분 다른 훈장을 보내 주었으나 몇 달 있지 않고 가버리곤 했다. 서당도 활발하게 운영되지 않고 있었다. 역시 훈장 조 선생이라야만 된다.

사포대가 재건된 뒤에 창윤이와 정세롱이를 중심으로 논의되었던 문제를 지금도 이 자리에서 끄집어내게 된 것이었다.

"가라문 가보겠지마는……."

"가보랑이, 추수도 끝났응이……."

"생존해 계실까 걱정입꼬망."

"소식이 끊긴 지두 반년이 넘긴 했지마는, 간 대루 돌아갔을까?"

창윤이 한참 입을 다물고 있다가,

"가보겠소꼬망."

하고 말했다.

아이들의 글을 가르쳐 주는 일만이 아니었다. 아직도 젊은 창윤이나 정세룡이로서는 조 선생 같은 분을 위에 모시고 일해야 어김이 없다고 생각했다.

고국의 땅을 밟아 본 일이 없는 창윤이었다. 그리고 두만강 너머의 조상의 땅! 그것은 어떻게 생긴 것일까? 호기심과 함께 열렬하게 그리워지는 마음이었다.

'가기로 하자.'

이런 마음에 가슴이 부풀면서 정세룡의 집 밖으로 나왔을 때였다. 초승달이 기운 뒤라 벌써 밖은 칠흑같이 어두웠다. 그러나 발에 익은 길을 더듬어 집으로 들어가는 길에 접어들어 몇 걸음 걷노라니 등 뒤에서,

"이보오다(여보세요)."

나지막한 여자의 목소리였다.

"옛."

돌아보지 않을 수 없었다. 눈에 띈 건 소복한 여인. 머리에 함지박을 이고 있었다.

'복동예가 아닌가?'

복동예였다.

어둠 속에서도 대뜸 알아본 건 소복과 날씬한 키 때문만이 아니었다. 짧은 한마디였으나 귀에 익은 목소리 탓일까? 그러나 그것보다도 노덕심이 다녀간 후 닷새도 못 돼 친정에 와 머물러 있다는 복동예의 이야

기를 듣고 있는 탓일 게다.

벌써 한 달 가까이 집 안에 박혀만 있었을 뿐, 통 밖에 나오지 않았고 박 첨지 내외가 쉬쉬하기만 했으므로 동네서들은 오직 추측으로 복동예의 이야기를 하고 있었을 따름이었다.

"노 서방이 몹시 천대르 했을 끼야."

"천대? 그렁 기 앙일겜메. 그 머저리가 어떻기 제 각씨르 거느려 냈겠다구."

그러므로 오히려 남편을 배척한 건 복동예 편이었을 거라는 이야기였다. 원체 마음에 없는 사내고 보니 그럴밖에 없을 거라고들 했다. 그러니까 복동예가 이내 남편 옆을 떠났을 거라는 것, 그 떠난 아내를 찾아 노 서방은 이리저리 굴러다녔을 거라고 추측을 해보는 여인네들도 있었다. 복동예가 떠돌아다닌 곳이 길림이나 돈화, 그렇지 않으면 연길, 용정촌, 이런 도회였었을 거라는 것, 거긴 벌써 색주가 같은 것도 있고 했으니 복동예는 그런 데 몸을 담았을 거라고도 이야기했다.

"그러기 때메, 그동안 통 친정에라구는 오지 않았지?"

몸이 그런 데 굴러 떨어지고야 어찌 친정엘 올 것인가? 아무리 권세를 의지해 딸을 바보 얼되놈 노덕심에게 준 부모 옆이기는 하지마는…….

앞서 노덕심이 왔을 때의 이야기도 꾸며낸 것인지 사실에 근거 둔 것인지 알 수 없으나 그때의 미진했던 것을 보충하듯이 입바람이 나서들 지껄였다.

"노 서방이 들어오자마자 복동예르 내놓으라구 했다지 않음?"

"그래, 눈이 둥그래서 집안으 뒤지더라문서리?"

"그랬담메. 그래서 첨지 영감이 소리르 질렀다구 하잼둥. 복동예르 어디메다 어쩌구서리 여기 와서 찾는가구……."

"그러구서리 당장 가서 복동예르 보내라구 호통쳤다문서?"

"싫다는 딸으 가지라구 빌다시피 줄 때는 언제구."

"그래 말입꼬망."

금송아지나 생길까고 했던 노릇이 그렇게 되었다고 아낙네들은 허리를 가누어 잡고 웃기도 했다. 그러나 또 한편에서는 이런 이야기를 하고 있었다.

복동예는 노덕심의 노름빚 때문에 청국사람에게 볼모[人質]로 잡혀 있었다는 이야기였다.

처음 최삼봉이를 따라 나섰을 무렵, 한 1년간은 상전을 모시는 종 같은 관계를 충실하게 지켰으므로 그럭저럭 생활도 군색한 편은 아니었다는 거다. 돈화 지방에 근거를 잡고 있었을 때였다. 그러다가 최삼봉이는 길림으로 가게 되었고 노덕심이는 거기 그대로 남아 있으면서 투전판에 발을 들여놓게 됐다. 제 버릇은 개를 주지 못하는 법?

마침내 판돈에 딸린 노덕심의 도박심은 아내를 판돈의 담보로 내걸고 말았다는 거다. 사람, 더욱이 여자, 그것보다도 자신의 아내를 투전의 판돈으로 내건다? '옛날 옛적에…….' 하고 시작되는 이야기 같다. 그러나 이런 일은 옛말에만 있는 것은 아니었다. 만주 원주민은 남자에 비해 여자의 수가 훨씬 부족했다. 더욱이 산동 지방에서 이주해 온 사람들은 거의가 남자 독신들뿐이었다.

여성의 발의 아름다움을 돋보이기 위한 것일까? 그렇지 않으면 다른 이유에서일까? 10세기 남당(南唐)의 궁녀에서부터 시작해 10여 세기 동안 내려왔다는 폐습, 전족(纏足)의 유풍이 말해 주듯 여자는 귀중한 존재인 동시에 완전히 남편의 예속물이 아닐 수 없었다. 대륙적인 봉건의식!

이렇듯 자신 못지않게 아끼고 귀중하게 여기는 아내나 혹은 딸자식을 내건다는 건 가장 믿을 만한 담보가 아닐 수 없다고 생각하는 듯했다. 자신들은 거의 그런 일을 하지 않지마는 조선사람이 그렇게 나온다면 두말없이 받아들이는 까닭이 여기에 있을 것이었다. 적어도 남의 아내나 딸자식을 빚, 더욱이 투전 빚 같은 것으로 억지로 제 소유를 만들자는 불순한 심보라고 구태여 해석할 수 없는 일이었다.

복동예는 남편의 노름빚 때문에 그런 볼모가 되었다고 했다. 발을 졸라매어 제 옆에서 떠나지 못하게 하는 것보다도 더욱 여성의 인권을 유린하는 행동!

그러나 한번 부모가 맡겨 놓은 남편이고 보니 남편의 말을 싫은 대로 듣지 않을 수 없다고 생각하는 복동예였다. 거기에 복동예는 그렇게 된 사정을 오랫동안 통 모르고 있었다. 그리고 볼모라고 했기로 당장 상대편의 집에 가 있거나 몸을 허락하는 것은 아니었다. 그렇지마는 미리 정해 놓은 액수의 한도를 넘는다거나 상대가 고약한 심보인 때에는 그 사람의 소유처럼 되지 말라는 법도 없는 것이었다. 그 대신 볼모는 직접간접 엄중한 감시를 받게 되어 있는 것이다.

복동예가 그동안 친정에 오지 못한 것은 이러한 사정에서였는지도 모를 일이었다.

그러나 이런 이야기를 하는 아낙네들은 복동예를 불쌍하게 여기면서도 천하의 부정(不貞)한 여자로 생각하고 있었다. 마치 물건처럼 볼모로 잡히었다는 사실, 그게 지독한 인권유린이라는 사실에 의분을 느끼기 전에, 아낙네들은 복동예가 제 남편 아닌 청국사람에게 몸을 맡겼을 게고 그 아내 노릇을 했을 거라고 상상하고는 더럽다고 생각했다.

거의 혈육으로 화한 완강한 정조 관념에서 오는 고집스러운 생각임에 틀림없었다.

"얼되놈 노 서방은 본래 사람 새끼가 앙이지마는 복동예가 무슨 낯으로 여길 찾아왔단 말이……."

입술을 오므려뜨리고 오목한 눈을 깜빡거리면서 노덕심이와 복동예를 나무라는 부인네도 있었다.

―이런 여러 가지 이야기를 귓전에 듣고 있는 창윤이었다. 그런 선입관이 복동예를 어둠 속에서 이내 알아보게 했을까? 5년 전 동규의 주선으로 그날도 어두운 밤, 개울가 느티나무 옆에서 불쑥 나타나 복동예와 맞섰던 때의 일이 문득 되살아난 것도 한 가지 원인인지도 모를 일이었다.

"복동예?"

창윤이의 입에서 불쑥 이렇게 발음됐다.

"고맙소꼬망."

머리 위의 함지박을 두 손으로 붙든 채 복동예는 창윤이 앞에 다가서면서 말했다. 나직한 목소리! 떨리는 거라고 창윤이는 들었다. 야릇한 흐름이 전신을 감싸 도는 걸 깨닫지 않을 수 없었다. 창윤이 말했다.

"무시기 고맙습둥?"

머뭇거리다가 복동예가 대답했다.

"저어 내 이름으 잊어버리지 않애서……."

입 속에서 중얼거리는 것 같았다. 그러나 창윤이의 귀엔 똑똑히 들어왔다.

"이름으 잊어버리지 않애서?"

"옛꼬망."

잠깐 둘은 말이 없었다. 멍머엉, 멍……. 개 짖는 소리가 들려 왔다. 꼬리를 끌고 흐르다가 사라지는 별똥! 침묵은 거북하고 어색하기만 했다. 그 침묵을 깨려는 듯이 창윤이 입을 열었다.

"왔다는 말은 들었소꼬망."

"이내 만나 봤으문 했소꼬망."

"나르?"

복동예도 그날 밤 실개천 징검다리 못미처의 장면이 떠오름에 틀림이 없었다. 목소리가 더욱 떨리면서,

"보구 싶었소꽝이."

"나르?"

"잊지 않구 있었소꼬망."

"……."

"되우 욕했을 줄 압꼬망."

"욕은 무슨 욕이겠소꼬망."

"꼬망이라구 하지 맙소"

창윤이 되물었다.

"그러문 무시기라구 하람둥?"

"그전처럼 야, 자, 합소꼬망."

"야, 자?"

되뇌고 창윤이는 속으로 웃었다. '꼬망둥'이 싫다면서, 자신도 '꼬망'을 깍듯이 붙이는 복동예. 그러나 웃은 건 복동예의 '꼬망' 때문만이 아

218

니었다. 지난 기억을 되살리노라니 복동예와 함께 아내 쌍가매가 떠올랐기 때문이었다.

'복동예 왔는지 모르겠소꼬망.'

이렇게 말하면서 질투 서린 눈으로 흘겨보던 쌍가매의 모습이 콩 가을하던 그날의 정경과 함께 생생했다. '쌍가매, 내게 정이 있어 그러는 기다.' 그러면서 볼을 꼬집어 주고 싶었던 충동이 일어나던 것까지…….

'이건 쌍가매한테 미안한데…….'

자신의 태도가 갑자기 쌀쌀해지는 걸 창윤이 깨달을 수 있었다. 쌀쌀해진다고 생각되자 창윤이의 눈앞엔 다부쇤즈 소매에 손을 지르고, 구부정, 걸어가는 노덕심의 얼되놈 모습이 떠올랐다. 그건 또 뚱뚱한 몸집에 비단 마렐을 입고 느린 걸음을 옮겨 놓는 최삼봉의 모습으로 바뀌졌다. 그 모습은 동복산이의 늙은 영상 때문에 스러지고 말았다.

'괘씸한 놈들…….'

속으로 뇌까렸다. 그러나 복동예를 뿌리치고 자리를 피하지는 않았다.

"떡으 도루는 길임둥?"

침착한 어조로 창윤이는 함지박에 눈을 가져가면서 말했다. 복동예의 대답도 아까와는 달랐다.

"옛꼬망."

이번 '꼬망'엔 윤기가 없었다.

"우리 집에두?"

"옛꼬망."

"그러문 빨리 들어가기오."

"……."

집에 돌아온 지 한 달 가까이, 이젠 안에 박혀 있기도 지겨웠다. 그런 데다가 창윤이를 보고 싶은 마음, 그것보다도 만나서 하고 싶은 말이 있었다. 오늘 밤 떡을 돌리겠다고 이고 나선 것도 복동예의 속심이 이랬기 때문이었다. 그러나 창윤이의 부드러워지던 태도가 마침내 냉정하게 변하고 말았다.

복동예는 더 입을 열지 못하고 창윤이의 뒤를 따라 그의 집 삽짝 안으로 들어가지 않을 수 없었다.

"아애비 옴매?"

마당에서 나는 인기척에 정주 허리문이 열리면서 창윤이 어머니가 머리를 밖으로 내밀었다.

"저건 뉘깁메?"

복동예가 대답했다.

"펜안했음둥? 냅꼬망."

"내랑이?"

"복동예꼬망."

"복동예?"

잠깐 어리둥절했으나 창윤 어머니는 알아차린 모양이었다.

"박 아바이네 집난이구마."

그리고 이고 오는 게 상상 음식인 것도 안 모양이었다.

"그거 무스거 여기꺼지 가져옴메?"

당신네와 우리는 같다

1

"야아!"

창윤이는 나지막하게 탄성이 입에서 나오는 걸 깨닫지 못했다. 그러면서 걸음을 다그쳤다. 이제 고국의 산과 들과 나무와 집들이 먼발로 보이기 때문이었다.

같은 계절이었다.

그리고 북으로 올라갔다고 하나 그다지 심한 차가 있달 수 없는 위도선(緯度線)상에 위치하고 있는 비봉촌과 종성부의 고향 마을이었다. 그러나 두만강을 사이에 두고 어쩌면 그렇게도 다를까?

옥토와 박토라는 농사에 관한 문제가 아니었다. 더구나 지질학상으로 두만강 이북이 지형이 낮다는 그런 따위를 창윤이 애초부터 알 까닭이 없었다.

오직 인상이었다. 눈에 들어오는 자연의 모습과 풍토가 풍기는 분위기. 그것이 마음에 빚어 주는 감격이랄까? 창윤이의 입에서 탄성이 나오게 한 것은 오직 이 때문이었다.

능선이 부드럽게 굽이치다가도 높은 봉우리는 준수하게 쑥 빠져 올라갔다.

이른 겨울이었다. 잎 떨어진 나무들이 설명한 가지뿐이었으나 같은 설명한 나무들이라도 북간도 일대의 나무는 징글맞도록 음흉스러웠다. 나무숲에서 낮에서 짐승이 나오고 도둑이 그 속에서 득실거리는…….

그러나 고향의 나무와 숲속엔 평화와 그윽한 것이 깃들어 있는 것 같았다.

"부드럽다."

같은 하늘의 푸르름도 북간도의 것과는 다른 맑은 푸르름이었다.

"아늑하다."

강을 건너 고국에 발을 들여놓으면서 창윤이는 산과 들과 마을을 싸돌고 있는 공기마저 아늑한 것이라고 느꼈다. 살얼음이 졌을 뿐, 아직 딴딴히 얼지 않은 냇물도 맑았다.

깨끗한 인상! 그리고 따뜻하기도 했다.

비봉촌을 떠날 땐 벌써 겨울이 한창이었다. 두꺼운 벽으로 둘러싸인 온돌은 섶나무나 토막나무를 때서 덥히지 않아서는 안 되었다. 그리고 투박하게 솜을 놓은 엉덩이까지 내려오는 덧저고리에 수건으로 귀와 머리를 막 싸매는 험상궂은 차림이 아니면 나다닐 수 없었다.

그러나 고향 사람들의 집과 옷은 그렇지 않았다. 겨우 문풍지를 하고 있을 정도의 방한이었고 바지저고리만 솜옷일 뿐, 두루마기는 홑것이나 겹것으로도 춥지 않은 모양이었다.

그것보다도 날씬했다.

창윤이는 비봉촌의 겨울 차림인 덧저고리 대신 솜 놓은 두루마기를 입고 왔다. 솜을 놓았기로 얇게 뿌린 것이었으나 이게 무척 무겁게 느껴졌다. 남이 보기에 얼마나 투박했을까?

'내 얼굴도 그럴 끼야. 북간도의 흙이나 수풀처럼 검티티하겠지!'

이런 생각을 하면 할수록 창윤이의 눈에 띄는 것, 느껴지는 것이 신선하고 정다웠다.

고국이면서, 이방(異邦)에 와서 느끼는 것 같은 신선한 인상? 오래 그리웠던 고국이었기에 더욱 신선하고 정다워지는 심정임에 틀림이 없었다.

'왜 이런 곳을 우리 할아버지는 떠나지 않아서는 앙이 됐을까?'

할머니한테서 들었던 이야기가 어슴푸레 생각났다.

'그땐 몹쓸 흉년이 들었다지?'

그러나 그때의 흉년과 여길 떠나지 않아서는 안 되었던 절박한 사정이 창윤이의 마음에 절실하게 다가오지 않았다.

'만약 그때 여길 떠나지 않았더라면……'

할아버지나 아버지의 임종이 그렇게 비참하지 않았을는지도 모를 일이 아닐까? 창윤이의 마음을 괴롭도록 내왕하는 건 자신이 철든 뒤 비봉촌에서 겪은 쓰디쓴 생활이었다.

'지금두 비봉촌에서는 동복산이네가 올까 봐 걱정하구 있겠지비.'

현지를 떠나 멀리서 생각하는 비봉촌의 모습이 더욱 또렷하게 창윤이의 머릿속에 떠올랐다. 그러나 창윤이는 이런 걸 깊이 생각하지 않았다. 난생 처음 밟아 보는 고국의 땅. 어릴 때부터 동경했던 고국에 왔다는 감격이 그런 어두운 생각을 물리쳐 버렸기 때문이었다. 그리고 그 자리에 다시 솟아오르는 생각은, 여기가 이렇거늘 서울은 어떠랴 싶은 것이었다.

'서울까지 가보고 싶다.'

서울에 보내 주겠다던 신용팔 대장이 새삼스럽게 그리웠다. 그러나 부조의 고향이나 고국은 창윤이의 감상(感傷) 섞인 첫눈에서 느낀 자연처럼 그렇게 아늑하고 고요하고 달콤한 것은 아니었다.

고국은 지금 을사5조약(乙巳五條約)이 체결된 직후의 의분으로 방방곡곡이 뒤끓고 있는 때였다. 앞서 포츠머스조약 후, 제1차 한일협약의 뒤를 이어 일본은 침략의 마수를 거리낌 없이 우리나라에 뻗치게 됐다.

제1차 협약이 있은 지 1년, 포츠머스 조약이 있은 두 달 후, 11월에 일본 추밀원(樞密院) 의장인 이등박문(伊藤博文)은 특파 대사로 임명되어 서울에 도착했다. 이등박문은 신임장을 광무제(光武帝)에 봉정하고 외교권 이양과 통감부(統監府) 설치 등 다섯 가지 조항으로 된 제2차 한일협약 안을 제출했다. 보호조약 안이었다.

광무제는 완강하게 이를 거절했다. 그러나 만만히 물러설 이등이 아니었다. 간계를 꾸몄다.

그달 16일. 일본 공사 임권조(林權助)로 하여금 외부대신 박제순(朴齊純)을 공사관으로 청케 하고 이등 자신은 다른 대신들을 청해 설득시키려 했다.

그건 안 될 일이라고 거절한 사람은 여러 대신 중에서도 참정대신 한규설(韓圭卨)이었다. 이날에 뜻을 얻지 못한 이등은 회유책(懷柔策)을 강압책으로 바꾸기로 했다.

이튿날, 17일이었다. 각 대신을 일본 공사관에 모이게 한 후 협박 끝에 헌병 20여 명이 대신들을 호위하고 임권조가 뒤따라 경운궁(慶運宮:現 德壽宮)에 들어가게 했다. 그리고 수옥헌(漱玉軒)에서 어전회의를 열게 했다.

무력에 의해 강제로 열린 어전회의였다. 이 회의에서도 극력 반대한 것은 한규설이었다. 그러나 일본 헌병에게 끌려 별실에 감금되고 말았다.

이등은 가부를 결(決)하라고 윽박질렀다. 탁지부대신(度支部大臣) 민영기(閔泳綺) 등이 부(否)라고 했다. 이에 반해 학부대신 이완용(李完用)은 문구를 수정하면 좋다고 했고, 이에 따른 것이 군부대신 이근택(李根澤), 내부대신 이지용(李址用), 농상공대신 권중현(權重顯), 그리고 외부대신 박제순이었다. 마침내 이등은 그날 밤 궐내에서 수정에 찬성하는 대신들과 다시 회의를 열었다. 그 자리에서 자필로 수정한 조약 안에 우격다짐으로 도장을 받고 말았다.

국가 독립의 제1 요건인 외교권의 박탈! 이건 우리나라가 실질적으로 일본의 속국이 되었다는 것을 말해 주는 것이었다. 이런 일이 일본 침략의 원흉 이등박문과 몇몇 매국적인 대신 사이에서 진행되었다.

민중은 알지도 못하는 가운데 체결된 을사 5조약이었다.

"……아! 저 돈견(豚犬)만도 같지 못한 소위 정부 대신이라는 자들은 자기네의 영리만을 생각하고 위하(威嚇)에 외축(畏縮)하여…… 나라를 팔아먹는 도적이 되어 삼천리강토와 오백년 종사(宗社)를 들어 타인의 손에 바치고 이천만 생명을 모두 남의 노예 노릇을 하게 하였다……"

<황성일보(皇城日報)>는 장지연(張志淵)의 '이날에 목 놓아 우노라(是日也放聲大哭)'라는 사설과 더불어 매국 조약의 전말을 보도했다.

북간도 225

"아! 원통하고, 아! 분하다. 우리 이천만 동포여, 살았느냐? 죽었느냐? 단기(檀箕) 이래 사천 년 국민정신이 하룻밤 사이에 망하고 말았구나……."

그러나 이천만 동포가 죽어 있은 것은 아니었다.

이 비보가 전해지자 서울 시내는 철시하고 전국은 통곡과 울분에 꽉 찼다. 지사(志士)들의 맑고 뜨거운 피는 혈관 속에서 불의를 향해 소용돌이쳤다.

시종무관(侍從武官) 민영환(閔泳煥)은 동지들과 수차 상소(上疏)해 매국조약을 철회하도록 했으나 뜻을 이루지 못하자 자결하고 말았다. 그 뒤를 이어 조병세(趙秉世), 홍만식(洪萬植), 송병선(宋秉璿), 이상철(李相哲) 등의 전 고관들이 차례로 순국했다.

그러나 이천만 동포가 살아 있다는 증거는 지사들의 자결로만 나타난 것이 아니었다.

"침략의 원흉 이등박문을 없애라."

"나라와 동포를 팔아먹은 5적(賊)을 죽여라."

시내 요소요소에서 열혈청년들이 암살단을 조직하고 매국 5대신을 저격하려고 했다.

서울에서만이 아니었다. 각 지방에서 의거가 속출할 기세에 있었다.

"인력거를 탄 이완용이 자객에게 찔릴 뻔했다."

"삼남 지방에서 의거가 일어날 것 같다."

서울 소식, 시골 소식, 비봉촌에서는 그렇게도 천천히 전해지던 소식이 어쩌면 여기는 함경도 변경임에도 이렇게 빠르게 전해질까? 빠르고 또 자주 들려오는 경향 각지의 소식에 자극되어 종성부 일대에도 민심이 절망과 흥분 상태에 놓여 있었다.

─이런 종성부하(鍾城府下)라, 솜두루마기의 투박한 차림에 거무튀튀한 숯장이[炭夫]같은 창윤이 하나쯤 아무리 부푼 가슴으로 고국, 부조의 고향을 찾아왔기로 그다지 대견하게 맞아 줄 리가 없었다. 더구나 여긴 창윤이네 집안과 가까운 친척이 많지 않았다. 있었기로 내왕이 없는 사이고 보니 오히려 서먹서먹하기 짝이 없었다.

고국의 아름다운 산천에서 받은 첫인상이 배신당하는 듯한 심정이었다. 그 심정은 비분의 격랑에 휩쓸려 안정을 얻지 못하는 민심이나, 친척들의 서먹서먹한 대접에서 생기는 것만이 아니었다.

며칠 묵으면서 선조의 산소를 돌아보고 할머니가 일러 주던 대로 친척의 집을 찾아다니는 사이에 발견한 고향 사람들의 생활이 예상 외로 풍성치 못하다는 데서 오는 실망이었다.

멀리서 온 일가 사람이라 해서일 게다. 가끔 친척들이 아침이나 저녁을 먹으라고 창윤이를 집에 청했다. 창윤이는 서슴지 않고 그런 초대에 응했다. 그러나 자신은 무슨 귀빈으로 자처하는 건 아니면서도 차려 주는 밥상이 너무도 허술하다고 생각했다. 그것은 결코 음식 투정에서 나오는 생각이 아니었다. 자연히 비봉촌의 이런 경우와 비교되었기 때문이었다.

벽지인 비봉촌이라 찾아드는 손님이 그렇게 많은 것은 아니었다. 그러나 그래서 그러는 것만은 아닐 거다. 손님이 오기만 하면 찾아온 그 집에서 닭을 잡거나 겨울이면 꿩을 손질하고 떡을 쳐서 풍성하게 대접하는 건 보통이었다. 친척관계나 친분이 없는 다른 집에서도 손님이 온 집과 친한 사이면 으레 초대하는 것이었다. 이 집에서 모셔 가고, 저 집에서 모셔 가고……. 그리고는 될 수 있으면 하루라도 더 묵어갔으면 하고 손님을 붙잡는 정다운 마음들! 동복산 일족이나 청국 관헌한테 대한 걱정이 없는 게 아니었다.

얼되놈 최삼봉, 노덕심 같은 사람들이 심어 놓은 것, 주민 사이의 반목 같은 게 전혀 없는 것도 아니었다.

그러나 비봉촌처럼 살기 좋고 인심이 후한 곳은 없다고 창윤이는 생각하게 됐다. 첫눈에 인상이 깊었던 홑두루마기의 얇은 옷차림이나 문풍지의 방한(防寒) 설비도 그러면 빈한한 생활에서 나온 게 아닐까?

창윤이의 눈은 점점 고국의 땅, 부조의 고향의 깊게 감춰 있는 데를 파고들었다.

'고국이구 고향 땅이구 벨쉬 없어.'

거무튀튀하고 거칠다고 느껴졌던 북간도의 풍토가 듬쑥하고 믿음직스럽게 느껴졌다. 투박하다고 스스로 깔보여지던 자신의 모습마저 건실하게 살펴졌다.

그리고 또다시 입 속에서 뇌어졌다.

'그래두 우리 게가 제일 좋아.'

2

"그래두 우리 게가 제일 좋소꼬망."
"잘 봤네."

훈장 영감 조 선생은 창윤이의 가림 없이 지껄이는 환국 소감을 듣고 얼굴에 빙그레 웃음을 띠면서 머리를 끄덕였다. 창윤이도 웃으면서 응

석조로 말했다.

"그래서 말입꼬망. 선생님으 모시구 가야겠다는 생각이 더 간절했는데……."

"나두 가구 싶네마는……."

앓고 있는 거다. 담이라고 했다. 좌골 신경통인가? 허리와 오른쪽 좌골을 움직일 수 없었다. 주을(朱乙) 온포에 와서 요양하고 있는 중이었다. 일 년 내 그 부분이 묵직하고 보행이 거북했으나 겨울이면 더욱 견딜 수 없었다. 온포를 찾아가는 것으로 겨우 고통을 면하고 있었다. 그러나 금년은 여느 해보다 일찍 아픔이 찾아왔다. 그래서 고향 경성(鏡城)을 떠나 벌써 반년 가까이 온수에 잠겨 지내고 있는 터다.

겨울인 탓일까? 병은 올 때보다는 덜했으나, 개운한 기색은 보이지 않았다. 통 앉아 있을 수가 없었다. 그래서 지금도 자리에 비스듬히 기대 누워 창윤이와 이야기하고 있는 것이었다.

"지금은 어쩔 수 없어."

조 선생의 수척한 얼굴이 더욱 어두워졌다.

조 선생을 모셔 가기 위해 찾아온 고국, 종성부를 거쳐 경성에 갔다가 다시 주을 온포로 더듬어 온 보람이 이렇게 헛된 것으로 돌아가느냐 싶어 창윤이도 마음이 어두워지지 않을 수 없었다.

잠깐 은사 조 선생과 옛 제자, 그러나 지금은 농부로 화해 버린 창윤이 사이에는 말이 없었다. 서로 무엇을 생각하는 것일까? 온포 가까운 촌집, 좁은 방 안에는 무거운 것이 차 있었다.

조 선생이 담뱃대를 더듬었다. 그 즐기는 담배! 그래서 창윤이가 여길 찾을 때 엽초 좋은 것 한 축을 다른 선물 중에 끼어 갖다 드렸다. 그 엽초를 피우고 싶은 모양인가?

창윤이는 문득 서당에서 매 맞던 날의 일이 생각났다. 동규와 함께 서당 동무들이 소리치면서 글을 읽는 가운데 매 맞던 그날의 정경이 눈에 선했다. 쇠 대통으로 재떨이를 딱딱 치면서 호령하던 목소리!

그러나 그때의 패기를 지금 이 자리의 훈장 영감에게선 찾아볼 수 없었다. 그게 더욱 슬펐다. 슬픈 생각으로 창윤이는 얼른 대를 집어 곱돌 엽초함 뚜껑을 열고 쇠통에다가 한 대를 꼭꼭 다져 두 손으로 받쳐 드렸다. 불도 붙여 드렸다. 만족한 듯이 조 선생은 대통을 빨면서 천천히 입을 열었다.

"나라가 이 꼴이 되었으니 나라의 임종과 함께 목숨을 끊어 버려야 마땅할 것이로되 그럴 용기가 없는 게 부끄럽네. 용렬한 늙은것이라 어쩔 수 없는 일일세. 자결도 못 한 바에야 비봉촌에 가서 그곳 젊은 사람들에게 글이나 가르쳐 주고 다시 빛을 보는 날을 위해 힘을 보태 주고 싶네마는……."

창윤이의 머리는 수그러졌다. 찌잉해지는 콧마루! 그것과 함께 중풍으로 몸이 부자유했던 할아버지의 만년의 생활, 더욱이 임종 때의 광경이 떠올랐다. 눈시울이 뜨거웠다. 저도 모르게 흘러내리는 눈물! '흑' 하면서 창윤이는 손으로 그걸 쓸어 버렸다.

"허어 이 사람, 그렇게 비감해할 건 없네. 그건 그저 이 앓고 있는 늙은것의 푸념에 지나지 않는 거구……."

조 선생은 활발하게 몸을 가누어 잡더니 대통을 재떨이에 떨었다. 쇠 대통이 나무에 부딪는 소리는 둔탁한 것 같으면서도 맑은 무거움을 창윤이의 귀에 전해 주었다.

그 소리에 기운이나 얻은 듯 조 선생은 말했다.

"내가 못 가더라두 내가 가는 것 이상으루 비봉촌을 도와 줄 사람이 있네."

"옛?"

창윤이는 머리를 들어 훈장 영감의 얼굴을 보았다.

"나보다는 나이두 젊구 생각두 더 좋은 사람일세."

"……"

"며칠 전에 여기 다녀갔네. 그 사람을 찾아가 보게, 편지를 써줄 테니……"

"고맙습메다."

"이 사람은 두어 달쯤 고생으로 도망칠 위인은 아닐 거야."

"더욱 고맙소꼬망."

"허허, 내한테 치사는 당치 않은 소리야. 만나 보구 가겠다거들랑 넙죽하니 절이라두 하게나."

조 선생도 기쁜 모양이었다. 농담을 하고 나서 다시 정색을 했다.

"그런데 이 사람 창윤이."

"예."

"물어볼 말이 있네."

"무엇입메까?"

"아직두 비봉촌 사람들이 청국사람들에게 감정을 가지구 있다구 했지?"

"예, 동복산이네가 올까 봐 걱정하고 있습메다."

"일본사람이 올 것은 걱정하지 않구?"

"그것도 걱정이 앙이 되는 게 앙이지마는 우리 곳 같은 벽촌에야 무슨 먹을 기 있다구 일본사람이 당장 오겠음둥. 그건 코앞의 일은 앙입죠. 그러니까 동개내가 올까 봐 걱정하고 있소꼬망."

"먹을 게 없어? 허허, 그래서 동복산 일족이 올 것만 걱정하는군."

"옛꼬망."

그리고 창윤이는 지팡집을 수축하는 사실이며 노덕심이 왔다 간 전후, 주민들의 여론이랄까를 비교적 자세히 이야기했다.

"잘 알았네."

그러더니 조 선생은 더욱 엄숙한 목소리로 변했다.

"청국사람을 원수로 생각하지 말게."

"옛?"

"원수는 동복산이나 청국사람이 아닐세."

"그러문?"

창윤이는 제 머리를 깎아 꼬랑지를 해라, 머리를 땋아 늘여라, 하고 아니꼽게 굴던 청국 순경들의 모습이 떠오르면서 의아하게 물었다.

조 선생이 대답했다.

"일본이 적인 건 사실이네. 그러나 적은 일본만은 아니네. 아라사두 일본 못지않은 적이라는 걸 잊어서는 안 되네."

"아라사가?"

"이번 싸움에 졌지마는 아라사나 일본이나 둘 다 우리나라와 청국 땅을 손아귀에 넣자고 하는 데는 조금두 다를 게 없단 말일세."

"……"

"쫓겨난 아라사야 이제 얼마 동안 다시 침노할 힘이 없겠지마는 그렇다구 영 흑심을 버렸다구는 볼 수 없어. 그러니까 아라사를 경계하면서 눈앞에 다가 있는 일본을 막아야 되는 거거든. 그러기 위해서는 청국사람과 우리가 싸워서는 안 되는 거야. 일본은 우리나라의 청국과 공동 적이니까 말이네."

일본을 막는다는 건 알 수 있는 이야기였다. 그러나 그러기 위해 눈에서 불이 나는 동복산 일족이나 밉살스러운 청국사람과 합심할 수 있을 것인가?

창윤이는 알 듯 모를 듯한 심정으로 물었다.

"그러문 사포대르 헤쳐 버리라는 말임둥?"

"허허, 그런 건 아니네."

"그러문?"

"사포대를 일본을 막기 위해 쓰라는 걸세."

"알 듯합메다마는 동복산이네들이 우리하구 손을 잡자구 하겠음둥?"

"손을 잡도록 피차에 노력해야 되네."

'그럴 수 있을까?'

단순한 창윤이는 역시 머리가 끄덕여지지 않았다. 그러나 조 선생은 굳은 신념이나 되는 듯이 또 한 번 강조했다.

"아암, 한국사람과 청국사람이 손을 잡아야 되지. 정답게 지내야지. 서로 도우면서 도적놈을 방비해야지."

3

황 선생은 조 선생 말대로 젊기도 하고 패기가 있는 사람이었다. 젊었기로 사십을 넘겼을 나이였으나…….

"가구 말구."

그러지 않아도 답답하고 구린내 나는 이 땅을 떠나 어디든 가려던 참이었노라고 승낙했다.

"고맙습메다."

"고마운 건 나지."

선비가 가지고 있는 교티나 까다로움이 도무지 느껴지지 않았다. 후리후리한 키와 굵은 골격에서 오는 인상일는지 모를 일이었다. 엄격하기 때문에 무섭기만 했던 조 선생이었다. 그래서 그때 아이들은 서당에 가기 싫어했다. 그게 원인이 되어 창윤이처럼 끝까지 공부를 못 하고 만 아이들이 많았다.

이런 기억과 인상이 생생한 창윤이다. 친절하고 소탈한 황 선생이 마음에 들지 않을 수 없었다. 아이들도 따를 것이고…….

'아주방이와도 성질이 맞을 기야.'

괄괄한 정세룡이도 환영할 거라고 생각했다.

흡족하고 기대에 찬 마음으로 그날 밤새 훈장 황 선생의 오막살이에서 이야기로 밝히다시피 지냈다.

그리고 이튿날 그 다음날 새벽엔 떠나기로 정하고 황 선생이 남몰래 여장을 챙기고 있을 낮이 기울 무렵이었다.

조 선생의 손자 아이가 당황한 얼굴로 방에 들어섰다.

"큰아배 돌아갔소꼬망."

"뭐?"

놀란 건 집주인 황 선생만이 아니었다. 창윤이도 황 선생과 함께 눈을 둥그렇게 뜨고 아이의 얼굴을 보았다.

"정말이야?"

"온포에서 금시 사램이 왔소꼬망."

철렁하는 가슴이 진정될 겨를도 없이 둘은 일어났다. 아이의 뒤를 따라 조 선생의 맏아들 집으로 뛰어갔다.

어제 낮. 창윤이를 보낸 뒤 조 선생은 퍽이나 유쾌해하더라는 거다. 그 기분은 밤까지 계속되었다. 그리고 여느 때보다 일찍 잠이 들었다고 했다. 최근 신경통, 쑤시는 것과 함께 불면증으로 고통을 겪어 내려온 조 선생이 일찍 잠이 든 것도 창윤이를 보낸 뒤의 유쾌한 기분 때문일 거라고 시중드는 딸이 생각했다고 했다. 그리고 딸 자신도 아랫방에서 곤하게 잠들어 버렸다. 오늘 아침 딸은 일찍 일어났다. 그러나 밤늦게까지 잠을 이루지 못해 애를 쓰다가 새벽녘에야 겨우 눈을 붙이게 되므로 조 선생은 늦잠을 자는 게 일쑤였다. 그 늦잠을 깨우지 않기 위해 시중드는 사람은 각별히 조심해야 된다.

오늘도 딸은 여느 때처럼 조반을 지어 상을 보아 놓은 뒤에야 방문을 열어 보았다.

조 선생은 이미 돌아간 후였다.

—맏아들 부부는 벌써 온포로 달려간 뒤였다. 그러나 온포에서 소식을 전하러 뛰어온 사람의 이야기는 이런 것이었다.

'자결은 아니었을까?'

조 선생의 수제자 황 선생만이 아니었다. 창윤이의 머리에도 이런 생각이 번쩍였다.

"……나라의 임종과 함께 목숨을 끊어야 마땅할 것이로되 그럴 용기가 없는 게 부끄럽네……."

비감한 어조로 하던 말이 창윤이의 귀에 쟁쟁했다. 그것만이 아니었다. 수척한 몸을 비스듬히 자리에 기대고 피로한 얼굴에 엄숙한 표정을 띠며 창윤이의 이야기를 듣고, 묻고, 그리고 타이르던 모습이 생생했기 때문이었다.

'자결이었음에 틀림없어.'

자결이 아닐는지도 모를 일이었다. 쇠약했던 끝의 심장마비일지도 알 수 없는 일이었다. 혹은 창윤이를 만난 유쾌와 비감에서 온 지나친 흥분이 원인이 된 뇌일혈일지도 몰랐다.

그러나 창윤이는 자결로 믿고 싶었다. 조 선생에 대한 존경심이 그의 죽음을 지사(志士)의 최후로 마음에 간직해 두고 싶은 심리인지도 모를 일이었다. 황 선생도 그런 것을 생각하고 있는 듯이 입을 열었다.

"주무시기 전에 따님에게 무슨 말씀이 없으시더래요?"

나지막하나 정중한 어조였다.

온포에서 내려온 사람이 대답했다.

"별루 딴 말씀이 있은 것 같지 않소꼬망."

"그래요? 유언 같은 것 말이오."

"별루……."

심부름꾼이 머리를 가로저었다.

"유서 같은 것두?"

"모르겠소꼬망."

황 선생의 얼굴에 비통한 게 서렸다. 그 얼굴을 보자 창윤이의 심장이 꿈틀했다. 홱 가슴에서 불이 일어났다.

'그러문 내한테 하신 말씀이 유언이 되고 말았능가?'

이런 생각이 솟았기 때문이었다. 그러자 시중 드리는 딸에게는 물론 맏아들이나 그분의 혈육을 제쳐놓고 조 선생의 유언을 들은 건, 오직 자신 한 사람만이었다는 사실이 벅찬 감동으로 가슴을 메우는 걸 깨닫지 않을 수 없었다. 무슨 거룩한 보물을 혼자만이 가지고 있는 것 같은 자부심이기도 했다. 묻고 타이르고 하던 말이 귓속에서 되살아났다.

"……아암, 한국사람과 청국사람은 손을 잡아야 되지……."

'이 말씀이 마지막 말씀이었지?'

그러자 그 자리에서는 알 듯 모를 듯하던 이 말의 뜻이 문득 깨달아지는 듯싶었다. 그것은 논리로서가 아니었다. 이심전심(以心傳心)! 마음이 마음에로, 신념이 신념에로, 정신이 정신에로 전하고 받아들여지는 깨달음에 틀림이 없었다.

'조 선생님 말씀이 어김이 없을 기야.'

입 속에서 뇌어졌다.

그러나 그랬기로 당장 동복산 일족에 대한 적개심이 가셔지는 것은 아니었다. 청국사람들이 갑자기 정답게 여겨지는 것도 아니었다. 천만의 말이다. 그러나 창윤이는 마음에 다짐했다. 돌아가면 조 선생님 유언대로 청국사람들과 사이좋게 지내도록 힘써 보아야 된다고…….

4

종성에서 경성으로 경성에서 주을 온포로, 거기다가 조 선생의 장례까지 치르고 나니 집을 떠난 지 거의 한 달이나 되었다. 그동안 고국 땅, 맑고 부드러운 산천에 익었던 눈인 탓일 게다. 걸음을 재촉해 두만강을 넘어서니 풍토가 더욱 침침하고 삭막한 듯했다. 그러나 그게 도리어 창윤이의 감정에 어울렸다. 진짜 고향 땅에 온 것 같은 정다움이었다.

가족들이 기다리고 있겠지? 보름을 넘기게 되자 마침 인편이 있어 늦어진다고 소식을 전하기는 했으나……. 쌍가매는 해산했을지도 모르겠다. 봇짐에 간직해 넣은 선물, 얼레빗, 참빗, 족집게를 생각하니 옮겨 놓는 걸음발이 가벼웠다. 더욱이 조 선생 못지않은 황 훈장을 모셔 가는 길이다. 어깨가 우쭐하지 않을 수도 없었다. 동네 사람에게 전할 이야기도 한 보따리만은 아니었다. 자랑스러운 마음!

그런 심정으로 창윤이는 섣달그믐께 짧은 해가 진 지 퍽으나 오랜 밤중에야 정든 삽짝문을 흔들었다. 큰 목소리를 질렀다.

"창덕아!"

기다렸다는 듯이 뛰어나온 사람은 어머니였다. 얼른 삽짝을 열어 준다.

"그동안 펜안했음둥?"

역시 반가움 때문에 목소리가 높아졌다. 그러나 어머니의 태도가 이상했다. 공포에 질린 것같이 좌우를 살펴보면서,

"쉬잇!"

하는 게 아닌가? 뜨끔해지면서 창윤이는 어머니가 하라는 대로 그 이상

입을 열지 않았다. 그리고 황 훈장을 모시고 방을 향해 걸음을 옮겨 놓았다. 삽짝을 작대기로 받쳐 놓은 어머니는 얼른 아들 옆에 와서 귀엣말을 했다.

"큰일이 났습메."

"무슨?"

"창덕이가 잡혜갔습메."

"예옛? 어디메?"

"되놈 순경한테."

"옛?"

"수돌 애비랑, 너덧 사램이."

"세룡 아주방이두?"

"잡혜갔다가 달아난 모애앵메."

"옛?"

"가아들이 아애비르 찾는 중입메."

"나르?"

"오늘 낮에두 왔다 갔습메."

그리고 어머니는 또 한 번 좌우를 불안한 눈길로 살펴보면서 부엌문으로 들어갔다.

'그동안에 그런 변고가 있었능가?'

궁금도 했으나 가슴이 두근거리지 않는 것도 아니었다. 그러나 손님을 모시고 창윤이는 방 안으로 들어가지 않을 수 없었다.

황 훈장도 창윤 어머니의 태도와 집안 분위기에서 긴박한 걸 느낀 모양이었다.

"무슨 근심이 생겼소?"

방에 들어가 자리를 정하고 앉자 물었다.

아직 자세히 모르는 일이므로 창윤이의 대답이 황당하고 모호하지 않을 수 없었다.

"예, 그런 모애입꼬망."

"애비 좀 나옵세."

정주방과의 사잇문이 한 치 가량 열리면서, 그 틈에서 어머니의 낮으나 다급한 목소리가 새어 들어왔다.

"나가 보시오."

황선생의 말을 등 뒤에 남겨 놓고 창윤이는 정주방에 나갔다.

"어물어물 이러구 있겠습메?"

어머니의 말이었다.

"이러구 있재문?"

"몸으 피하쟎구."

"몸으 피하당이?"

"가아들이 찾아댕긴다는데두 늦자앙 피울 생각입메?"

어머니는 안타깝다는 듯이 아들에게 오금을 박았다. 그러나 어머니와는 딴판으로 아내 쌍가매가 냉정한 태도인 것은 뜻밖의 일이었다. 손님과 남편의 밥을 짓기 위해 부엌에서 솥을 부시면서 하는 말이 비꼬는 듯한 어조였다. 함경도식 집이었다. 부엌간과 안방 사이가 막혀 있지 않았다.

"나는 영영 앙이 올 줄 알았둥이……."

온 것이 잘못이라는 투가 아닌가? 불안한 심정 속에서도 창윤이는 섭

섭하기 짝이 없었다. 보따리 속의 선물을 생각하면서,

"무시기라구?"

"앙이 올 줄 알았당이까……"

"온 기 잘못이란 말잉가?"

"고만둡세."

어머니가 아들 부부의 말다툼을 가로막았다. 창윤이 입을 다물었다. 그러나 쌍가매의 입에선 더 뾰족한 말이 튀어나왔다. 왈가닥왈가닥 바가지를 가마 안에서 부딪치는 소리를 높이 내면서…….

"왔승이 잡혜가얍지. 귀래(당신) 대신으루 잡혜간 도렝이(도련님)르 나오게 해얍지."

"그만두랑이까."

어머니의 입에서 큰 소리가 질러졌다. 그제야 쌍가매는 입을 다물었다. 그러나 부르튼 속은 풀리지 않는 모양이었다. 솥 부시는 구정물 방울이 방 아랫목까지 튀어 왔다.

5

"복동예가 없어졌다지?"

"어디루 갔으까?"

"첨지 영감네두 모른다구 하잼."

"가망이 가버렜능가?"

"그런 모애앱지."

창윤이 고향으로 떠난 지 며칠이 되지 않아서다. 부인네들 입술 위에서 복동예가 없어졌다는 이야기가 갖은 억측을 섞어 꽃을 피운 것은.

처음엔 다만 복동예가 어딘지 가버렸다는 사실만이 화젯거리였었다. 그러나 날이 감에 따라 화제는 이상하게 번졌다. 복동예가 창윤이와 함께 도망했다는 것이다.

"한복 영감 손쥐가 아무러문……."

"한복 영감 손쥐는 벨사람잉가?"

"그래두 훈장 모시러 간 사람이 아임둥?"

"그렇구말구. 지 큰아배 돌아간 혼으 생각해서두 그러지 못할 겜메."

변명하는 아낙네도 떠난 지 보름이 지나도 돌아오지 않는 걸 보고는 제 주장을 고집하지 않았다. 그런데다가 상상날 밤, 창윤이와 복동예가 만나 이야기하는 장면을 보았다는 사람이 있었다.

그걸 뜬소문이라고만 우길 수는 없었다. 복동예가 시집가기 전에 창윤이가 동규의 주선으로 느티나무 옆에서 만난 사실이 공공연한 비밀로 되어 있어서만이 아니었다. 창윤이 어머니가 상상날 밤, 아들과 복동예가 함께 마당에 들어오는 걸 본 일도 있기 때문이었다.

"그럴까?"

"그렇겠음."

"그렇다문 쌍가매 신세가 불쌍하지비."

쌍가매의 귀에 이 말이 들어가지 않을 리 없었다. 남편과 복동예와의 과거가 쭉 가슴에 걸려 있는 쌍가매였다.

'무슨……'

창윤이를 믿으면서도 마음이 흔들리지 않을 수도 없었다. 음식 맛이 없어졌다. 무거운 몸이 더욱 무거워 쓰고 눕는 일이 많았다. 이게 시어머니는 못마땅했다.

"어렁이 오재리."

"……."

그래도 일어나지 않으면 짜증을 냈다.

"먹구 할 일이 없어 씨버리는 간나들 말으 듣구 어째 이렇기 궁상으 떰메."

이렇게 되면 쌍가매도 막혔던 말문을 터뜨리지 않을 수 없었다.

"앙이 땐 구묵에 내굴이 나겠음?"

"무시기라구?"

"귀래가 눈으 감아 주니 앙이 그러겠음둥."

"내가 눈으 감아 준 기 무시기야?"

상상날 밤의 일을 찌르는 줄 알고 시어머니는 더욱 발끈했다.

쌍가매는 벌떡 일어나 앉으며 시어머니에게 대들었다.

"눈으 앙이 감아 준 기 무시김메?"

"버릇이 없이."

"야앙, 버릇이 없소꼬망. 버릇이 없는 메누리는 쫓아 보내구, 다라난 아들과 마음에 드는 복동예르 데리옵게나."

"무시기라구?"

그러나 인편으로 전해 온 창윤이 늦어진다는 소식을 들은 뒤에는 쌍가매, 며느리 시어머니의 말다툼도 잠잠해지고 동네 아낙네들의 입방아도 뜸해지고 말았다.

그랬는데 며칠 전이다. 새벽이다. 그동안 얼씬도 않던 순경 여럿이 한

껍에 나타나 정세룡이와 사포대 간부 4~5명을 몽땅 잡아 연길(延吉)로 데리고 갔다. 창윤이네 집에도 왔다. 그러나 여행 중임을 미리 알고 있는 모양이었다. 간 곳을 대라고 힐난하던 끝에 동생 창덕이를 대신으로 데리고 간 것이었다. 일종의 볼모랄까?

동네가 뒤숭숭했다. 오빠와 더구나 어린 아들 창덕이를 끌려 보낸 어머니는 안절부절 어쩔 줄 몰라 했다. 큰아들이 와서도 안 되겠고 안 오면 어린 게 고통을 하루라도 더 겪겠고……. 쌍가매는 시어머니의 정경을 보는 것도 민망했으나 시동생이 가엾기도 했다.

그러나 그 다음날 동네 사람들의 불안을 한층 더 북돋아 주는 일이 생기고 말았다. 수축해 놓고만 있었던 지팡집 닫혀 있던 대문을 활짝 열어젖히고 사람 실은 포장마차와 짐 실은 마차[大車] 십여 대가 부산하게 들어간 일이었다. 길림에서 옛 집을 찾아드는 동복산 일족이었다.

"순경이 와서 억통으 멕에 놓구서리 마음 놓구 오는궁."

"우뭉한 놈우 새끼들……."

"이럴 줄 알았당이."

"이제 데럽어서 어떻게 살겠관디."

그러나 이렇던 사람들도 동복산 일족과 함께 최삼봉, 노덕심, 윤 서방 그 밖에 얼되놈이라고 손가락질 받던 사람들이 비봉촌에 돌아온 걸 보고는 다시 입을 열지 못했다.

최삼봉의 차림은 사포대 조직을 의논하던 서당방에 얼른 갈아입고 왔던 한복 두루마기에 통영갓이 아니었다. 한창 득세했을 때의 모습, 청국 사람의 옷매무새였다. 그러나 그것도 금의환향(錦衣還鄕)이라고 할까? 그때보다도 훨씬 값지고 번쩍이는 비단옷이었다. 뒤로 드리운 머리채도 전과 다름없었으나 가늘고 더 곱게 땋아져 있었다. 동복산이의 양아들이라는 윤 서방도 새 옷 차림이었다. 노덕심이도 앞서 잠깐 다녀갔을 때의 초췌한 모습이 아니었다. 아직 소매가 때 기름으로 번질번질하지 않은 새 다부쉰즈를 입고 있었다. 일종의 시위일 것이었다. 그들은 지팡집 앞에서 동씨 일족과 갈라지자 채찍 소리 높게 말을 몰았다. 네 마리가 끄는 마차는 먼지를 일으키면서 부체골을 지나 딴뫼 옆을 스쳐 서당 마을로 달려 들어간 곳은 최삼봉이의 아버지가 거처하고 있는 집이었다.

"으흠!"

쓴입을 다시는 사람.

"꼬락시 좋다."

얼굴을 찡그리는 사람.

그러나 그 이튿날 최삼봉은 일행을 거느리고 동네 노인들을 찾아보러 다녔다. 그 다음날엔 집에 음식을 마련하고 동네 어른들을 청했고…….

"어쩌자는 게야?"

쓴입을 다시던 사람들도, 얼굴을 찡그리던 사람들도 입을 다물고 최삼봉이 하는 일을 잠자코 보고 있지 않을 수 없었다.

그리고 오늘이다. 정세룡이네가 연길에 간 후 잠자코 있던 순경들이 서슬이 퍼래서 나타났다. 정세룡이의 집을 뒤졌다. 그리고 가족을 보고 주인을 내놓으라는 호통이었다.

"아문(관청)에 간 주인을 우리가 어떻게 내놓겠소꼬망."

정세룡이의 아내가 눈이 둥그래 대답할밖에 없었다.

"파올라(도망갔다)."

"옛?"

도망쳤으니 집에 왔을 게고 집에 왔으니 감췄을 게고 감췄으니 내놓으라는 거다. 통 모르는 일이라 가족들이 어리둥절할밖에 없었으나 순경은 곧이듣지 않았다. 그리고 어디다가 피신시켰나 눈을 부라리다가 마침내는 집에 오면 곧 알려라, 그렇지 않으면 큰일이 난다는 한마디를 남겨 놓았다.

순경은 창윤이네 집에도 들렀다. 창윤이 아직 오지 않은 것을 살핀 다음 오면 곧 알리라고 정세룡이의 집에서 한 것과 같은 위협을 던지고 가버렸다. 창덕이, 할머니, 어머니, 아내의 걱정이 어떠했을까?

"어쩌잔 말이……."

아들을 보자 불안한 태도로 어머니가 알려준 그동안의 일은 자세히는 이런 것이었다. 그리고 쌍가매가 남편을 보고 솥 씻는 구정물 방울을 튀기면서 뾰로통한 말을 뱉은 것도, 이렇듯 복동예 사건과 남편 대신 잡혀 간 시동생 때문에 무척 애를 태웠기 때문이었다. 그 애탔던 심정이 믿는 남편을 보자 폭발한 것이라고 할까? 기다리던 엄마가 돌아오면 울음을 터뜨리는 아기와 같은, 그런 남편에 대한 애정의 표시이기도 했다.

6

"청년들이 술을 마시거나 노름을 하거나 그런 나쁜 짓을 못 하도록 그래서 사포대를 만들었다구 했지?"

청국 관리의 말을 우리 사람인 퉁스(通事)가 통역했다.

"그렇습메다. 그러나 그것뿐이 앙입메다."

창윤이 대답했다.

"다른 것은 무엇이냐?"

"우리 고장으 우리 힘으루 지킨다는 뜻두 있습메다."

"우리 고장을 우리 힘으로 지킨다? 어떻게?"

"가령 말입꼬망, 도적놈으 막는다등가……."

"도적놈? 도적놈이란 우리 청국사람을 말하는 거 아닌가?"

창윤이 뜨끔했으나 태연히 대답했다.

"그동안 산이나 나무 수풀 속에 도적들이 우굴우굴했습메다."

"그건 그런 줄 안다."

창윤이 힘을 얻었다는 듯이 덧붙여 말했다.

"산이나 숲에 있는 도적놈이 언제 촌에 내려올지 모릅메다. 그래서……."

"뭐라구? 새빨간 거짓말. 그래서 감자, 옥수수, 콩을 모아 도적놈들한테 바쳤다는 말인가?"

"예옛?"

"얼른 대답을 못 할까?"

"그건 그렁 기 앙이라……."

"그런 게 아니면 무어냐?"

"아라사 병정에게……."

"아라사 병정을 도와주자고 싣구 가다가 도적한테 뺏겼단 말이지?"

"옛꼬망."

"그랬으면 그랬겠지 문초받던 정세룡이라는 자는 왜 탈옥을 했느냐 말이야?"

"그거야 제가 어떻게 알겠음둥."

"모른다구?"

"옛꼬망."

"정말?"

문초하던 관리가 눈을 크게 뜨고 발을 굴렀다. 그리고 책상에 다가앉으면서 목소리를 돋웠다.

"바른 대로 대라. 도적놈들과 전부터 연락이 있었지? 사포대두 그래서 만든 거지?"

'부패하고 무력한 청조(淸朝)의 봉건정권을 타도하자. 입헌민주의 나라 중화민국 만세!'

일본 동경에서 이미 중국혁명동맹회가 조직된 뒤였다. 신해혁명(辛亥革命, 1911년)을 앞으로 5~6년 남겨 둔 이 무렵 중국의 지사와 지식청년들 사이에는 이미 혁명사상이 널리 퍼져 있었다. 지하와 합법으로 그 운동은 벌써 맹렬한 기세를 보여주고 있었다. 그리고 그 지하운동이 만주에도 뻗치고 있는 징조가 보이고 있었다. 아직은 길림 장군(吉林將軍)의 통솔 하에 있는 길림성(吉林省) 산림지대에는 의화단의 패잔자들이라고 지목되는 패들이 웅거해 소위 마적으로 화하고 있었다.

그러나 그들은 원체가 구국운동으로 외국인을 배척했던 사람들이다. 그 중에는 민주혁명의 뜻을 품고 있는 패들도 없다고 할 수 없었다. 남방 지나본부(支那本部)의 혁명투사들이 이들을 동지로 끌어넣으려고 하지 않을 수 없었다. 그리고 노일전쟁의 북새를 이용해 그런 목적으로 많은 투사들이 만주 더욱이 동삼성 지방에 침투해 들어왔다는 정보를 길림 정부에서 듣고 있는 것이었다.

비봉촌의 조선 청년들이 나무총을 가지고 소꿉장난 같은 훈련을 했기로, 그게 청국사람을 적으로 하는 훈련이기로 조선사람만의 일이라면 대수로운 게 아니라고 관청에서는 보고 있었다. 더구나 아라사 병정을 도왔다는 사실, 그것도 간접적으로는 일본을 물리치려는 의도였으므로 그렇게 탓할 것이 못 되었다. 청일전쟁에서의 원한 때문? 그러나 그 목총의 사포대가 중국 혁명당과 연줄을 닿고 있다면 등한히 넘길 문제가 아니었다.

그리고 요즘 혁명당원의 혐의로 검거된 사람이 가끔 있었다.

연길청(延吉廳)에서 갑자기 비봉촌 사포대를 습격한 것은 그러므로 토호 동복산이의 호소, 옛 집에 돌아가겠으니 보아 달라는 호소 때문만이 아니었다. 문초하는 관리가 ××령에서의 식량피탈 사건을 중요시하는 것도 이 때문이었다.

이런 것을 알 까닭이 없는 창윤이었다. 다만 정세룡이가 탈옥한 것은 평소에 열망하던 노령(露領)에 가기 위해서가 아니었을까? 만약 다시 잡히지 않았다면 정세룡이는 응당 노령에 갔을 것이라고 생각하지 않을 수 없었다. 지금쯤 해삼위에 가 있을지도 모르겠다. 신용팔 대장을 만났을지도 모를 일이다. 이런 걸 생각하면서 창윤이는 대답했다.

"아입꼬망, 도적놈들과 연락이 있었으면 우리두 도적놈입지. 그거는 천만의 말입메다."

대답하는 창윤이의 태도에 의심스러운 점이 없는 모양인가? 관리는 다시 창윤이를 똑바로 보았다.

"정말?"

"옛꼬망."

"만일 달리 조사를 해서 거짓으로 드러날 땐 죄가 더 중하다는 걸 알아야 해."

"옛꼬망."

이제 감방으로 돌려보내 줄까 생각했으나 문초는 다른 방향으로 돌려졌다.

"그건 그렇구 유부녀를 꼬여 내는 건 옳은 일로 생각하는가?"

사포대 건 때와는 달리 부드러운 목소리였으나 창윤이는 움찔하지 않을 수 없었다. 모를 소리이기 때문이었다.

"무슨 말입등?"

"딴전을 펴기냐?"

"정말 아지 못하는 일입메다."

"노덕심이란 사람두 모른다구 잡아떼겠는가?"

창윤이의 얼굴빛이 변했다. 노덕심이가 무고(誣告)한 것이라고 생각했기 때문이었다. 그러나 문초의 목소리는 가열하게 육박해 왔다.

"데리구 갔었다지? 어디다 두었는가?"

"아입메다."

"뭣이 아입메다야?"

"모르는 일입메다."

"노덕심의 처를 모른단 말인가?"

"복동예르 알기는 압메다마는……."

"그런데?"

"복동예와는 전에 혼삿말이 있었을 따름입메다. 그것뿐입메다."

소장(訴狀)인가? 무슨 서류를 보더니 문초하던 사람은,

"그것밖엔 없는가? 그 후에 만나 본 일두?"

혼사가 글러진 날 밤 동규의 주선으로 느티나무 옆에서 만났던 일을 새삼스럽게 이야기할 필요가 없다. 그러면 상상날 밤의 일을 만난 거라고 말해야 되나? 그건 우연히 길이 같았기 때문에 만나게 된 데 지나지 않는다. 설혹 그걸 만난 거라고 치더라도 그 장면이 무어란 말인가? 창윤이는 머리를 가로젓지 않을 수 없었다.

"없슴메다."

"뭐라구?"

"없슴메다."

철썩, 창윤이의 눈에서 불똥이 튀어나왔다. 문초하는 사람의 손이 아니었다. 통역의 손도 아니었다. 옆에서 문초하는 상관을 거들어 주며 창윤이의 말을 받아쓰고 있던 순경의 손이 창윤이의 뺨을 마음 놓고 때렸기 때문이었다.

"거짓부레."

창윤이는 입을 다물고 아랫배에 힘을 주었다. 우선은 억울한 걸 참아야 했기 때문이었다.

"바루 안 댈 테야?"

연거푸 뺨이 화끈하더니 입술 위에 뜨거운 것이 흘러내린다. 창윤이의 두 손이 반사적으로 코와 입을 감쌌다. 손가락 사이에서 피가 머리를 구부릴싸하고 꿇어앉은 무릎 위에 떨어졌다. 상관이 언짢은 표정으로 자리에서 일어나 밖으로 나가면서 부하에게 말했다.

"그만 하구 감방에 넣어 두게."

상관이 나가 버린 뒤에도 순경은 창윤이를 발길로 차고 몽둥이로 때리고 갖은 학대를 한 뒤에 감방으로 보냈다. 감방이라야 바닥을 널판자로 깐 방이 아니었다. 청국집 식으로 된 캉(炕 : 일부는 온돌이고 일부는 신발로 거처하는 방)이다.

얼토당토않은 일을 꾸며 바쳐 이렇게 사람을 욕보일 수가 있을 것인가? 더구나 같은 우리 사람끼리. 창윤이는 고문하는 순경보다도 무고한 사람이 미웠다. 억울하다기보다는 창피하다기보다도 노덕심의 일이 불쌍했다.

이런 심정으로 감방으로 돌아오니 캉 위에 느슨히들 누워 있던 동감자(同監者)들이 동정어린 눈과 말을 던져 주었다.

"되게 맞았구먼."

별일 없다고 웃어 보였다. 그러나 그들의 정이 실제의 몇 배로 확대되어 창윤이의 마음을 따뜻하게 해준 것은 노덕심이네들에 대한 노여움과 감상 때문일까? 그런 것만도 아니었다.

황 훈장을 모시고 온 이튿날 이른 아침 피하라는 어머니의 말을 물리치고 고스란히 순경한테 잡힌 것은, 자신이 전 책임을 지고 동생이나 사포대 간부들이라고 해서 잡혀 간 청년들을 얼른 석방시키기 위해서였다.

그리고 그 목적은 3~4일 뒤에 사포대 훈련을 다시 하지 않는다는 조건부로 겨우 실현된 셈이었다.

청년들을 돌려보낸 뒤, 오늘까지 별로 문초도 없이 지낸 십여 일, 좁은 캉 위에서 자연히 서로 부둥켜안고 자고 먹고 농담을 하지 않아서는 안 되었던 사이에 창윤이는 청국사람들이 모두 동복산 일족 같은 거만하고 우리 민족을 미워하는 사람들만이 아님을 알 수 있었다. 여기 수감된 사람들은 대개가 절도, 강도, 강간 미수, 이런 소위 잡범들이었다. 처음 창윤이는 그들을 일대일로 대하고 싶지 않았다. 그러나 잡범들이건 사포대 사건으로 수감되었건 여기선 그런 것이 별로 문제되지 않았다. 청국사람, 한국사람, 이런 것도 큰 문제가 아니었다. 오직 사람, 갇혀 있는 사람만이 있었다. 문초를 받으러 나가게 되면 어떻게 대답하면 좋을 거라고 유리하도록 일러 주었고 되게 고문을 당하고 들어오면 동정과 위로의 한마디를 서로 아끼지 않았다. 그리고 지금도 코피를 흘리고 늘씬하게 두들겨 맞고 들어온 창윤이를 모두들 위로해 주면서 겨우 온기를 느낄까말까 하는 캉 아랫목에 자리를 내어 눕게 했다.

그들의 호의를 받아 아랫목에 몸을 누이고 있노라니, 슬그머니 치미는 것은 복동예의 상념이었다.

혼사를 하려다가 노덕심이 때문에 뜻을 이루지 못했다. 그땐 안타까웠으나 쭉 잊어버렸다. 그러다가 상상날 밤에 만났다. 그뿐인 복동예와의 관계가 무고의 재료가 되었다. 아내 쌍가매로 하여금 질투의 불길을 일으키게도 만들었다.

"어허 참!"

그러나 창윤이의 눈앞엔 떡함지를 이고 어둠 속에서 '이보오다'를 발음하던 소복인 복동예의 모습이 떠올랐다. 내 이름으 잊지 않아 고맙소꼬망, 나지막한 목소리가 귓속에서 되살아났다. 벌써 보자고 했소꼬망. 말이 있소꼬망……

'복동예 쭉 나르 잊지 않구 있었음에 틀림이 없어. 그랬는데 나는 그때…….'

냉정한 태도를 취했던 생각이 새삼스럽게 떠올랐다.

'이렇기 억울한 누명으 쓸 바에야…….'

그날 밤 나긋나긋하게 대해 주었더니만 같지 못했다고 뉘우쳐지는 심정이기도 했다.

'나르 매정한 사람이라구 했겠지.'

그러자 창윤이의 상념은 달콤한 데로 옮겨졌다.

'만약 복동예한테 장가르 들었더라면……'

입가에 부드러운 것이 떠올랐다. 달콤한 생각은 얼른 가시지 않았다. 그나마도 온기가 느껴지는 캉에 몸이 잦아드는 탓일까?

'장개들 수 있었어. 복동예두 내게 마음이 없은 기 아이었응이까.'

그랬는데 그게 이루어지지 못한 건? 갑자기 세도를 쓰게 된 노덕심과, 거기 등을 대자는 박 첨지와 아버지의 명령을 어길 수 없었던 약한 복동예 때문이 아니었던가? 노덕심이가 호주인 얼되놈이 세도를 쓰게 되지 않았더라면? 더 생각할 필요도 없는 일이다.

복동예가 행복하게 지냈다면 그만이다. 그러나 그렇지 않은 데 문제가 있는 게 아닌가?

복동예가 가련한 생각이 들었다. 싫은 남편과 지내는 복동예! 뜬소문대로 노 서방의 투전 빚의 볼모가 되어 있은 게 사실이었을까?

'어디르 갔을까?'

복동예의 거처가 안타깝게 궁금해지는 심정이 되고 말았다.

"이창윤."

간수가 불렀다. 문을 열어 주는 대로 나가 보니 감방 밖에는 소복한 여인이 서 있었다. 상상날 밤 그대로의 복동예였다. 한 걸음 다가섰다.

"복동예!"

"얼매나 고새앵함둥?"

"어디에 갔다 왔소?"

그러나 그 물음엔 대답이 없이 복동예는,

"얼피덩 나를 따라옵소"

그리고는 앞으로 뛰어갔다. 탈옥한 정세룡이 생각났다. 그러나 좌우가 살펴졌다. 간수도 순경도 보이지 않았으나 얼른 복동예의 뒤를 따를 생각이 나지 않았다. 우물쭈물하려니 복동예가 재촉이었다.

"눈으 감아 주게 마련했응이 걱정으 맙꼬망."

돈을 먹였다는 뜻이었다.

창윤이는 마음 놓고 복동예의 뒤를 따라 달렸다. 감옥 밖으로 벗어날 수 있었을 때다.

"이놈!"

돌아보았다. 노덕심이었다. 칼을 들고 쫓아온다.

"가문 어디루 가?"

위기일발! 마침내 노덕심의 칼이 번쩍이면서 창윤이의 어깨를 향해 내려친다.

"아앗!"

"몹시 아프오?"

창윤이의 몸을 흔드는 사람은 창윤이 낫세의 청년, 유난히 몸이 마르고 키가 큰 사람이었다. 절도범이라고 스스로 말했을 뿐 별로 입을 열지 않았다. 그러나 절도범 같지는 않았다. 해쓱한 얼굴, 날씬한 코, 거기에 움푹한 눈이 아편쟁이의 인상 같기도 했다. 그러나 그렇다기엔 눈이 너무 빛났다. 쏘아볼 때나 입을 다물고 고요히 무얼 생각할 때 눈이 반짝하는 걸 창윤이는 여러 번 보았다. 흥미를 느꼈으므로 창윤이는 그와 특히 가까워지려고 했다. 그러나 영 가까워지지 않았다. 그러던 그가 옆에 와 몸을 흔들고 있었다.

"에엣?"

벽을 향해 구부렸던 몸을 돌려 얼굴을 들고 흔드는 사람을 보았다. 선땀이 등골을 축축이 적신 걸 언짢게 느끼면서도 창윤이는 입가에 웃음을 띠고 말했다.

"괜찮소다."

눈이 움푹한 청국 청년의 입가에도 웃음이 머금어졌다. 그러나 그건 쓴웃음이라고 할까. 자조(自嘲)의 웃음인지도 모를 일이었다. 잠깐 눈을 껌벅껌벅하다가 말했다.

"미안하오."

잡아다가 고문한 일에 대해서라고 창윤이는 알아챘다.

"공연한 말……."

"그 사람들 나쁜 사람들이오."

"뉘기?"

"당신을 잡아다가 때린 아문 사람들 도둑놈들이오."

"……."

창윤이는 무어라고 말했으면 좋을지 얼른 생각이 나지 않았다. 입을 열지 못하고 있으려니 절도범이라는 청년은 깊숙한 눈으로 창윤이의 얼굴을 응시하면서 무겁게 말했다.

"그러나 우리나라 사람, 모두 나쁜 사람 아니오."

"……."

"좋은 사람들 더 많소"

역시 창윤이는 아무 말도 못 했다. 자신의 얼굴을 응시하는 시선, 무거운 어조, 이게 어쩌면 그렇게 의젓하고 믿음직스러울까? 정다운 것까지 느끼게 했다. 그렇게 가까워지려고 했으나 가까워지지 않던 그 콧날이 상큼한 청년, 냉정했던 청년의 어디에 이런 정답고 따뜻하고 의젓한 게 깃들여 있었던가? 창윤이는 와락 그 손을 잡고 싶었다.

그러나 절도범은 창윤이만큼은 감동하지 않았다. 그저 한마디를 덧붙이고 제 자리에 가버리고 말았을 뿐이었다.

"청국사람 한국사람 마찬가지요."

청국사람 우리 사람이 마찬가지다? 문득 창윤이의 머리에는 조 선생의 유언, 당신의 혈육을 제쳐놓고 창윤에게만 들려주었던 그 귀중한 유언이 무슨 계시처럼 떠올랐다.

"한국사람과 청국사람이 손을 잡아야 되지. 정답게 지내야지. 서로 도우면서 도적놈을 방비해야지."

한국사람과 청국사람이 손을 잡는다? 함께 도둑놈을 방비한다? 조 선생의 도둑놈은 일본이었다. 그러나 절도범 청년의 도둑놈은 아문(관청) 사람들이라는 투의 말이 아닌가?

창윤이의 단순한 뇌로는 두 도둑놈의 연결이 얼른 되지 않았다. 그러나 청년이 저의 관청을 도둑놈이라고 하는 뜻은 곧장 이해되었다.

토호의 뇌물을 받아먹고 죄 없는 사람에게 죄를 주는 일, 죄지은 사람도 돈만 먹이면 놓아 주는 일. 그 밖의 청조 말엽의 썩고 썩은 정치는 위정 당국자가 도둑이라고 지목받아 마땅한 것이었다. 그러나 창윤이는 그런 것은 제쳐놓았다. 오직 남의 땅을 제 땅이라고 하고 남의 백성을 제 백성이라고 우겨 머리를 땋아 늘여라, 저희 옷을 입어라 하는 것만으로도 도둑이 되기에 충분하다고 생각했다.

'아암, 도적놈들이지.'

그러나 창윤이는, 이 사람은 절도범이 아니다, 신용팔 대장이나 조 선생이나, 모셔다 놓았을 뿐 그 이튿날 아침에 잡혀 왔으므로 지금은 어떻게 지내는지 궁금한 황 선생처럼 정세도 알고 사리에도 밝은 사람으로 단정하고 말았다. 그런데 왜 절도범이라고 하고 있을까? 그러나 그런 것은 따져 묻지 않았다. 물었기로 곧이곧대로 대답해 줄 것 같지 않았기 때문이었다. 묻지 않은 대로 그와는 가깝게 지냈다. 그리고 그러면서도 서로 별로 군말이나 속 깊은 얘기는 주고받지 않던 어느 날.

그 청년이 불리어 가더니 앞서 창윤이가 당했던 것 이상으로 당한 모양이었다. 정신을 가누지 못하고 돌아왔다. 아랫목에 뉘었다. 앞서의 갚음을 한다는 뜻보다도 그동안 친해졌던 탓일 게다. 창윤이는 각별한 마음으로 절도범 청년의 시중을 들었다.

그날 밤 그의 옆에 누웠다. 정신은 이내 차렸으나 잠은 들지 못하고 있었다. 다른 사람들이 잠든 뒤였다. 그러나 창윤이는 까닭 없이 잠이 오지 않았다. 그래서 그의 동정을 살필 수 있었다.

방 밖에 켜놓은 희미한 호롱불이 겨우 비춰 주는 컴컴한 캉에 누워 절도범 청년은 꾹 입을 다물고 눈만 꺼벅꺼벅 했다. 가끔 무거운 한숨이 입 사이에서 새어 나왔다.

그러다가 창윤이 쪽으로 돌아누웠다.

"도둑놈이오."

앞서 하던 말을 그것도 쏘아붙이듯이 되풀이했다.

'무슨 원한이 있는 것인가?'

창윤이는 그의 뜻을 알겠노라고 했다.

"스(그렇소)."

"한꿔렌 칭꿰렌 이양(한국인 청국인 마찬가지요)."

또 그전에 하던 말이었다.

"스"

창윤이 또 수긍해 주었다. 그리고 이때라는 듯이 앞서의 의문을 해명해 두고 싶은 생각이 들었다.

"일본은 당신네 도적이 앙이오?"

"스!"

이번에는 청국 청년이 대답했다.

창윤이 이내 말했다.

"꿔꿔렌 한꿔렌 이거양(貴國人 韓國人 一個樣)."

"스!"

그리고 청년은 창윤이 옆에 다가 누웠다. 이야기를 하고 싶어 견딜 수 없는 표정을 컴컴한 속에서도 역력히 알 수 있었다.

이야기는 이제 바로 시작인지도 모를 일이었다. 그동안 막아 놓았던 심중을 창윤에게 털어놓으려고 했는지도 모를 일이었다.

"그렇소 일본도 우리의 적이오 그리고 당신네의 적이오 그것은……."

"왕쇼샨(王壽山)!"

허두를 뗐을 뿐 이야기는 더 길게 계속될 수 없었다. 감방 문이 열리면서 간수가 절도범의 이름을 불렀기 때문이었다.

"예에."

왕수산은 일어났다.

"나와."

간수의 말이었다. 왕수산은 캉에서 흙바닥에 내려섰다.

잠이 깬 사람도 있었다. 그러나 눈을 떴다가는 무거운 눈두덩을 다시 들 붙였다. 창윤이만 일어나 앉았다. 왕수산은 어지럽게 누워 자는 동감자들을 둘러보았다. 창윤이와 눈이 마주쳤다. 번쩍 빛나는 눈! 창윤이는 가슴이 뭉클해졌다.

장춘, 길림 지방을 중심으로 혁명운동자의 검거가 있었다. 왕수산이도 그 한 사람이었다. 혐의를 받고 검거됐으나 처음부터 절도라고 하였다. 그러나 마침내 연루자임이 드러났다. 모진 고문! 그래서 지금 한밤중에 끌려 나가는 것이다. 어디로 가는 것일까?

"얼른."

간수가 재촉했다.

"짜이젠바(안녕히)."

왕수산이 창윤이에게 인사를 했다. 그의 정체를 끝내 모르는 창윤이었다. 그러나 석방되는 것이라고는 생각되지 않았다. 그저 밤중에 불려 나가는 것이고 보니 다시 돌아오는 건 아니라고만 짐작됐다. 그저 떨리기만 했다. 떨리는 걸 깨달으면서 창윤이도 엉겁결에 인사를 했다.

"짜이젠바."

핼쑥한 얼굴, 움푹한 눈언저리를 씰룩거리며 왕수산은 간수의 뒤를 따라 감방 밖으로 사라졌다. 그 뒷모습을 보고 앉았노라니 창윤이는 침통한 것이 가슴에 꽉 차지는 걸 깨닫지 않을 수 없다. 그리고 저도 모르게 말이 나갔다. 조 선생이 하던 말이고 왕수산이 하던 말이었다.

"한국사람과 청국사람은 마찬가지다."

노랑 수건 김 서방

1

낮 기울 무렵이면 양지바른 땅이 지절하게 녹았다. 낮닭이 게으르게 홰를 치며 꼬꼬-꼬오올……. 한가하기까지 했다.

양력으로 3월 중순. 이제 겨울이 그만 물러가는가 보다 생각하면 어디, 아직은 멀었다는 듯이 밤이면 날씨가 맵짜 지절했던 땅을 얼려 붙인다. 그리고 오늘 밤은 저녁때부터 날이 춥더니 수수깡 울타리를 후려치는 깡바람에 밖은 어수선했다. 문풍지가 죽을 놈은 나오고 살 놈은 있으라고 위협하는 듯.

쌍가매는 곤한 모양이었다. 소란한 바람 소리도 아랑곳없이 아기한테 젖을 먹이느라고 가슴을 헤쳐 놓은 채 잠이 한창이었다. 입을 헤벌리고 자는 그 얼굴엔 별로 걱정이라고 있는 성싶지 않았다. 그러나 요즘, 혹한을 감방에서 시달린 여독을 풀고 있는 창윤이는 마음이 어지러웠다.

군불로 뜨끈한 방, 요 위에서 몸을 돌려 아내의 가슴에 이불을 덮어 주고 나서,

"세룡이 아주방이도 가버렸응이……."

혼자말이 입 밖에 새어 나왔다.

수감된 지 두 달 남짓, 그 사이 문제의 사포대는 하라는 대로 이내 해산되었다. 터무니없는 혁명당과의 연락 혐의도 밝혀졌다. 복동예와 관련된 무고 사건도 하급 순경들의 무지한 고문 같은 거로 노덕심이 먹인 뇌물 값은 다 했다고 본 모양인가? 거기에 길림 장군의 부름을 받아 갔다 온 연길청장이 온정을 베푼 것이었다.

그러므로 두 달 남짓의 고초는 예상 밖이었다. 그러나 나와 보니 그 동안 비봉촌의 정세는 변하고 말았다.

사포대가 자취를 찾아볼 수 없는 건 으레 그럴 것이었다. 얼되놈 호주인들이 다시 비봉촌을 휩쓸어 눈꼴이 신 것도 예상대로였다.

그러나 생각 밖인 건 최삼봉이 광화사(光華社)의 향장(鄕長)으로 임명된 일이었다.

종성간도(鍾城間島)에는 열두 사(社)가 있었다. 사는 면(面)이다. 사에는 향약(鄕約)이 있었다. 향장은 면장인 셈이었다. 청국 정부가 임명하였다. 사 밑엔 갑(甲)이 있었다. 갑은 촌(村), 갑 밑엔 다시 패(牌)가 있었다. 그러므로 비봉촌은 정식으로는 비봉갑이요 비봉촌의 여러 부락은 패가 된다. 범바위패, 부체골패 따위로……. 비봉갑(촌)은 월산갑과 함께 광화사의 중요한 구성촌이었다. 그리고 쭉 월산촌에서 향장이 났었다. 거기다 광화사의 중심지였었다.

그렇던 향장을 이번엔 비봉촌의 최삼봉이 임명받게 되었다는 것이었

다. 최삼봉이건 월산촌 아무개건 주민들은 청국 정부에서 임명하는 향장에 관심이 없었다. 더욱이 상대가 최삼봉이고 보니 탐탁하게 여겼을 까닭이 없었다. 도리어 입을 삐쭉이는 사람들도 있었다.

"그래서 그렇게 서슬이 퍼래 왔었군!"

"청자(마차)르 휘몰아 문지를 일으키문서리……."

그러나 그렇던 사람들도 최삼봉이 향장 취임과 함께 향약사무소를 비봉촌에 옮기기로 추진시키고 있다는 데는 솔깃하지 않을 수 없었다. 향약사무소의 이전은 광화사 중심지의 이전이었다. 행정의 중심이 월산촌에서 비봉촌으로 옮길 뿐만이 아니었다. 장도 여기 설 수 있게 된다. 그렇게 된 뒤의 비봉촌의 번영!

최삼봉은 위로 동복산과 함께 길림 장군과 연길청장에게 청을 넣고 아래로 주민들이 청원서에 날인해 제출하도록 서두르고 있는 중이었다.

"어떨까?"

주민들은 처음엔 하나둘 의아한 생각으로 청원서에 서명 날인하기 시작했으나 '밑져야 본전이지' 그리고 마침내는 나도 나도 하고 도장들을 찍게 되었다.

"어떻든 간에 우리 게가 커진다문 좋지."

"그렇잖구, 장두 서구."

비봉촌의 번영엔 창윤이도 반대할 아무 이유가 없었다. 그걸 바라는 마음이 아무에게도 뒤지지 않았다. 그러나 그렇게 된다면 비봉촌민은 완전히 최삼봉의 지배 밑에 있게 되는 게 아닐까? 전의 악행을 시인해 주는 것도 된다. 그러나 그건 덮어둔다고 하자. 앞으로 이걸 내세워 어떤 짓을 할지 모를 일이었다.

비대해질 최삼봉이네들의 권세. 그 권세에 눌리어 어쩔 줄 모를 주민들의 모습이 빤히 보이는 듯했다.

그러나 그뿐이 아니었다. 주민이 서명 날인해 청국 정부에 청원한다는 사실이 그대로 우리가 청국 정부에 예속된 백성임을 뜻하지 말라는 법이 없다. 만만히 그렇게 할 수 있을까? 할아버지 대에서부터의 싸움을 이렇게 흐지부지 손을 듦으로 해서 끝막을 수 있을는지?

창윤이의 고민은 여기에 있었다. 그러나 그것만도 아니었다. 그게 실현되는 날, 우선 서당집을 고쳐 거기에 향약사무소를 옮겨 온다는 계획이 창윤이의 마음을 또한 설레게 만드는 것이었다.

황 선생은 조 선생의 말대로 걸걸하나 가벼운 사람이 아니었다. 거기에 도착되던 이튿날 아침 함께 자던 자리에서 창윤이를 잡혀 보낸 충격이 도리어 마음을 도사려 잡게 만들었는지 모른다. 황 선생은 창윤이가 없는 낯선 곳에서 그동안 뜻있는 동네 노인들의 협조 밑에 서당 재건을 위해 서글픔도 없이 애를 썼다. 그 보람이 결실 되어 서당은 마침내 문을 열게 되었다. 그런 지도 한 달, 이제 아이들도 앞서의 조 선생 때와는 달라 소탈하고 친절한 황 선생을 따르면서 글 읽기에 재미를 붙이고 있는 때였다.

서당집을 향약사무소로 한다면 아이들은 어쩔 것인가? 그 밖에도 해춘하면 황 선생은 가족을 데려다가 서당집 살림채에 살도록 마련하고 있는 터였다. 그리고 그게 낯선 이 고장에서 쓸쓸하게 지내는 황 선생이 바라고 있는 즐거움이었다. 그런 황 선생의 거처가 문제이기도 했다.

"서당집이야 어디 다른데다가 짓든지 할 수 있겠지마는……."

그동안 겨우 재미를 붙였던 아이들의 글공부 분위기가 또 깨어지고

마는 게 아닐까? 그걸 돌이키려면 그것보다도 황 선생이 성가셔하지 않을까?

바람이 쏴아 하더니 왈가닥 바스락 마른 수수깡 울타리가 부서지는 양 소란스럽다.

푸르르르릉, 파르르르릉.

문풍지도 울타리 못지않게 기급을 하고 있었다. 바람이 더 세어진 모양이었다. 짙어 가는 창윤이의 불안!

'어쩌문 좋아?'

몸을 아내 쪽에서 벽을 향해 돌리며 창윤이의 입에서는 짜증 섞인 말이 나갔다.

"세룡 아주방이는 자기만 생각해."

나이 댓살 위였으나 어려서는 그 뒤를 졸졸 쫓아다녔고 철이 들어서는 함께 모든 일을 의논했다. 여느 외삼촌과 생질의 사이가 아니었다. 정도 들었으나 또 동지라고도 할 수 있었다. 그렇던 정세룡이 창윤이를 남겨 놓고 빼버린 게 아닌가? 그 가족도 돌봐 주지 않아서는 안 된다. 가족이라야 네 살 난 아들 하나와 젖먹이 딸과 아내로 단출했지마는……. 그렇더라도 무거워지기는 매한가지인 어깨였다. 위잉, 쏴아, 그 뒤에는 바라락, 모래가 장지에 뿌려지는 소리. 바람은 기세를 꺾지 않았다.

쩝쩝, 쌍가매가 잠결에 입을 다시며 몸을 아기 쪽에 돌리는 모양이었다. 이불이 그쪽으로 끌려간다. 끌리는 이불을 당겨 드러난 어깨를 가리며 창윤이는,

'정말 아라사로 신 대장을 찾아갔을까?'

정세룡에 대한 상념이 그치지 않았다. 창윤의 반연으로 알게 되었으

나 창윤이보다 훨씬 열성을 부어 존경하고 따르게 된 신용팔 대장을
'세롱 아주방이'는 찾아간 것일까?

팔자수염의 군복 차림인 신용팔 대장이 사포대를 지휘, 훈련시키던
모습이 떠올랐다. 그러면서 어느 결에 잠이 든 모양이었다.

"일보다. 일어나오, 일어나오."

아내가 황겁하게 흔들어 눈을 떴을 때는 밖은 더욱 소란했다. 소란한
건 바람 소리만이 아니었다. 호각 소리, 사람이 달리는 발자국 소리, 아
우성. 벌떡 일어나 앉으면서 물었다.

"어떻게 된 일잉가?"

아내가 와들와들 떨면서 대답했다.

"호오적이 들었소꼬망."

"무시기라구?"

"서당이 타고 있소꼬망."

"무시기?"

창윤이도 덜덜 떨리는 걸 깨달으면서 옷을 주워 입었다. 그리고 방문
을 열고 나가려고 했다.

"어디메르 나감둥?"

이빨을 맞쪼면서 쌍가매가 남편을 붙잡았다. 아앙 아앙, 갓난아기
가 울었다. 젖떼기도 울음을 터뜨렸다. 정주방에서도 깬 모양이었다. 어
수선하더니 창윤이 어머니가 방문을 열고 들어왔다.

"가망이 있솟세. 숨으 쥑이구……."

그리고 우는 젖떼기를 안았다. 울음을 그치게 하기 위해서다. 쌍가매
도 떨리는 몸을 드러눕혀 갓난아기의 입에 젖꼭지를 틀어넣었다. 아기

들의 울음이 그쳤다.

그러나 창윤이는 그대로 문을 열고 마당에 나섰다.

"그만두라는데두."

안타까우나 높지 않은 어머니의 목소리를 뒤에 남겨 놓고…….

"시원치 않은 몸으 가지구 어디루 감메?"

그러나 창윤이는 사립문 밖에 나서지 못하고 돌아서지 않을 수 없었다. 청룡도와 권총을 든 도둑 셋이 부산하게 사립을 밀어젖히고 들어왔기 때문이었다. 그 중의 하나가 눈을 번쩍이며 권총을 창윤이의 가슴에 들이대고 말했다.

"꼼짝 말구 손을 들어."

창윤이 손을 들지 않을 수 없었다.

"소 있지?"

"……."

어머니가 뛰어나왔다. 떨리는 목소리에 애원하는 뜻을 담아,

"앓는 사램입꼬망."

청룡도를 든 도둑 하나가 힐끔 창윤이 어머니를 보았다.

"오양간이 어디 있어?"

외양간엔 두 달이면 새끼를 낳을 배부른 암소가 있었다. 창윤이네 집의 온 희망이 걸려 있는 암소! 그걸 도둑이 달라는 거다.

창윤 어머니의 가슴이 어떠했을까? 그러나 몸이 성하지 못한 아들의 가슴에 권총이 겨눠져 있다.

호각 소리, 아우성 소리, 바람 소리, 땅, 땅, 이따금씩 들리는 몸서리쳐지는 총소리……. 거기에 서당집이 타는 불길이 먼 하늘에 한층 더 높

이 오르고 있다. 마침내 어머니의 입에서 더듬거리는 소리가 나오지 않을 수 없었다.

"저저기 있수꼬망."

"나얼(어디)?"

청룡도 든 도둑이 또 하나 다른 청룡도와 함께 창윤 어머니의 뒤를 따라 외양간으로 갔다.

그리고 그들의 손으로 구유에 매어 놓은 쇠고삐가 풀렸다. 소도 이 딱한 사정을 아는 것인가? 끌려 나오지 않으려고 버텼다. 움메-소리도 처량하게.

"이놈 쇠새끼……."

청룡도 하나가 고삐를 끌고 다른 하나가 엉덩이를 청룡도 등으로 되게 후려갈겼다. 소는 부른 배를 움찔하고 뒷다리로 껑충 뛰면서 끌려 나오지 않을 수 없었다.

"움메- 움메-."

공포에 떨고 있으면서도 창윤 어머니의 눈에 뜨거운 것이 맺혔다.

2

빼앗긴 소는 창윤이네 것까지 열한 바리나 되었다. 열한 바리라고 하나 한 바리로 서너 집이 농사를 짓고 있는 형편이었다. 그러므로 열한 바리의 소를 빼앗겼다는 건 농가 30여 호가 농사를 지을 수 없다는 게 된다. 동네가 전멸한 거나 다름없었다. 춘경기를 앞둔 주민의 입에서 한

숨이 나오지 않을 수 없었다. 거기에 서당집은 고스란히 재가 되고 만 것이 아닌가? 그러나 그것보다도 더 비통한 일은 주민 둘이 살해당한 사실이었다. 그리고 둘 중에 노덕심이 끼여 있었다.

신 서방은 구두쇠였다. 농사에 근면해 남부럽지 않게 살고 있었으나 어떤 경우에든 누굴 도와주는 일이 없었다. 그 대신 남의 도움도 받지 않았다. 이게 그로 하여금 구두쇠의 비난을 받게 한 것이었으나, 그가 참살 당했다는 사실 앞에는 모두 뭉클하지 않을 수 없었다. 더욱이 아내와 열여섯 되는 딸을 도둑놈의 폭행에서 막으려다가 당한 비참한 최후이고 보니 그저 가슴이 떨릴 것밖에 없었다.

노덕심이는 지금 소도 아내도 과년한 딸도, 그렇다고 곡식은 물론 당장 돈을 많이 가지고 있지도 않았다. 빼앗길 것도 폭행을 당할 아무것도 없었다. 그저 자다가 깨니 바로 이웃집이 소란했다. 도둑이 든 것으로 짐작하고 몽둥이를 들고 뛰어갔다. 마당에 들어서자 다짜고짜로 호통을 질렀다.

"어떤 놈들이기에 밤중에 남의 집에 들어와 소란스럽게 구느냐?"

"탕!"

이게 도둑놈의 대답이었다.

밉살스러운 노덕심이었다. 눈꼴사나운 노덕심이었다. 그리고 요즘 향장이 된 최삼봉이를 모시고 돌아와 기세가 공연히 높은 그, 그래서 멋도 모르고 뛰어들어 지른 호통, 싱거운 입놀림 때문에 당한 비명의 최후임에 틀림없었다. 그러나 되게 서리 맞은 주민들의 아픈 가슴속엔 오직 그 비참한 최후만이 짙은 채색(彩色)으로 인상지어질 뿐, 지난날의 일은 스스로 흐려지고 마는 모양이었다.

더욱이 그가 도둑을 쫓기 위해 만용을 부렸던 집은 최삼봉이나 윤 서방 같은 저희 패의 어느 한 집이 아니었다. 오히려 이한복 영감 계통의 한 집, 지난 추석날 산소에서 사포대 때문에 걱정하던 까미 껴 칼칼한 얼굴의 중노인의 집이었던 것이다. 이 사실이 주민들의 호감을 사게 만든 원인의 하나였다.

거기에 노덕심의 죽음 때문에 그 집에서 도둑놈들은 아무 해도 끼치지 않고 물러가 버렸다. 주인 영감은 피해 없이 도둑이 물러갔다고 해서만이 아니었을 거다. 마당에 쓰러진 노덕심이를 방 안에 들어 옮겼다. 그리고 얼른 상처를 손질해 주었다. 그러나 원체 등에서 가슴에로의 관통상이다. 생명을 걷잡을 수 없었다. 마침내 그 집에서 운명하고 말았다. 운명하면서 노덕심이는 주인의 손을 잡았다. 감았던 눈을 뜨더니 겨우 입을 움직여 무어라고 말했다. 주인이 귀를 기울였다.

"복동예야—."

잠깐 멈췄다가 말을 이었다.

"내가…… 내가…… 잘못했다—."

그리고는 눈을 감았다. 눈물이 흘렀다. 눈물에 젖은 눈을 다시 떴다. 그리고 또 입을 힘들게 움직였다.

"나르, 나르, 희인……."

주인영감이 귀를 바싹 노덕심의 입에 갖다 댔다.

"흰 옷으 입혜 묻어 줍소꼬망."

"으응, 그렇게 해주구말구. 흰 옷을 입혜 주구말구, 죄선사람으루 묻어 주구말구."

주인 영감도 눈물이 글썽해지면서 입을 그의 귀에 갖다 대고 엄숙한 목소리로 들려주었다.

노덕심이는 마음을 놓은 듯이 눈을 감았다.

"싸구쟁이질하덩이 바른 사람이 돼 죽었궁."

"애구 끌끌, 어쨌든 불쌍하지비."

"그렇구말구, 가물덕(아내)두 없구, 자식두 없구, 일가두 없구……."

그의 임종 장면을 들은 주민들, 특히 아낙네들은 눈물이 찔끔했다. 그리고 노덕심에 대한 동정심이 남편을 버리고 어디 떠돌아다니는지 모르는 복동예를 비난하는 투로 변하고 말았다.

"복동예는 어디메 가서 어쩌구 있는지……."

그리고 오늘은 그런 노덕심이와 신 서방의 장례가 있는 날이었다. 장례라야 무슨 어마어마한 예식이 있는 것도 아니었다. 두 사람의 시체를 그저 매장하는 일에 지나지 않았다. 그러나 비봉촌 주민으로서는 두 사람의 장례가 자신들의 장례나 다름없다는 심정이었다. 그래서 그런 걸까! 사람들이 자진해 장지인 딴뫼로 올라갔다.

까미 껴 칼칼한 중노인은 물론이었다. 그의 친구인 불그레 둥근 얼굴의 중노인도 끼여 있었다. 그리고 향장을 임명받은 후 비봉촌의 어른을 자처해서만이 아닐 거다. 노덕심과의 정의도 있고 해서 올라왔을 최삼봉이와 윤 서방, 거기에 뜻밖인 것은 동복산이의 조카가 잠깐 나타났다가 사라진 일이었다. 부의를 전하고 간 것인가? 최삼봉이 정중하게 맞고 친절하게 인사해 돌려보냈다.

한때 가졌던 적개심을 날려 보낸 창윤이도 담담한 마음으로 오직 노덕심이와 신 서방의 명복만을 빌면서 상여 뒤를 따라 올라갔다. 모두 별로 말들이 없었다. 입으로 뱉어 놓기엔 너무도 무거운 가슴들인 모양이었다. 안으로 삼켜 버림으로 해서 지그시 자신들의 딱하고 비통한 처지를 되새기고 있는지도 모를 일이었다. 거기에 마적 습격에서 받은 타격에 심신이 피로하고 있기도 했다.

무겁고 침통한 분위기, 그러나 신 서방 유족들의 애통하는 울음 속에 두 시체는 나란히 매장되었다. 봉분까지 만들어지고 있었다. 차츰차츰 빠오쯔(包子 : 만두)의 형체를 이루어 가고 있는 봉분을 보면서 창윤이는 가죽나무 옆에 앉아 있었다.

××령에서 아라사 병정에게 보내는 식량을 마적한테 탈취 당했다. 그것 때문에 동네에서 정세룡이는 사포대와 함께 신용을 잃게 되었다. 그리고 연길청에서 창윤이는 혁명운동자의 연락 여부로 혐의를 받았다. 그렇던 마적이 이번에는 직접 비봉촌 주민의 생명과 농우(農牛)와 아이들의 서당을 빼앗아 간 게 아닌가? 마적마저 어쩌면 이렇게 비봉촌 주민을 못 견디게 구는 것일까?

채 회복되지 않은 몸이 으스스해 왔다. 으스스한 몸이 창윤으로 하여금 더욱 감상에 젖게 하는지도 모를 일이었다. 그러나 다른 사람들처럼 입을 꾹 다물고 생각을 안으로 삼키고 있는데,

"이 사람 창윤이, 몸이 어떤가?"

머리를 드니 최삼봉의 청국 옷차림이었다.

"괜찮소꼬망."

"기상(얼굴빛)이 좋지 않구먼."

"……"

"어떻든 고맙네, 장지까지 와줘서."

"……"

최삼봉이 창윤이 옆에 앉았다.

"덕심이란 사램이 말이네, 성미가 좀 이상해서 자네르 고생으 시켰네마는……."

무고한 사실이었다. 그 사실을 이 자리에서 새삼스럽게 꺼낼 게 뭘까? 와락 잠자던 적개심이 불쾌감과 함께 눈을 떴다. 더욱 불쾌한 것은 자신도 짜고 했거나 적어도 알고 묵인해 주었을 일을 죽은 사람한테만 둘러씌우는 것이었다. 울컥해졌다. 그러나 최삼봉이는 아버지 연배였다. 맞대 놓고 싸울 처지가 아니었다. 더구나 이 자리에서는 싸우고 싶지 않았다. 싸울 자리도 아니라고 생각했다. 그래서 열적게 대꾸했다.

"고생이 무슨 고생입메까? 지가 나쁜 놈이니까 죗값으 해야지비."

약간 비꼬는 투도 섞어 가며…….

"그렇게 말할 기 앙이구. 어쨌든 용서해 주게, 죽은 사램잉이까."

'죽은 사램잉이까?'

창윤이는 쓴웃음을 짓지 않을 수 없었다.

움찔 일어났다.

"거기 앉게."

최삼봉이 창윤이를 도로 앉게 했다. 내키지 않는 대로 다시 앉은 창윤이에게 최삼봉이는 말했다.

"그런데 이 사람……."

"……."

"아깨 똥 따랜(똥 대인) 조카르 봤능가?"

청복이 날씬하게 어울리는 30세로밖에 보이지 않는 사람, 머리는 깎아 올백으로 넘겼다. 그 머리에서 받은 인상일까? 그의 모습이 생생했다.

"옛꼬망."

"한 열흘 전에 길림에서 삼촌집에 다니러 왔네. 이 사램이 아주 재미있단 말이네, 우리 죄선사램과 청국사램이 절대루 사이좋게 지내야 된다구 하능 기 앙인가?"

창윤이는 문득 감방에서의 청년, 왕수산이를 생각했다. 왕수산이와 동복산의 조카가 어쩌면 같은 계통의 사람이 아닐까?

"꿔꿔렌 칭꿔렌 이양……."

움푹한 눈을 꿈벅이면서 뇌던 왕수산이의 말이 귀에 쟁쟁했다. 그날 밤 그 사람은 끌려 나가 처형됐을까? 그렇지 않으면 어디서 살아 있을까? 왕수산이의 일이 궁금해지면서 갑자기 동복산 조카에 대해 호기심이 치밀었다.

"여기 오래 있음둥?"

창윤이 최삼봉을 보고 물었다.

"글쎄."

'이만하면 이놈아두 됐다.'

창윤이를 회유할 수 있다고 생각한 것인가. 최삼봉이는 마음속에서와 겉으로 함께 웃으면서 덧붙여 말했다.

"이내 한번 우리 동규랑 자네하구 셋이 만나게 해줌세."

3

씨름판에서는 노랑 수건을 이마에 질끈 동여맨 사람과 흰 수건으로 머리를 막 싸맨 사람이 승부를 겨루고 있는 중이었다. 노랑 수건이 흰 수건을 보기 좋게 들었다. 흰 수건은 팔에 끼어 있는 샅바를 바짝 조르면서 노랑 수건에게 들리웠다. 노랑 수건이 흰 수건의 오른 다리를 제 다리로 후려치면서 몸을 틀어 흰 수건을 오른쪽으로 넘어뜨리고 자신도 그 위에 쓰러졌다. 노랑 수건이 이겼다. 날라리 소리도 흥겹게 풍류가 잡혀졌다.

"노랑 수건이 잘한다."

"고거 깨끗한 배지게다."

구경꾼들의 입에서 환성이 질러졌다.

겸연쩍게 몸에 묻은 모래를 털면서 관중 속으로 뛰어 들어가는 흰 수건! 노랑 수건은 퍽이나 신명이 나는 모양이었다. 수건을 풀어 쥐고 그걸 흔들면서 껑충껑충 풍류에 맞춰 춤을 췄다. 조그만 상투가 건들건들.

"자아! 또 없나아!"

관중의 웃음소리가 즐겁게 퍼져 나갔다. 더욱 신명이 나는 것인가? 노랑 수건은 오른손 식지(食指)를 꼬부려 입에 넣고 '회, 회, 잇' 하고 이 사이로 휘파람 소리를 냈다.

"하, 핫, 핫."

구경꾼의 웃음소리. 노랑 수건은 덩실덩실 더욱 신명이 났다. 그러나 관중이 이번에 웃은 것은 노랑 수건 때문이 아니었다. 동쪽에 있는 구경꾼 중에서 술에 몹시 취한 모양, 방갓을 쓴 상제가 풍류와 노랑 수건의 춤에 맞춰 우쭐우쭐 춤을 추고 있었기 때문이었다. 어깨까지 가리우는 방갓이 흔들흔들······.

"앙잉 기 앵이라 상재팡이궁."

"하, 핫, 핫."

씨름판에서는 노랑 수건과 떠꺼머리총각의 대전이었다. 총각의 낚시걸이에 까불던 노랑 수건이 무참하게 지고 말았다. 관중들의 시선이 이긴 총각에게보다도 진노랑 수건에 집중됐다. 넘어지자 얼른 일어나서 다리에 건 샅바를 한 손으로 거머쥐고 지지 않았다고 심판에게 덤비는 까닭이었다. 심판이 억지로 샅바를 벗기려고 했으나 그러면 다시 앉자고 총각에게 대들었다.

"다시 앵게 봐라."

"쫓아내라. 노랑 수건이 졌다."

구경꾼의 소리.

마침내 노랑 수건은 샅바에서 다리를 빼놓긴 했다. 그러나 다시 한번 춤을 추더니 손가락을 입에 넣고 군중을 돌아보며 휘파람을 불었다. 그리고 재빠르게 땅재주를 넘고는 군중 속으로 들어가 버렸다.

"하, 하, 핫."

"노랑 수건 판이다, 하하하."

날라리 소리와 함께 웃음소리가 장내에 퍼져 나갔다.

"전머양(어떻습니까)?"

웃음은 차일을 친 본부석에도 퍼졌다. 최삼봉은 웃으면서 옆에 앉은 동복산이를 보았다. 그의 입가에도 빙그레 웃음이 떠오르고 있었다. 머리를 끄덕이면서…….

"하오[好]!"

그 옆의 조카는 허리를 가누지 못하면서 박수까지 했다.

"헌 콰이, 헌 콰이(대단히 즐겁다)."

"셰셰 닌나(고맙소)."

최삼봉은 지극히 만족했다.

"뚜오세 뚜오세[多謝 多謝]."

다시 한 번 합장한 채 허리를 굽실하면서 동복산의 숙질(叔姪)에게 비굴하게 사의를 표했다.

오늘은 단오다. 그리고 이 자리는 단오놀이를 겸해 최삼봉 향장 취임과 향약사무소 비봉촌 이전을 경축하는 모임이었다. 마적 습격 사건 뒤였다.

비봉촌은 소를 보충할 아무런 대책도 마련하지 못한 채 춘경기는 다 가오고 있었다. 벌써부터 주민의 마음을 자신에게 돌리기 위해 갖은 방법을 써오던 최삼봉은 이 기회도 놓치지 않았다. 그리고 내놓은 의견이 동복산이한테서 소 값을 빌려 오자는 것이었다.

적지 않은 소 값, 그것도 아무 담보 없이 선뜻 내줄 것인가? 설사 준다손 처도 변이 엄청나게 비쌀 게 아닐까?

주민들은 얼른 내켜하지 않았다. 그러나 최삼봉은 주민에게 유리하도록 동복산에게 부딪쳐 보겠다고 했다. 그리고 그 결과 소는 원하는 사람에게 한 짝씩 사주기로 하되 그 값은 가을 소출로 갚아야 된다. 금년에 다 갚는 사람은 무이자의 특전을 베푸나 그렇지 못한 사람은 나머지 돈을 3년 안으로 갚되 그땐 할 수 없이 이자를 붙여야 된다는 조건이었다.

처음부터 금년 가을까지 갚을 수는 없는 일이었다. 그러면 내년부터 비싼 이자를 물어야 될 게 아닌가? 이자에 이자가 붙고…….

"최 퉁스두 아다시피 우리 살림 헹펜이 3년 안으루 변으 붙여 물어 낼 수 있겠음둥?"

하고 이의를 말하는 사람이 있으면 최삼봉은 어처구니없다는 듯이 웃었다.

"하하, 사람이 옹졸도 하군. 하 내일 일으 뉘기 안다구 그런단 말이오 발등의 불부터 꺼놓구 볼 일이지. 3년 후의 일으 지천 걱정하구, 주겠다는 쇠를 싫다구 한단 말이……."

그래도 얼른 내켜하는 기색이 아니면 노염을 냈다.

"싫으문 그만두랑이. 내가 무슨 엽전 한 푼 생기는 기 있어 그러는 줄 아능가? 동네 사정이 하두 딱해서 나선 일에 지내지 않는 겐데……."

"그런 줄으 압메다마는……."

"그런데 어째서?"

"……."

"뚱 따렌으루 말하드래두 여간 고마운 게 앙이야. 죄선사람들이 미워하는 줄 알면서두 적잲은 돈으 담보두 없이 내놓는 걸 보문 원첸(훌륭한) 사람이야."

"그렇기는 합지마는……."

"꽁이꽁이 생각할 기 없네. 주겠다는 쇠르 받아 놓구 볼 일이지……."

마침내 엉거주춤하던 사람들도 싫었지만 농사를 짓기 위해서는 소를 받지 않을 수 없었다.

이자를 무는 것이로되 소를 받고 보니 최삼봉이나 동복산이한테 은혜를 입고 의리가 맺어진 폭이 될밖에 없었다. 아니꼬운 일이 있어도 정면으로 나서서 그들을 반대할 수 없었다. 정돈 상태에 있던 향약사무소 유치(誘致) 서명운동이 이렇게 해서 거침없이 진척되었다. 그리고 최삼봉이의 향장 취임과 함께 향약사무소를 비봉촌에 이전하는 데 성공하고 말았던 것이다.

 그래서 오늘 이 자리에서 경축 씨름대회가 열리고 있는 중이었다. 동복산 숙질이 나오게 된 건 물론 축하의 뜻에서였다. 그러나 그것만이 아니었다. 소를 사줌으로 해서 비봉촌의 위기를 면케 해주었다는 점과 향약사무소 유치운동을 뒤에서 밀어 준 공이 있다고 해서 주민의 이름으로 감사의 뜻과 함께 정중하게 초청한 데 응해 준 때문이었다. 그러나 사실은 조카, 청국사람과 조선사람이 사이좋게 지내야 된다고 말한다는 올백의 청국 청년이 조선사람의 단오놀이를 구경하고 싶은 생각에서 동복산이를 끌고 나왔는지 모르지마는……

 이런 모임이었다. 그리고 이렇게 해서 동복산이와 조카가 이 자리에 참석하고 있다.

 최삼봉이 그들이 즐기는 모습을 보고 '세세'를 연발하지 않을 수 없었던 건 이 때문이었다. 그리고 주민들이 떠들며 좋아하는 모양에 만족하지 않을 수도 없었다. 동복산에게도 충성을 보이고 주민들의 마음도 자신에게로 돌리고 그리고 촌(면)장의 자리에도 올라앉고…….

 최삼봉의 계획은 빈틈없이 들어맞았다.

 '에헴, 이제는 염려 없다, 염려 없어.'

 동복산이를 따라 비봉촌을 떠난 지 4년. 그동안 돈화, 길림 방면으로 돌아다니면서 고생을 했다. 그러나 도회지에서 보고 듣고 더욱이 동복산이를 통해 접촉한 사람들에게서 알 듯 모를 듯 배운 보람이 있었다고 최삼봉이는 지난날이 흐뭇한 마음으로 회고되기도 했다. 노랑 수건과 함께 춤이라도 추고 싶은 심정이었다.

4

"개판이다."

"고체 앵게라."

구경꾼들의 아우성에 장내가 소란했다. 씨름판에서는 베잠방이에 웃통을 벗은 사람과 무명 중의를 입은 사람이 부둥켜안고 모로 쓰러져 있었다. 거의 같이 쓰러졌고 몸도 함께 땅에 닿았다. 얼른 승부를 판단할 수 없었다. 심판이 어리둥절하고 있는 사이에 둘은 일어났다.

"개판이다, 개판이다."

서쪽에서의 아우성이었다.

"고체 앵게라, 고체 앵게라."

동쪽에서 호응해 소리를 질렀다. 중씨름[二流]의 결승전이었다. 상으로 걸어 놓은 중소가 무명필을 몸에 감고 군중의 아우성에 싸여 눈을 멀뚱멀뚱하면서 겁에 질려 있다. 베잠방이는 비봉촌 선수이고 무명 중의는 월산촌 선수였다. 삼판양승으로 승부가 결정된다. 그리고 지금 둘은 각각 한 번씩 이겼다. 이번에 이긴 사람이 소를 차지하게 마련이었다. 두 편 주민들이 긴장하지 않을 수 없었다. 더욱이 월산촌 사람들은 향약사무소를 비봉촌에 빼앗겼다는 열등감이 있었다. 그러나 이게 작용한 것만은 아닐 거다. 어떻게 보면 비봉촌 베잠방이의 몸이 먼저 땅에 닿았다고도 할 수 있었다. 그렇기로 그것은 털끝만한 차밖엔 안 된다.

월산촌 사람들은 씨름판을 향해 삿대질하면서 소리를 질렀다.

"개판이 앙이다."

"우리 펜이 이겠다."

이에 대해 비봉촌민들은 더욱 기세를 올렸다.

"그렇잖다. 개판이다. 고체 앵게라."

망설이던 심판이 두 선수를 끌어다가 다시 붙여 놓았다. 개판, 무승부를 선언한 셈이었다. 두 선수는 솔깃이 서로 상대편의 팔을 끼고 맞안으려고 했다. 그러자,

"안지 말아라. 이겠는데 무스거 또 안겠니."

악을 쓰면서 씨름판으로 뛰어든 사람이 있었다. 월산촌 주민이었다. 두어 사람이 그 뒤를 따라 들어왔다. 먼저 사람이 서슬이 퍼렇게 맞안으려는 저희 편 선수의 등을 부둥켜안았다. 선수가 끼었던 상대편 샅바에서 팔을 빼고 몸을 일으켰다.

"저건 어떤 간나 새끼야?"

비봉의 사람들이 잠자코 있지 않았다. 우르르 씨름판에 몰려들었다. 그 앞장을 선 게 창윤이의 동생 창덕이 아닌가? 창덕인 들이닿자 월산촌 쪽에서 먼저 들어온 사람한테 대들었다. 말로 시비할 사이가 없었다. 창덕이 주먹으로 삿대질하자 월산촌 사람이 창덕이의 뺨을 후려쳤다. 창덕이의 손이 그 사람의 상투를 끌어 잡았다. 일엔 배돌아도 이런 일엔 공연히 잽싼 창덕이었다. 둘은 부둥켜안고 서로 때리고 차고……. 월산촌 사람이 뛰어들고 비봉촌 주민이 잠자코 있을 수 없고……. 창덕이 머리가 터져 피를 흘리자 그 피를 보고 비봉촌 사람들이 더욱 흥분했다.

치고받고……. 삽시간에 수라장으로 변한 씨름판. 그러나 북새가 오래 계속되지 않은 게 다행한 일이었다. 반시간쯤 뒤에 두 편은 흥분을 가라앉히고, 씨름은 다시 시작됐다. 그리고 결국 월산촌 선수한테 소가 끌려갔다. 그러나 이 싸움 통에 동복산 숙질은 집으로 돌아가고 말았다.

모습만 띠어도 눈에서 불똥이 튀었을 동복산이의 차일 속에 앉아 있는 모양을 그저 담담하게 보고 있을 수 있도록 창윤이는 성장했다고 할까?

그런 창윤이므로 동복산이 나왔거나 집으로 들어갔거나 그게 관심거리가 되지 않았다. 그러나 창윤이의 마음에 걸리는 건 그의 조카가 갑자기 수라장으로 변한 씨름판을 어떻게 보았을까 하는 것이었다.

노덕심의 장례날 후, 처음엔 최삼봉이의 소개로였으나 그 후에도 여러 번 선생이나 동규랑 함께 동복산이의 조카를 만났다. 북경에서 새 학문을 공부한 모양인 그는 꽤 진보적인 생각을 가지고 있었다. 꿈도 많았다. 무엇보다 조선사람을 이해하고 있었다. 북경에 있을 때 친한 조선사람이 있었다는 거다. 길림에서 관리 노릇을 하다가 마음에 맞지 않아 집어치운 모양이었다.

연길청 감방에서의 눈이 움푹한 청년한테서 받은 인상보다 밝고 붙임성이 있었다. 조금 가볍다는 인상이 없는 건 아니었으나……. 그런 태도로 말했다. 삼촌을 설득시켜 그의 돈을 끌어다가 어디 적당한 곳에서 교육 사업을 해보겠노라고……. 이번 여기 온 건 그 공작을 하기 위해서라는 것과 이 지방엔 조선사람이 많으니까 그 생활실정에 접해 보고 싶어서였다고 했다.

"우리 삼촌, 구두쇠니까……."

두 손으로 부른 배를 쿡쿡 찌르는 형용을 하면서 눈살을 찌푸렸다. 얼른 설득이 되지 않는다는 듯? 그리고는 감방에서의 청년이나 조 훈장이 하던 말을 뇌었다.

"쮜꿔렌 칭꿔렌 이양."

그런 동복산이의 조카가 군중들이 즐기는 중에 승부를 결하다가 서로

치고받고 하는 난장판을 어떻게 보았을까?

'이 무슨 챙피야?'

창윤이의 가슴에서 번거롭게 내왕하는 건 이 체면 문제였다.

깔보는 사람 앞에서도 지켜야 될 민족적 체면이거든, 이해하고 관심을 가진다는 사람 앞에서…….

허리를 가누지 못하면서 웃고 박수까지 하던 차일 안, 그가 앉았던 자리가 빈 것을 보고 창윤이는 더 씨름을 구경하고 있을 수 없었다. 더구나 난장판에서 피를 흘리는 추태를 부린 게 바로 동생, 창덕이가 아니었던가?

씨름판에서는 이긴 월산촌 사람들이 선수를 소잔등에 태우고 풍류에 맞춰 춤을 추고 있었다. 비봉촌 사람들은 이제 시작될 상씨름[一流]에서의 설치(雪恥)를 바라고 그나마도 긴장한 중에 잠자코 있었다.

창윤이는 움찔 앉았던 자리에서 일어났다.

"어째 가겠능가?"

"들어가 봐야겠네."

"상씨름이 있는데…… 이번에는 꼭 이기네."

이런 친구들을 뿌리치고 집에 들어오니 터진 머리에 된장을 붙여 헝겊으로 싸맨 창덕이 씨근거리면서 막 나오려던 참이었다.

"어디루 가니?"

"우리 게가 졌다문서리."

"그런데?"

"월산촌 아아드르 때레쥑에야겠소꼬망."

"무시기라구?"

형의 말을 듣지 않고 흥분한 창덕이는 그대로 뛰어나가려고 했다.
"들어가자."
창윤이는 동생의 손목을 잡아끌고 방 안으로 들어갔다.
"거기 앉아라."
형의 엄숙한 태도에 눌리운 탓인가? 흥분을 걷잡을 수 없어하면서도 창덕이는 형이 하라는 대로 했다.
"머리르 마스고 그기 무슨 짓잉냐?"
"……."
"챙피하쟎니?"
싸움에 진 게 창피하지 않으냐고 창덕이는 들은 모양이었다. 수그렸던 머리를 들고 형의 얼굴을 보았다.
"그래서 월산촌 아이들으 떼레쥑이겠다는 겝꼬망."
"무시기라구?"
"내 머리르 깨논 놈우 새끼르 붙잡아 그놈우 새끼 머리를 깨놀 작젱입꼬망."
철썩! 창윤이의 손이 동생의 뺨을 후려갈겼다. 눈에서 불똥이 튀는 걸 느끼면서 창덕이는 머리를 다시 수그렸다.
"내가 챙피하쟎능가는 거는 그런 뜻이 앙이다. 좋다구 춤으 추면서 씨름 구경으 하다가 신싱이(공연히) 개처럼 싸와 머리르 깨놓은 기 챙피하쟎능가는 말이다."
창윤이의 말은 엄숙했으나 흥분한 동생, 더구나 뺨까지 얻어맞은 창덕이는 형의 말을 이해하지 못했다. 거기에 평소에 형한테 구박을 받고 지내는 처지가 아닌가? 이제 설을 쇤 지도 오랬으니 열다섯 살이었다.

남 같으면 혼삿말이 오고 가고 할 나이다. 그럼에도 형은 장가를 보내 줄 생각은커녕 어떤 일에든 잔소리와 책망뿐이었다. 아버지나 할아버지가 계셨더면? 설움이 왈칵 치밀면서 눈물이 주르르 흘렀다. 흐르는 눈물을 손으로 씻으면서 창덕이는 머리를 들었다. 입에서 걷잡을 수 없이 말이 나갔다.

"성은 어째서 쌈으 해서 다리 벵신이 됐음둥?"

"무시기 어째?"

창윤이의 눈에서 불꽃이 활활 내뿜는 듯했다.

"이놈우 새끼!"

뺨만이 아니었다. 창윤이의 주먹과 발길이 닥치는 대로 동생의 몸을 때리고 지르고 했다. 그뿐이 아니었다. 창덕이를 깔고 앉아 마구 때렸다. 미친 사람 같았다. 정신없는 행동 그대로였다.

"이기 무슨 짓입메."

"정성이 있음둥?"

정주에서 어머니와 아내가 뛰어 들어와 창윤이를 동생의 몸에서 풀어 놓았다. 형의 몸에서 풀려 나오자 창덕이는 쫓기듯이 문을 박차고 밖으로 나갔다. 그 뒤를 형수가 쫓아 나갔다.

어머니는 얼굴이 해쓱해 숨을 허덕이는 창윤이를 진정시키느라고 애를 썼다.

"어째 그럽메?"

창윤이는 아무 말도 없이 벽에 기대앉았다. 눈을 감았다. 감은 눈에서 눈물이 흘렀다.

아무 말도 하지 않았다. 그러나 어머니는 아들의 심정을 아는 모양이었다. 자신도 치마 고름으로 눈물을 찍었다.

"가아가 덩치만 컸지 무슨 철이 있겠음."

아마 창윤이로 하여금 분노를 일으키게 한 원인, 형은 왜 싸워 병신이 되었나를 엷은 문 하나 사이인 정주방에서 들은 모양이었다. 어머니는 이렇게 말하고 덧붙였다.

"철없는 거 말으 탈 기 있음, 나 먹은 사램이 참아야지."

그러면서도 뛰어나간 아들의 일에 마음이 놓이지 않는 모양이었다. 일어나 밖으로 나가 버렸다.

어머니가 나가자 창윤이는 스스로 감정을 가두어 잡지 않아서는 안 되겠다고 생각했다. 위아래 입술에 힘을 주어 꾹 다물었다.

창덕이는 왜 형으로 하여금 미친 행동을 취하지 않아서는 안 될, 그 아픈 상처를 찔렀던가?

발목을 다친 동규와의 싸움은 할아버지의 임종에서 받은 정신적 타격이 원인이었다. 그리고 그 싸움에서 얻은 불구의 몸은 복동예를 노덕심한테 뺏기는 원인 중의 하나가 됐다. 그리고 그게 직접 동기가 되어 동복산 송덕비각에 불을 질렀다. 그것이 또 아버지의 옥고(獄苦)로 발전했고 마침내 세상을 떠나게 만들었다.

그런 동규와의 싸움, 돌아간 할아버지와 아버지에게 부끄럽고도 죄송했던 그 싸움을 창덕이는 왜 이 자리에서 끄집어냈을까? 그건 또 지금 동생과의 의를 상하게 만드는 원인이 되는 게 아닌가?

창윤이는 움찔 일어났다.

'아버지 대신으루 동생으 사람이 되게 하자능 기 목적이다. 그런데 어째 그렇기 지내치게 동생으 때렸능야?'

자책하면서 문을 열고 씨름터로 나갔다. 동생을 찾기 위해서였다. 분김에 또 무슨 행패를 부릴지 모르기 때문이었다. 월산촌 사람의 뭇매에서 동생을 막기 위해서였다.

먼저 나간 형수와 어머니가 달래고 위로하는 말에 솔깃해서만은 아닐 거다.

창윤이 씨름판에 나갔을 때에는 동생은 머리를 싸맨 채 군중 틈에 끼여 잠자코 씨름 구경을 하고 있었다. 흥분이 가라앉았을 뿐만이 아니었다. 도리어 풀기가 없는 게 아닌가? 먼발로 창덕이의 모습을 도둑해 보노라니 창윤이는 동생을 때린 일이 더욱 미안하게 느껴졌다.

'금년 가을에는 어떻게 해서든지 정혼이라두 해주자.'

창윤이 자신은 지금 동생의 나이 때에는 장가를 꿈꾸지 않았다. 그러나 아버지 없는 동생에게 형의 따뜻한 정을 표시해 주기 위해서는 그렇게 하는 것밖에 없다고 생각했다. 그러나 창덕이는 그날 밤 늦게까지 집에 돌아오지 않았다. 그 이튿날도……. 그리고 한 열흘 후에 연길에서 온 사람이 창덕이를 거기서 보았다고 했다.

'내 마음을 알아주지 못하구 달아나 버렸구나.'

창윤이의 입에서 다시금 탄성이 새어 나오지 않을 수 없었다.

5

동복산 조카에겐 창피한 꼴을 보여준 데 지나지 않았고 창윤이의 동생으로 하여금 집을 뛰쳐나가게 했던 단옷날 씨름대회 후 비봉촌은 일

년 가까이 비교적 안정된 분위기 속에 주민들이 농사를 짓고 있었다.

창윤이의 걱정과는 딴판으로 향장이 된 뒤의 최삼봉은 전처럼 눈에 띄게 밉살스러운 행동을 하지 않았다.

"행쟁이 되등이 섬(철)이 든 모양이지."

평소에 최삼봉이에 대해 무관심한 태도였던 사람만이 아니었다. 그를 아니꼽게 본 사람들도 이렇게 말했다.

"그래얍지. 되놈우 입성으 입기는 해두 속이야 죄선사람입지. 앙이 그렜음?"

"그렇잖구. 노 서방으 봅게나."

"노 서방 말이 나왔응이 말이지마는 노 서방이 그렇게 죽는 바람에 삼봉이두 마음으 고쳤을 겝메."

주민들이 이렇게 말할 까닭이 있었다. 전과는 달라 청국 옷을 입어라, 머리를 드리워라가 동복산이와 최삼봉이 돌아온 뒤에는 뜸했기 때문이었다. 청국 농민과 우리 농민들 사이의 육박전도 별로 없었다. 그리고 잠깐 다녀간 동복산 조카의 입에서 나와서만은 아닐 거다. '한꿔렌 칭꿔렌 이거양'이 청국 농민들의 입에서만이 아니었다. 조선 농민의 입에서도 입으로 퍼지고 있었다.

사소한 감정, 전 같으면 대뜸 유혈의 육박전이 벌어질 감정의 대결이 있을 경우에도 서로 '당신네와 우리는 같소'로 웃어 버리고 말았다. 그렇게 날카롭게 대립했던 감정이 어쩌면 이렇게 누그러졌을까?

'한꿔렌 칭꿔렌 이거양'

그 무렵, 지나 대륙과 조선 반도를 휩싸고 있는 천성(天聲)이자 민성(民聲)이 아닌지도 모를 일이었다.

그리고 그럴밖에 없었다. 을사조약을 맺음으로 해서 강제로 외교권을 빼앗은 일본은 그동안 5조약의 하나인 일본 통감부를 서울에 설치하고 이등박문이 초대 통감으로 취임했다. 1906년 3월의 일이었다.

그럴 것이 기정사실로 되어 있었다. 그러나 막상 통감부 간판이 붙고 일본 국기가 하늘 높이 휘날리자 움찔움찔하던 국민의 의분이 도처에서 폭발했다. 이번엔 자결 같은 소극적인 반항이 아니었다. 민중의 봉기였다.

전 판서 민종식(閔宗植)은 삼남 각지로 다니면서 동지를 모으고 무기를 마련해 충남 정산읍에서 기병했다. 같은 해 봄의 일이었다. 민군(閔軍)은 5월 17일에 남포를 무찌르고 19일에는 홍주성을 점령했다. 그리고 일본 군경의 보병 2개 중대와 기병 1개 소대, 헌병 1개 소대, 기관포 2문 등의 신식 병기 앞에서도 얼른 굴치 않고 31일까지 십여 일 동안 잘 싸웠다. 일경 부지휘관 이하 20여 명을 사살하는 전과를 올리면서……. 마침내 민종식은 체포되어 진도(珍島)로 유형 되고 말았다.

같은 해 6월에는 최익현(崔益鉉), 임병찬(林炳瓚)이 전라도 순창에서 유생 백 수십 명을 이끌고 봉기했다. 그러나 문약한 유생들이라 이내 일군에게 체포되어 최익현이 대마도에 감금되는 결말을 짓고 말았다.

그 밖에도 경상도의 신돌석(申乭石), 강원도의 유인석(柳麟錫) 등이 각각 지방에서 의병을 일으킨 뚜렷한 사람들이었다.

조선 반도 방방곡곡에서 폭발되는 민족정기의 불! 제국주의 일본의 침략에 선혈을 뿌리는 항거!

'을사 국치 조약은 한국 황제의 뜻으로 이루어진 것이 아니다.'

거기에 다음해(1907년) 헤이그에서 열린 제2회 만국평화회의에서의 고종의 밀사 이준, 이상설, 이위종이 세계에 향한 부르짖음이었다. 특히 이준이 그곳에서 분사(憤死)하게 되자 세계의 동정이 제국주의 일본의 희생인 우리나라와 우리 민족에게 몽땅 쏠리고 말았다.

청국은 우리나라와 인접한 이웃이다. 사정을 가장 속하고 자세히 알 수 있는 처지였다. 더구나 오랜 세월 조선에 대해 가지고 있던 종주권을 청일전쟁 후 일본에 빼앗긴 청국이었다. 뜻있는 사람들이 우리나라와 우리 민족을 동정하지 않을 수 없었다.

─한국사람과 청국사람은 마찬가지다. 뜻있는 사람들의 부르짖음이 단순한 농민들의 정의감에 쉽게 받아들여지면서 전해진 것임에 틀림없었다. 그리고 그 부르짖음이 비봉촌에도 스며 온 게 사실이었다.

이래서 말썽과 반목이 심했던 비봉촌은 평화 상태를 유지하게 된 셈이었다. 날카로운 신경들이 누그러졌다.

청국사람과의 사이가 그렇거든 다소 눈꼴이 사납기로 최삼봉이와 반목할 필요도 없었다. '향장 어른, 향장 어른' 하고 주민들은 전에 '퉁스, 퉁스' 하던 대로 최삼봉을 이렇게 불러 주었다.

최삼봉이도 싫지 않았다. 좋아하면서 동복산이와 절충해 불탄 자리에 서당 겸 향약사무소를 짓도록 마련했다. 동복산이의 산에서 나무를 베어 오고 주민들이 부역을 해서……. 그리고 그 서당집도 준공이 되었다. 마침내 황 선생도 일 년 이상 미루어 왔던 가족을 데려다가 서당집 살림방에 살림을 차릴 수 있었다.

"이제 살 만해."

가족을 데려온 황 선생의 입에서도 명랑한 말이 나왔다.

동복산에게 소 값, 그 밖의 빚을 진 사람도 더러 있었다. 청국 관청에 바치는 호세(戶稅), 결세(結稅 : 토지세), 우세(牛稅)가 없는 게 아니었다. 마적의 위협이 없는 것도 아니었다. 그렇더라도 아이들을 서당에 보낼 수 있고, 농사에만 전념할 수 있는 비봉촌민은 그런대로 살만 했다. 그러나……..

잊지 못할 이 땅에서

1

헤이그밀사 사건이 생기자 일본은 크게 놀랐다.

그해(1907년) 7월 19일 강제로 고종을 퇴위시키고 황태자에게 양위케 했다. 이 소식이 전해지자 국민들은 각지에서 결연히 일어났다. 양위 반대 연설회와 시위운동이 맹렬한 기세로 전개되었다.

그러나 일본은 이는 아랑곳없이 다시 24일에 통감의 권한이 절대적일 것과 일본인 관리를 채용할 것 등을 약속하는 정미7조약(丁未七條約)을 맺었다. 그뿐이 아니었다. 31일에는 마침내 군대해산령을 내리고 말았다.

8월 1일 군대해산식장에서의 시위 보병 제1대대장 박성환(朴星煥)의 자결에 충격을 받자 군대는 봉기했다. 서울 시내에서의 일본 군경과의 맹렬한 전투를 시작으로 지방에서도 해산된 군대가 의병으로 꾸준히 항전했다.

8월의 한반도엔 하늘과 땅이 의분과 항일의 불꽃으로 사무쳤다. 그러나 이런 것은 모른다는 듯이 일본은 8월 23일 통감부 임시 간도 파출소를 북간도 용정촌(龍井村)에 설치했다.

간도에 있는 조선사람의 생명, 재산을 보호한다는 명목이었다. 소장인 육군 보병 중좌, 좌등계치랑(佐藤季治郎)이 일본사람과 조선사람 관리를 데리고 부임했다.

청국사람들은 눈을 크게 떴다.

"류따오꺼우(六道溝 : 용정촌)에 일본사람이 들어왔다지?"

"스[是]."

"아문(衙門)을 차려 놓구 있다지?"

"스"

"무슨 아문이래?"

"조선사람을 보호하는 아문이래."

"조선사람을 일본사람이 보호해?"

일본 낭인(浪人)들이 없는 것이 아니었다. 그러나 그들은 일본인 행세를 하지 않았다. 청복을 입고 머리를 땋아 드렸다. 청국말을 유창하게 했고 음식은 물론 예의범절도 청국 식을 따랐다. 이름을 지어 부르게 했고……. 정치적 사명을 띠고 있었으나 일반은 그런 것은 몰랐다. 그저 외면으로 자극받을 아무것도 없었다.

그러나 이번엔 군복과 양복을 입은 일본사람, 청국말도 모르고 청국사람을 멸시하는 듯, 거만한 태도인 일본사람이 관헌을 거느리고 사무실을 차려 놓고 들어와 있는 거다.

청일전쟁 이래의 일본에 대한 악감이 다시 머리를 들었다.

"간도를 한국처럼 삼켜 버리려는 심보다."

간도를 저희 영토로 알고 있는 그들은 이렇게 말하지 않을 수 없었다.

"조선사람을 보호한다고 들어왔다지?"

청국사람의 조선사람을 보는 눈이 날카롭게 번쩍였다.

"왕빠딴!"

일본인에 대해서만이 아니었다. 조선사람을 향해서도 청국사람들의 입에서 욕설이 나왔다.

"까오리빵즈는 일본 놈의 앞잡인가?"

"타마더!"

간도 일대의 청국사람, 더욱이 농민들 사이에 떠돌고 있는 이야기였다. 그리고 이건 지각없는 사람들의 단순한 대화에만 그치는 게 아니었다. 오히려 위정자(爲政者)의 견해였다. 그게 농민들에게 퍼진 것임에 틀림없었다.

길림성 정부는 군대를 증강해 일본 통감부 관헌에 맞서기로 했다. 일본 관헌을 오게끔 구실을 만들어 준 조선사람들에 대해서도 강압책을 되살렸다.

"입적을 해라."

"변발흑복을 해라."

"세금을 충실히 바쳐라."

조선 농민을 청국에 입적시킴으로 해서 통감부가 지방에 손을 뻗치는 이유를 만들어 주지 말자, 이런 정책이었다.

그러면서 조선 농민이 통감부와 연락이 닿지 않도록 엄중 감시했다.

주요한 곳곳에 계사처(稽査處 : 政·軍·警派出所)를 설치하고 군경이 주둔해, 세금을 징수하고 정부의 정책을 강행했다.

정부의 시책은 곧 토호들의 태도에도 반영됐다. 동복산의 조선사람에 대한 온정도 식어지게 되었다. 빚 독촉, 더욱이 소 값에 대한 독촉이 심했다. 그러나 그뿐이 아니었다. 소출로 갚는 빚. 그 곡식을 헐값으로 평가하는 일이 억울하지 않을 수 없었다.

억울하다고 대항하면,

"뭐?"

윽박지르고 심지어는 뭇매질을 했다. 동복산이의 수하 사람들만이 아니었다. 계사처 군경들은 더했다. 이럴 때마다 욱하고 조선 농민들은 일어나려고 했다.

"되놈 아이들이 어째 또 이러니? 우리 사람 주먹맛을 잊어버려서 그러능가?"

더욱이 창윤이는 이런 일이 있을 때마다 분격을 참을 수 없었다. 그리고 하루는 부체골 주민이 동복산 지팡집에서 허리를 가누지 못하면서 나왔다.

"어떻게 된 일잉가?"

"콩알이 잘다구 그놈 아이들이 막……"

"잘든 굵든 말루 돼 받는데 무슨 상관이 있관디?"

"나두 그렇기 말했등이 가아들이……"

일본 놈의 앞잡이가 무슨 잔말이냐고 장작개비로 마구 때리더라는 이야기였다.

"무시기야, 일본 놈우 앞잽이라구?"

"그래."

"우리가 어떡항이 일본 놈우 앞잽이란 말이?"

농민들은 욱하고 치밀었으나 이럴 때면 으레 최삼봉이 나섰다.

"하하, 그렇게 사이좋던 청국사람과 조선사람이 갑재기 사이가 벌어지게 된 것두 다 왜놈 때문이란 말이야. 그러기 때문에 얼피덩 하라는 대루 입적두 하구……."

"무시기람둥? 청국 놈이 되라는 말임둥?"

창윤이가 소리를 지르고 달려들면, 최삼봉은 속으로는 '이놈' 하면서도,

"허허 그러문 어쩌겠다는 말인가? 왜놈이 여기까지 와서 씨원할 게야 없쟁가?"

아주 의젓하게 말했다. 최삼봉의 뱃속은 창윤이 아니라도 빤히 들여다보였다.

그러나 그의 말이 노상 일리가 없는 것도 아니라고 생각했다. 지금 막 삼천리강토를 강탈한 일본사람을 환영할 마음은 털끝만큼도 없기 때문이었다. 그렇다고 흰 바지저고리를 벗어던지고 새삼스럽게 검정 다부쇤즈에 머리를 땋아 드리울 생각이 생기느냐? 절대로 그런 것이 아니었다.

"허허 기가 맥혜서."

주민들의 동복산 수하 사람들한테 육박전으로 대항할 용기가 탄성으로 변해 버리곤 했다.

"신싱이 통감분지 꽃감분지 와가지구……."

그나마도 안정되었던 분위기를 깨고 만 통감부 파출소 간도의 조선사람을 보호하기 위해 왔다는 통감부 파출소가 도리어 조선사람의 한숨을 자아내고 피해와 딱한 처지를 조장해 주는 원부(怨府)가 되고 말았다.

"세룡 아주방이가 있구, 사포대나 그대루 훈련시켰드라문……."

창윤이는 기세 높았던 지난날을 생각하면서 사건이 있을 때마다 분격으로 들먹이는 가슴을 안고 황 선생을 찾곤 했다.

"이거 어쩌문 좋겠습메까?"

이젠 이 고장의 풍토에 익었을 뿐만 아니었다. 그동안의 사정도 속속들이 알고 있었다. 그러나 황 선생에게도 얼른 뚜렷한 타개책이 잡히지 않는 모양이었다.

"글쎄. 내겐들 무슨 신통한 생각이 있을까……."

그러다가 입을 떼기 어려운 듯이 말했다.

"향장을 달래는 수밖에 없지."

"향장으 달래다잉요?"

"그 사람을 대해 보니 공명심이 많아요. 남한테 떠받들리길 좋아하더란 말이오."

"그런 점이 있소꼬망."

"그래서 그 사람을 떠받들어 마음을 흡족하게 해주구는 동씨네게 우리 사람의 일을 잘 부탁하도록 할밖에 없지."

"지금두 떠받들구 있는데 더 받든단 말입메까?"

"하하, 별루 떠받든다는 게 아니라……."

창윤이 최삼봉에 대해 가지는 감정도 알고 있는 황 선생은 웃으면서 말했다.

"결국은 통감부 파출소가 우리 사람을 보호한다는 건 핑계에 지나지 않는 게구 간도두 손에 넣어 보자는 데 뜻이 있는 게지. 일본사람들은 간도 어디서든지 조선사람들이 청국사람과 싸우거나 해서 문제가 일어나는 걸 바란단 말이오. 그래야 그걸 핑계 삼아 저희 병정과 순경을 보내서 그곳을 점령할 수 있거든……."

그런데 그렇게 되면 청국 측에서도 잠자코 있을 까닭이 없다는 것, 그래서 병정을 보내고 그렇게 되면 그 고장은 청국 군대와 일본 군경과의 쌈터가 될 가능성이 있다는 것.

"그러니까 될 수 있으면 문제를 일으키는 걸 피할 뿐 아니라 서루 감정을 날카롭게 해서는 안 되거든……."

역시 '청국사람과 우리 사람이 같은 처지라'는 구호 밑에 서로 이해하고 협조할 것을 역설했다.

피를 보거나 북새가 일어나는 게 이젠 진절머리가 나는 창윤이었다. 그래서 황 선생의 말에 귀가 기울여지기도 했다. 그러나 최삼봉을 이 이상 더 떠받들어, 동복산이나 관청에 청을 넣을 생각은 나지 않았다.

"알겠습메다. 그렇지마는 얼되놈이 행쟁이 된 것두 앙이꼽은 일인데 더 떠받들 수 있겠음둥? 나는 그래 낼 것 같지 못합메다."

"헛헛헛, 아직 젊은 생각이군."

"옛?"

창윤이는 겸연쩍게 웃고 말았다.

"그래도 그래 내지 못할 것 같소꼬망."

2

"그래 현도 아저씨 펜안하덩가?"

"예."

"아배두."

"예."

단옷날 형과 싸우고 집을 떠났던 창덕이가 돌아왔다. 그때 머리를 싸맸던 초췌한 모습의 창덕이가 아니었다. 키도 크고 몸도 굵어졌으나 무엇보다 머리를 깎은 멀쑥한 얼굴과 양복을 입은 모양이 얼른 창덕이로 알아볼 수 없었다. 의젓하기도 했다. 집을 나가던 날의 일이 생생한 창윤이는 이렇게 의젓하게 변한 모습으로 돌아온 동생을 더욱 대견하게 생각하면서 집 떠난 사이의 일을 묻고 있었다.

"장사두 잘 되구?"

"예."

집 떠난 후 연길에서 두어 달 고생을 하다가 용정으로 현도를 찾아갔다고 했다. 현도는 조그맣게 잡화 상점을 펴놓고 있었다. 그 가게에서 거들어 주면서 반년 남짓, 지금 설을 쇨 겸 왔다는 것이었다.

"그래?"

오랫동안 못 만난 현도의 장사가 잘 된다는 말이 무엇보다도 반가운 소식이기도 했다. 창윤이는 동생 앞에 다가앉으면서 덧붙여 물었다.

"흥정이 좋단 말이지?"

"그렇소 통감부가 들어온 뒤루 사람들이 어떻기 쓸어드는지 장시가 여간 잘 되는 기 앙이오."

통감부란 말에 뜨끔하면서 창윤이 되물었다.

"통감부 들어온 뒤 사램이 모여들어?"

"그렇구말구요."

북간도 299

"그래? 내지에서 강으 건너 넘어오는 사램이 많든가?"

"그런 사람두 있지마는……"

"그러문 다른 데서두? 용정 근방에서?"

"용정 근방에서두 모여들지마는 멀리서두 오는 사램이 많은 모앵입데다."

"먼데서두?"

"되놈 아아들이 못되게 굴어서 피해 오는 사람들두 있구……"

"그래?"

그러면 다른 데서도 비봉촌처럼 통감부 파출소 설치 때문에 조선사람이 청국사람에게 박해를 받는 것인가?

창윤이의 묻는 태도는 진지했다.

"그래 용정 사람들은 통감부르 어떻기 생각하등야?"

"이저는 살았구나 하는 사람두 있구……"

"무시라구?"

창윤이 눈을 둥그렇게 떴다. 형의 태도가 너무도 심각했던 탓인가? 창덕이도 마음이 가누어지면서 대답했다.

"파출소 옆으루는 당초에 지나가잲는 사람두 있단 말이오"

"그렇겠지."

"좋아하는 사람은 대개 간도 산골에서 오래 살던 사램이구 질색하는 사람은 아마 조선에서 가지 넘어오는 사램인 모앵입데다."

"으응. 좋아하는 사람들두 있다구?"

"아마 더 많을 기요"

창윤이는 잠깐 입을 다물었다가 다시 물었다.

"니 보기에는 어떻디?"

"내 보기에?"

얼른 대답을 못 하다가,

"괜찮지 뭐."

덤덤한 어조였다. 별로 심각하게 생각하고 하는 말이 아닌…….

"괜찮애?"

형이 동생의 얼굴을 다시 보았다. 창덕이 벙글벙글 장난하는 투로 말했다.

"장시두 잘 되구 되놈 아아들이 꿈쩍 못하구 괜찮지 무슨……."

"그런 소리 어디 가서 하지 말아."

창윤이 동생을 윽박지르듯 말했다. 그리고 움찔 일어나 밖으로 나갔다.

"괜찮다지?"

형이 함구령을 내렸으나 창덕이 제 동무들에게 말한 것인가?

"용정에는 통감부가 들어온 뒤부터 살기 좋다문서리?"

"촌에서 고생으 하든 사램들이 모여들구 야단이래."

창덕이 한 말이 한 입 두 입 비봉촌에 전해지고 있었다.

"그래?"

"아아 말으 듣고 어떻기 믿겠음. 가가 제 성과는 달라 좀 허황합명이."

아낙네들의 말이었다.

그러나 어떤 아낙네는 이렇게 말했다.

"통감부라니 기 정말 죄선사람으 도와주라 온 긴가?"

"그렇다문 여기두 왔으무 좋겠구망."

3

설달 그믐날이었다. 그리고 창덕이 비봉촌에 온 지 나흘 되던 날이었다. 낮이다. 황 선생을 찾아보고 서당에서 나올 때였다. 막 마당에서 대문 밖으로 나서려는데 들어오는 최삼봉이와 맞띄웠다.

"펜안함둥?"

다른 어른은 형이 시키는 대로 찾아보았으나 최삼봉이는 아직 찾지 않고 있었다. 그럴 마음이 생기지 않았기 때문이었다. 그렇던 최삼봉이를 여기서 만난 거다. 창덕이 당황해지면서 머리를 끄덕했다. 최삼봉이는 창덕이의 인사를 받지 않고 위아래를 훑어보기만 했다.

왔다는 말은 들었다. 그러나 다른 사람은 찾아보면서 향장인 자기에겐 오지도 않은 창덕이란 놈! 우연히 만나서 하는 인사 태도가 그게 또 무어냐? 최삼봉이 괘씸한 생각이 치밀면서 문뜩 떠오른 게 아낙네들한테서 들은 말이었다. 통감부가 와서 좋다고 했다는…….

창덕이를 훑어본 최삼봉이의 입에서 씹어뱉듯이 말이 나갔다.

"왜놈우 밥이 맛이 있던 게로구나."

"옛?"

"멀쑥해졌응이 말이다."

"멀쑥한 데 왜놈우 밥이 무슨 상관이 입음둥?"

"왜놈우 통감부가 들어와서 좋다구 했다문서리? 입성두 좋은 거 입었구."

입고 온 대로인 검정 양복이었다.

"무시기라구요?"

동생보다도 형 창윤에게 앙심이 있는 최삼봉이었다. 최근엔 다른 사람 거의가 '향장 영감, 향장 영감'으로 굽신거리는데 창윤이와 그 밖의 몇이 뻣뻣했다.

"네 성두 통감부가 좋다구 하지?"

'어째 성을 끌어 열까?'

창덕이의 참을보가 터지고야 말았다. 노려보던 최삼봉의 얼굴을 향해 큰 소리로 말했다.

"예, 왜놈우 밥으루 멀쑥했소꼬망."

그리고 말을 이었다.

"최 퉁스는 되놈우 밥이 맛이 있어 그렇기 살이 졌음둥?"

"이, 이, 이 개새끼!"

"그 입성으 벗어 놓구 말합꼬망."

턱과 볼을 구별할 수 없는 살찐 얼굴을 씰룩씰룩하면서 최삼봉의 입에서 불호령이 튀어나왔다.

"밀정 놈우 새끼, 왜놈이 던져 주는 뼉다귀를 줏어 먹는 개새끼야. 내가 뉘기라구. 당장 동넬 떠나지 못하겐? 떠나지 않았다간 계사처에 잡아 넣는다."

육중한 몸을 떨면서 발을 구르는 최삼봉이의 무늬 굵은 비단 마펠을 입은 모습. 야무진 소리는 했으나 그것도 허황한 성미에서 나온 것일까? 거기에 겁이 많은 창덕이었다. 그날로 비봉촌에서 사라지고 말았다. 설을 쇠러 왔다가 설을 바로 쇠지도 못하고…….

"개 꼬리 삼 년 뒤두 황모가 되지 못한다구 행쟁이나 됐다는 사램이 그기 무슨 주책없는 짓이란 말이……."

"아아르 상대루 해서, 더구나 왜놈우 밥이구 옷이구 그기 무슨 소리야?"

"형이 미우니까 동생두 미운 모양이지. 그렇드래두 함부르 왜놈우 앞잽이루 몰아서야 사램이 무서워서 어찌 살겠관디."

"제가 되놈우 앞잽인 거는 어떻구."

"그러게 말이오. 용정 이야기르 본 대루 한 거 가지구 왜놈우 개새끼니 뭐니 했다니 말두 함부르 못 할 세상이야."

최삼봉이 창덕이한테 괄시를 받아 싸다는 사람들은 젊은 패들이었다. 그러나 일부에서는 그렇게 생각지 않았다. 노인들이었다.

"행댕막예치(鄕黨莫如齒)라고 했는데 아버지뻘 되는 사람이구 어쨌든지 행쟁이 아잉가? 그렇기 괄시할 수 없지."

"어떻든 제 큰아배나 아배나 성만 못한 아야. 함부루 대들어서야 되능가? 대드는 것두 때와 경우가 있는 게지……."

그건 할아버지 한복이 종성부사에게, 창윤이 동복산 송덕비각을 불 놓은 경우와를 비교해서 하는 말인 모양이었다.

그런데 어떤 사람은 이렇게 말했다.

"혹 행쟁 말대루 염탐으 온 기 앙일까?"

국내에서는 의병을 진압하기 위해 일본 헌병 장교를 경찰복으로 바꿔 입혀 경부를 만들고 그 밑에 조선 순사를 배속시켜 일대를 편성하는 한편, 조선인 부랑자 4천여 명을 헌병보조원(憲兵補助員)으로 채용해 그들을 각 대에 배치시켜 밀정으로 써오고 있을 무렵이었다. 이 소식이 비봉촌에도 전해지고 있기 때문이었다. 창덕이는 성격상 그런 앞잡이 노릇을 할 가능성이 있다고 보는 사람의 말이었다.

'혹?'

그럴 일은 없겠으나 창윤이가 밀정일지 모르는 창덕이와 연줄을 닿고 있는 것이 아닐까? 이렇게 의심하는 사람도 간혹 있었다.

역시 최삼봉이의 계산이 들어맞는다고 할까? 창윤이의 신용을 주민들 사이에서 떨어뜨리려는…….

4

동가 지팡집 높은 토담 안에서 라빠(喇叭 : 청국 날라리) 소리가 흥겨웠다. 제금을 치고 징도 울리면서. 거기 맞춰 연지곤지 얼굴이 예쁜 색시, 눈이 찢어지고 수염이 가슴에까지 드리운 장사, 여러 모양으로 가장한 사람들이 꺽뚝꺽뚝 춤을 추고 있었다. 토담보다 더 높은 키! 양거리춤[兩脚舞 : 竹脚舞]을 추고 있는 것이었다.

설부터 대보름까지 밤낮을 가림 없이 노는 청국사람의 풍속이었으나 금년은 유난히도 즐거워하는 것 같았다.

양거리춤을 추는 젊은이들이 있는가 하면 방 안에 차려 놓은 음식상에 둘러앉아 '가위바위보'로 술 먹기 내기를 하는 패들도 있었다. 투전을 노는 방……. 벌써 보름이 모레로 다가오고 있었으나 동복산 일족과 그 수하 사람들은 초대받아 온 계사처 군경들과 함께 설놀이에 지칠 줄 몰랐다. 마치 비봉촌 조선사람들의 한산한 설을 비웃는 듯, 그들에게 위세를 보이려는 듯…….

"흥, 잘 노네."

범바위골에 볼일을 갔다 오던 김 서방은 단옷날 씨름판에서 노랑 수건을 머리에 매고 군중을 즐겁게 해주던 경쾌한 걸음으로 그 집 앞을 지나고 있었다. 해질 무렵이었다.

"양거리, 양거리, 두 다리……."

콧노래를 부르면서 활짝 열어 놓은 대문 쪽에 머리를 돌리고 걷는데,

"통, 탕!"

뒤에서 아이들이 터뜨리는 폭죽 소리에 깜짝 놀라지 않을 수 없었다. 깡충 뛰면서,

"애구, 깜짝이야. 등골에서 선땀이 나네."

여남은 살밖에 되지 않은 아이 둘이었다. 지나가는 조선사람을 놀래 주자는 장난인 모양이었다. 그러므로 저희 뜻대로 놀라 깡충 뛰는 김 서방의 행동이 우습기도 하고 통쾌하기도 했다.

"해해해, 재미있다."

웃으면서 김 서방을 보았다. 놀려 대는 듯한 시선이었다. 익살꾼인 김 서방도 발딱 화증이 치밀지 않을 수 없었다.

"재미있어? 이 간나 새끼들아, 무시기 재미야?"

아이들은 물러서지도 않고 또 한 번 '해해해' 웃는 것이 아닌가?

"요곳드르 봐라."

김 서방은 눈을 부릅뜨고 얼굴을 험상궂게 만들었다. 그리고 주먹을 쥐었다. 때리는 형용을 하면서 입에서 큰 소리로 책망해 주었다.

"다시 사람으 놀라게 했단 봐라."

"아앙."

둘 중의 더 어린 아이가 울음을 터뜨리고 대문 안으로 달려 들어갔다. 다른 아이는 울지는 않았으나 그 뒤를 따라 들어갔다.

"고놈들……."

귀엽다고까지 생각하면서 몸을 돌려 걸음을 옮겨 놓는데,

"왕빠딴!"

대문 안에서 뛰어나오는 건 아이의 아버지인가 삼촌인가? 목소리가 거칠었다.

"왜 샤오하이[小孩]를 때리는 거야!"

그리고 김 서방에게 맞서서 대들었다. 획 술내가 풍겼다.

"뉘기 때렸어?"

"안 때렸어?"

"그래."

"그런데 아이가 어째 울어?"

"지내가는 사람으 놀라게 해서 책망으 했지. 아이들으 주의시켜."

"스마, 찌글렁, 찌글렁."

청국사람이 혀 꼬부라진 소리를 하면서 바싹 다가선다. 김 서방도 다가섰다. 청국사람이 노려본다. 김 서방도 노려보았다.

"까오리빵즈!"

"오랑캐!"

"일본 앞잡이!"

"무시기야?"

김 서방의 얼굴에서 철썩 소리가 났다. 눈에서 불똥이 튀어나오는 걸 느끼면서 익살꾼 김 서방은,

"요곳 봐라."

그리고는 두루마기를 벗으려고 했다. 벗고 한바탕 싸워 볼 작정으로 철썩! 또 한 대.

김 서방이 두루마기 고름에 손을 가져가다가 불쑥 몸을 앞으로 내밀면서 '딱' 앞머리로 박치기를 했다.

"아쿠!"

청국사람은 입에서 외마디소리를 지르면서 쓰러졌다. 그러자 마당에서 우르르 빈손인 사람, 몽둥이를 든 사람, 사오 명이 몰려 나왔다.

"따!"

"따바!"

주먹과 몽둥이가 김 서방의 몸에 연방 내려졌다.

"아이구!"

김 서방이 쓰러졌다. 쓰러진 그를 마구 때렸다.

초대를 받아 와 놀던 계사처 육군(陸軍) 둘이 나왔다. 어찌된 일이냐고 청국사람들을 보았다.

박치기를 당했던 사람이 팅팅 부은 얼굴로 말했다.

"샤오하이를 때리구, 나두 이렇게 때렸기 때문에."

"그런가?"

육군은 김 서방을 일으켰다. 정신을 겨우 가누는 김 서방더러 말했다.

"샤오하이는 왜 때리구 이 사람은 왜 저렇게 몹시 두들겼어?"

대답할 기력이 없었다. 김 서방은 씨근거리면서 겨우 말했다.

"아이들이 투웅, 탕, 놀래 주기 때문에……."

"퉁, 탕이 뭐야? 하여튼 아문에 가서 조사하기로 하자."

그리고 육군은 김 서방과 박치기당한 사람을 끌고 계사처로 갔다.

"어째 설놀이를 방해한 거야?"

이렇게 김 서방에게 말하면서…….

"김 서방이 죽었다. 시체를 가져가라."

이튿날 아침 계사처에서 향장에게 통지를 했다. 최삼봉은 김 서방네 집에 사람을 보냈다.

"예엣? 그기 무슨 소림둥?"

범바위골에 가서 자고 오는 걸로만 여기고 있던 가족들은 열었던 입을 다물 수 없었다. 기가 막혀 어머니고 아내고 울음도 나오지 않았다. 그저 와들와들 떨기만 했다.

"어쩌문 좋단 말이?"

동네 사람들이 이내 이 사실을 알았다.

"그기 정말잉가?"

"법이 없어두 살 김 서방 같은 사람으 뭇매르 때리구 그것도 모자라 계사처에 끌어다가 필경에는 쥑에서 보내구……."

"그런 법이 어디메 있단 말이."

"가망이 있을 쉬 없다!"

"김 서방 원쉬르 갚자!"

5

　노랑 수건 김 서방의 피살 사건은 설 쇠러 왔다가 설도 못 쇠고 쫓겨간 이창덕이의 사건과는 달라 비봉촌민 전체를 비분 속에 몰아넣고 말았다.
　"참구 있을 쉰 도제히 없어."
　"이러다가는 너 나 할 거 없이 죄선사람은 어디서 어떻기 죽어 없어질지 모른다."
　헐값으로 평가한 소출 때문에 두들겨 맞고 나온 농민의 사건 때와도 달랐다. 까닭 없이 맞았고 더구나 관청이라는 데까지 갔다가 주검으로 돌아온 일이기 때문이었다.
　"누가 죽였느냐?"
　먼저 이게 문제였다.
　그걸 밝힘으로 해서 그 책임자를 엄벌하고 그러는 것으로 다시 그런 일이 없도록 해야 된다. 그래서 비봉촌민들의 생명을 법으로 보장받아야 되는 것이었다.
　창윤이는 의분과 복수심에 어쩔 바를 모르는 주민들의 감정을 받아들이면서도 일은 이렇게 진행시켜야 된다고 침착하게 생각했다.
　"옳소!"
　주민들도 그 의견에 동의를 표했다. 그리고 향장을 보내 그런 것을 계사처 책임자에게 따지기로 했다.
　"아암, 그래야지. 그렇구말구."
　최삼봉이도 그 의견이 옳다고 했다. 그리고 뚱뚱한 몸집으로 '뚱 따렌'처럼 천천히 움직이는 걸음을 걸으면서 제법 기세 좋게 계사처로 갔다. 그러나 돌아왔을 때는 갈 때의 그 기세가 아니었다. 난처한 얼굴로,

"그렇기 떠들어서는 앙이 되겠데……"

목소리에도 힘이 없었다.

"어째서?"

"계사처에서 별루 때려서 죽웅 기 앙이라 몇 마디 물어보구 하는데 거품을 물구 죽더라는구만……"

"때리쟎앴는데 죽었다구?"

서당에 모여 있는 주민들이 눈을 번쩍이고 하는 말에 최삼봉은 능글맞게 웃으면서,

"설사 때레쥑엤다구 했자 이렇기 떠든다구 죽은 사램이 살아나겠관디?"

뱃속 편한 소리를 했다.

"무시라구? 그럼 어디 가서 개 새끼처럼 맞아 죽어두 가만히 있어야 된단 말이오?"

얼굴을 잔뜩 찌푸리고 앉았던 젊은이가 오금 박듯 말했다.

"아아, 이 사램이 나하구 시비르 걸 작정인가?"

최삼봉은 그 젊은이를 쏘아보고 나서 천천히 말했다.

"죽은 사람에 대해서는 계사처에서두 장례비 같은 것두 주구 좋두룩 해주겠다구 하지마는 자꾸 떠들썩하면 좋아할 사람이 있어 그러는 기야."

"좋아할 사람?"

"통감부가 말이다……"

"뭐?"

북간도 311

"일본 놈이 옳다 됐다구 손을 뻗칠 기 앙인가?"

그러면서 최삼봉은 슬쩍 시선을 창윤이 쪽으로 돌렸다.

장내가 웅얼웅얼했다.

"일본 놈으 끌어들여 그 발바닥으 핥구 싶거든 떠들든지 마음대루 하라구."

"그기 무슨 말입메까?"

무겁게 입을 다물고 있던 창윤이 얼굴을 쳐들고 큰 소리로 쏘아붙였다.

"죄 없는 사람으 죽인 사람으 처벌해, 우리 사람들의 목숨으 보존해 달라는 건데 통감부는 무슨 얼투당투 않은 걸 끌어댑메까?"

"이창윤의 말이 옳소!"

뒤 쌍창 옆에 앉았던 사람의 목소리였다. 힐끔 그쪽에 얼굴을 돌렸다가 최삼봉은 다시 창윤이를 쏘아보면서 목소리를 높였다.

"창윤인가? 자네는 가만히 있게."

"어째서 가만히 있으람둥?"

"자네는 입이 있어두 말을 못 해."

"무시기람둥?"

창윤이 벌떡 일어났다.

"어째서 말으 하지 말라는지 까닭으 말해 줍소"

동생을 일본 밀정으로 몰아 창윤이를 모함했던 그 일이 다시 생각났다. 이 자리에서 그걸 해명해야 된다. 창윤이는 최삼봉이 앞으로 나가려고 했다.

"그만두오"

손을 끌어당기는 사람은 황 선생이었다.

"앉으랑이."

다른 노인들도 말했다. 창윤이는 앉지 않을 수 없었다.

이걸 기회로 최삼봉이는 자리를 피하고 말았다. 그리고 그것은 오히려 잘된 일이라고 생각됐다. 다른 사람을 좌장으로 천해 의논은 계속됐다. 황 선생이었다.

"행장은 믿을 쉬 없으니 여기서 대표르 뽑아 계사처에 따지기루 합시다."

그런 의견도 나왔다. 그것도 좋다. 그러나 계사처는 사건의 장본인이다. 장본인을 붙들고 직접 따졌다기로 그들 입에서 무슨 말을 들을 수 있겠는가? 흐지부지 무마하자고 할밖에 없을 것이다.

"그러니까 연길청에 대표를 보내야 된다."

이런 의견도 있었다.

"그게 옳은 말이다."

의견은 그쪽으로 기울어졌다.

의견을 낸 사람은 창윤이었다. 찬성한 사람은 뜻밖에도 최동규, 최삼봉의 아들이고……. 아버지를 생각하면서도 아버지와는 의견이 다른 최동규였다. 더구나 이 자리에서의 아버지의 언동은 동규의 눈으로 볼 때 창피하고 비겁하기 짝이 없었다. 창윤의 의견에 대뜸 동의한 건 그런 아버지에 대한 반발심에서일까? 거기에 동규도 이제 사리를 깊게 판단할 나이가 되었다. 자신의 비봉촌에서의 위치, 아버지가 비난의 대상이면 그럴수록 고독해지는 자기의 위치를 계산했을지도 모르는 일이었다.

'자아가?'

이 자리에 모인 주민들은 동규의 발언을 의아한 생각으로 듣지 않을 수 없었다. 동규는 일어나서 말했다.

"연길청에 알려서 김 서방에 손으 댄 사람으 처벌하도록 해야 됩메다. 그렇겠능 기……."

그래야 여기 계사처가 금후 우리 주민을 함부로 다루지 못하게 된다는 창윤이의 의견을 부연했다.

그 태도가 조금도 의심을 살 여지가 없었다.

"최동규 말이 옳습메다."

창윤이도 동규의 말을 다시금 지지했다.

"그랬다가 계사처의 앙심만 북돋아 주게 되잴까?"

"그렇기두 해."

이렇게 걱정하는 사람도 있었다. 노인들이었다. 그러나 마침내 연길청에 대표를 보내기로 결정하고 말았다. 대표에는 창윤이, 동규 외에 셋, 모두 다섯이었다. 이게 알려지자 계사처에서는 당황할밖에 없었다. 대표로 뽑은 사람을 불렀다.

"대표르 잡아가?"

발끈하는 사람도 있었다.

"하여튼 기다려 봅세."

신중한 사람도 있었다. 그리고 신중한 사람들의 말대로 대표는 그날로 무사히 돌아왔다.

"어떻게 됐습메?"

역시 계사처에서 죽인 것이 아니라고 주장하더라 했다. 한 대도 때리지 않았는데 문초하려고 하자 입에 거품을 물고 쓰러지더라고, 최삼봉이 하던 그대로 되풀이했다.

"흥, 또 그 소리."

"그럼 동복산이네게서 죽은 송쟁이 걸어갔겠궁."

비꼬면서 하는 주민의 말에 대표는,

"우리두 그렇기 오금으 박지 않았을 택이 있소? 그랬덩이 대장이라는 아이가 하는 말이 송쟁이 걸어온 거는 앙이겠지마는 거기서 몹시 얻어맞은 거는 사실이라고 하구서리 입으 다문단 말이……."

"그래 또 무시기라구 했음둥?"

대표가 대답했다.

"그러문 너어 말으 믿기루 하자, 누가 쥑였든지 우리는 관계하지 않는다. 계사처에서 때리지 않았으문 더 좋은 일이다. 어떻든 간에, 쥑인 사람이 있을 기니 그기 누구든지 잡아서 처벌해 다구, 너어가 못하겠으문 우리가 하겠다구 그랬지비……."

"그렁이까 무시기랍데?"

"그러겠웅이 연길에만은 가지 말아 달라구 빌다시피 하는 기 앙이오."

"그러겠다구 했음?"

"나가서 의논으 해보겠다구 했지비."

그리고 주민 대표 창윤이는 정색을 하고 물었다.

"여러분 어떻기 하는 기 좋겠습메까?"

이번엔 서당이 아니고 창윤이네 집 정주방과 윗방에 모여 앉은 사람들을 돌아보면서…….

"가아들 말으 어떻기 곧이듣겠음둥!"

"얼른 떠납세."

의견이 구구했으나 마침내 계사처에서 처리만 잘 해준다면 구태여 연길까지 갈 게 없다는 의견이 지배적이었다.

"이 칩운데……."

"그렇잖구."

할머니들의 말이었다.

그래서 며칠 기다려 보고 다시 의논하기로 결정짓고 헤어졌다. 이게 또 알려질밖에 없었다. 이번엔 계사처에서만이 아니었다. 동복산의 집에서도 서둘렀다.

최삼봉이를 통해 장례비라고 해서 몇 푼 되지 않는 걸 싸 보내 왔다.

"에구, 요고올? 사람 목숨 하나 값이 요곳뻬이 앙이 된단 말이?"

장례는 동네에서 치러 주기로 했으므로 동복산이 보낸 돈엔 손도 안 대기로 했다. 그것으로 주민들의 비분이 가라앉을 리 없었다.

"이런 쥑일 놈우 새끼들……."

돈을 최삼봉이한테 돌렸다. 그리고 주민들의 그 분격은 죄 없이 맞아 죽은 비봉촌의 인기자 노랑 수건 김 서방의 장례식에서 고조에 달하고 말았다.

바로 대보름날이었다.

동가 지팡 높은 토담 안에서는 오늘, 원쇼(元宵)의 명절을 즐겨 설에서부터 시작한 놀이가 최고조에 달하고 있었다.

가장(假裝)도 새 고안인 양거리춤, 바라와 제금과 징소리도 한결 명랑했다. '가위바위보' 소리도 걸걸하게 높아지고……. 투웅, 타앙, 따, 따, 따, 아이들이 터뜨리는 폭죽 소리도 자주 들렸고 그러나 이곳, 딴뫼, 앞서 노덕심과 신 서방을 매장했던 묘지에는 그때와는 다른 원통과 슬픔으로 가슴이 꽉 차 있는 조선사람들이 초라한 모습으로 모여서 서성댔다.

대보름이었으나 날씨가 맵짜기는 여느 날과 매한가지였다. 하늘이 흐리지는 않았으나 서북풍이 모래를 휘몰아쳤다.

노덕심, 신 서방 때와는 달라 친구가 많은 김 서방, 사람 좋은 김 서방의 장례는 주민들에게 더 많은 슬픔을 자아냈다. 땅을 파면서 눈물을 흘리는 사람, 관 넘어 흙을 덮으면서 울부짖는 사람, 봉분을 만들면서 서러운 푸념을 하는 사람……. 추운 줄도 몰랐다. 슬픔과 분격이 꽉 차 있는 몸이라 추위가 스며들 여지가 없었다. 애통해하는 건 가족만이 아니었다.

"되놈 아이들으 어쩌면 좋응야?"

원소놀이가 한창인 동가 지팡집을 향해 주민들은 무덤을 파던 삽과 곡괭이를 들고 내려 몰릴 기세였다.

그러나 뒷일을 생각하지 않을 수 없었다. 그저 한숨을 쉬고 눈물을 닦으면서 내려오지 않을 수 없었다. 그런 뒤에도 계사처에서는 성의라고는 조금도 보여주지 않았다.

닷새가 지났다.

"앙이 되겠당이."

이번에는 공개회의가 아니었다. 대표의 한 사람인 군삼이의 집 뒷방에 모여 의논했다.

"불계하구 떠나장이."

그래서 대표는 연길로 몰래 떠나게 됐다.

6

"전보다 육군이 더 많애졌더랑이……."

"그래?"

"아무래두 곱절은 되겠두구만."

"곱절이나?"

"집두 더 늘쿠구."

"집두 더 늘쿴어앵?"

두만강 연안 종성부의 수박동에서 비봉촌으로 통하는 길, 비봉촌에서 20리, 수박동에서 60리쯤 되는 지점에 계사처가 있었다. 그 계사처 군영을 증축하고 육군을 증배(增配)했다는 소식이었다.

"김 서방 쥑인 놈우 새끼는 끝내나 잡아내쟎구 육군만 늘쿠문 어쩌잔 말이……."

전엔 30여 명이라고 했으나 곱절을 늘린다면 60명이 되는 게 아닌가?

"가아들이 어쩌자구 그런답데?"

"우리르 모두 잡아먹자는 증조가 애인지 모르겠소꼬망."

"그런데 연길에 갔던 일은 어떻기 됐는지?"

"그놈 아아들이 깔아 놓구 뭉개능 기 아임둥?"

"깔아 놓구 뭉개는 것보다두, 처엄부터 영 그런 건 계사처가 알 일인지 여기서는 모른다구 잡아떼더라문서?"

대표들이 연길청까지 가는 데는 겨우 성공했다. 그리고 황 선생이 만든 진정서를 제출하고 관리를 만나기도 했다. 그러나 관리의 태도는 예상보다도 더욱 냉정했다.

"싸우다가 잡혀간 사람이 죽었어?"

진정서를 훑어보고 나서 시답지 않게 한마디를 대표들에게 던졌다.

"예."

그리고 비교적 청어에 능통한 군삼이 손짓을 해가면서 사건 당일의 일을 열심히 이야기했다.

"그래서 계사처에 갔는데 이튿날 아침에 죽었다구……."

"그러면 계사처에서 죽었다는 거요?"

군삼의 말이 채 끝나기도 전에 관리는 물었다.

"옛꼬망, 주검으 내가라구 통지가 왔습메다."

"그럼 계사처에 가 물어볼 일이지 여기 우르르 몰려오면 어쩌란 말이오?"

짜증 섞인 관리의 목소리!

"계사처에 갔습메다."

창윤이 대답했다.

"그랬으문 됐지."

"그랬는데 모른다구 합데다."

"모른다구? 무얼 모른다구……."

"계사처에서는 쥑이지 않았다는 겝메다."

동규가 대답했다.

"계사처가 죽이지 않았다구? 계사처가 사람으 죽이는 덴가?"

죄지은 사람을 다루는 투였다.

"……."

"계사처는 사람을 죽이는 데가 아니야. 그러니까 죽이지 않았을 거 아니야?"

관리의 말에 불끈한 대표들!

창윤이 쏘아붙이듯 말했다.

"그러문 뉘기 죅엤단 말입메까?"

관리가 창윤이를 노려보았다. 전에 창윤이를 문초하던 관리가 아닌 게 다행이었다. 그러나 비봉촌의 일은 알고 있는 모양이었다. 관리는 창윤이를 노려보던 시선을 다시 진정서에로 돌리더니 퉁명스럽게 말했다.

"비봉촌이라지? 비봉촌 조선사람들은 맨날 말썽뿐이군."

대표들이 또 움찔했다.

그러나 관리는 다시 한마디 가시 돋친 말을 내던졌다.

"사포대구, 아라사 병정에게 식량을 모아 준다구 하면서 도둑놈에게 고스란히 바치구……. 참 마적이 습격한 일두 있지?"

그러다가 문득 관리는 너무 지나쳤다고 생각하는 것인가? 태도를 누그렸다. 머리를 끄덕이면서,

"잘 알았소 염려 말고 돌아가시오. 잘 처리해 줄 터이니. 그 대신 세금두 잘 물구 다시는 말썽을 일으켜서는 안 되오."

입가에 웃음까지 띠었다.

"잘 부탁합메다."

진정이라고 하지마는 사실은 항의의 성질을 띤 사건이요 대표였다. 그러나 애원하다시피 말하고 돌아오지 않을 수 없었다. 서로들 얼굴을 보고 투덜대면서…….

"싹이 노랗군!"

그리고 그 말대로 대표가 돌아온 지 한 달이 지나도 연길청에서는 소

식이 감감했다. 김 서방을 때린 동가네 사람이 불리어 갔다는 말을 듣지 못했다. 계사처의 어느 한 졸병이나 대장이 처벌됐다는 말도 들려오지 않았다. 동복산이와 그의 서사가 연길에 번질나게 내왕한다는 말은 있었으나……

그러는 사이에 춘경기가 닥쳐왔다. 농민들은 밭갈이에 바쁘지 않을 수 없었다. 대표가 동복산이네처럼 연길에 자주 갈 수 없었다. 그랬는데 계사처에 군대를 증배했다는 소식이 아닌가?

그뿐이 아니었다. 얼마 동안 자중하던 동가 지팡 청국사람들의 조선 농민을 대하는 태도가 더욱 불손했다. 걸핏하면 '까오리빵즈'였다. 툭하면 '타마더!'였다.

"까오리빵즈, 스마, 왜왜디?"

무어라고 하면 주먹으로 후려칠 듯한 기세로 왜 시끄럽게 구느냐고 눈을 부릅떴다.

"아아들으 봐라."

"가망이 둘 쉬 없어."

또 무슨 불집이 터질지 모를 기세였다.

거기에 증원된 계사처의 육군들이 비봉촌에 자주 나타났다. 서슬이 퍼래서……

"닭을 잡아 오너라."

"점심을 해 먹여라."

민가에 들어서 무리한 요구를 했다.

선뜻 응하지 않으면 트집을 잡아 행패를 부렸다.

"이거 안 되겠는데……"

"잘못 어르대다가는 깝대기만 남겠당이……"

"청국 아문으 믿다가는 한지에 방아르 놓겠궁."

불안과 근심이 농번기에 들어선 비봉촌 주민들의 머리 위에 덮여 있었다.

"어떡하문 좋을까?"

창윤이 주동이 돼, 앞서 연길청에의 교섭으로 뽑혔던 대표들이 자주 모였다. 그리고 오늘 밤도 군삼이네 마을방에서 이야기하고 있었다.

"용정 통감부에 사정으 이야기해 보는 기 어떨까?"

의견을 낸 사람은 이 집 주인 군삼이었다. 어떻게 받아들여질까? 이런 표정을 지으면서.

"왜놈에게?"

진식이 눈을 크게 떴다.

"그건 싫은가?"

군삼이 물었다.

"어떻기 왜놈에게?"

"그러문 어찌겠능가? 청국 아문으는 믿을 쉬 없구 우리는 심이 없구 통감부가 우리 사람으 돌봐 주라 왔당이 거게나 말해 볼밖에 다른 도리가 있겠능가 생각해 보랑이……."

군삼이 처음과는 달라 몸을 가누면서 가라앉은 어조로 말했다.

진식이 반대했다.

"조선사람으 핑계르 해서 간도루 먹으라 들어온 왜놈에게 어떻기 돕아 달라구 하겠능가? 그게 말이 되능가? 불으 지구 장작가리에 뛰어 들어가는 셈입지."

"그렇기는 합지마는……."

군삼이는 말을 이었다.

"그거 모르능 기 앙이다. 그러나 그렇다구서리 되놈 아아들이 하는 대루 손발이 뻐더 버리구 죽을 날을 기대려야 되겠능가? 지금 우리는 발등에 불이 붙구 있는 셈이야. 그 불으 꺼야지. 어떻기 됐든 간에……."

"발등에 불이 붙구 있지마는……."

그래도 일본사람은 싫다는 듯이 진식이의 얼굴이 개운치 않았다.

잠깐 말들이 없었다. 심각한 공기가 호롱불 희미한 방 안에 꽉 차 있었다. 그걸 깨치는 듯 동규가 입을 열었다.

"용정에 사람으 보내세."

모두 동규를 보았다.

"살구 볼 일이네. 물에 빠진 사람으 짚오래기래두 잡아야 되는 기네."

"짚오래긴 줄 알구 잡았다가 그기 독새뱀이문 어쩌겠능가?"

군삼이는 동규의 동의를 얻어 놓았으나 진식이는 끝내 제 주장을 굽히지 않았다.

그리고 창윤이를 보았다.

동생이 다녀간 뒤에 근거도 없는 걸로 모함을 받고 있는 창윤이었다. 얼른 입을 열지 않았다.

군삼이, 동규, 진식이, 또 한 사람, 종한이도 서로 기탄없이 의견을 주고받았다.

"내지에서는 나라르 뺏겠다구 자살으 하구 의벵이 일어나구 한다는데 우리는 그 일본의 덕으 입어?"

"그 경우하구는 다르당이까."

"어째 달라?"

"어째 같은가?"

마침내 목소리가 높아졌다.

진식이의 말.

"니 그렇기 썩어빠진 줄 몰랐다."

군삼이.

"무시기야?"

진식이.

"썩어빠졌다구 했다."

"이 간나 새끼, 너만 깨깟하단 말이?"

군삼이 어느 결에 목침을 집어던졌다. 진식이 재빠르게 피해 몸을 모로 쓰러뜨렸다.

탁! 목침이 맞은편 벽에 가 맞고 떨어진다. 창윤의 머릿속에서 할아버지 이한복 영감이 최칠성 영감과 잔칫집에서 비봉촌 일 때문에 논쟁하다 쓰러지던 장면이 살아난 것은 바로 이 순간이었다.

그때 창윤이는 할아버지를 따라 그 잔칫집에 갔었고 그 장면을 보기도 했다. 그랬던 그 장면이, 진식이 몸을 모로 쓰러뜨리고 군삼이 던진 목침이 벽에 맞는 소리를 보고 듣는 순간 생생해지는 게 아닌가?

"영감이 동네르 사랑하는 만큼은 나두 사랑하오."

"그게 이 동네르 사랑하는 법이오?"

홱 뿌리치고 자리를 물러서다가 허둥지둥 쓰러지던 할아버지의 모습이 그 목소리와 함께 생생히 떠올랐다.

'동네르 사랑하는 법?'

그때에는 문제가 청국에 대해서만 이었다. 그러나 지금은 문제가 복잡해졌다. 일본이 끼어든 게 아닌가?

그러자 창윤이의 가슴에 팍 하고 불이 번쩍였다.

"이 사람들 진정하랑이."

창윤이 입을 열었다. 흥분이 가라앉지 않은 군삼이와 진식이까지 창윤이를 보았다. 그토록 무거운 어조였다.

할아버지의 환영은 사라지지 않았다. 그걸 노려보면서 창윤이 말을 계속했다.

"우리지간에 목청으 높이구 목침으 던지구 싸울 기 있능가? 두 가지 생각이 다아 우리 동네가 어떻기 하문 죽잲구 살겠능가 하는 긴 줄 안다. 둘 다아 비봉촌으 사랑하는 마음에서 나온 게지 무시기겠능가? 다아 이치가 있는 말인 줄 알지마는……."

잠깐 멈췄다가 더욱 정중하게 말했다.

"내 생각으루는 통감부의 심으 비는 거 찬성두 앙이 하구 반대두 앙이 하네. 우리가 우리 심으루 뼈뎌 나가야 되는데, 만약 더 큰 문제가 일어나 통감부에서 자진해 온다문 그때는 모르지마는, 손발으 뻗어 버리구 앉아서 통감부야 살려 다구 해서야 말이 되겠능가?"

"그 말두 옳지마는……."

이번엔 동규가 말했다.

"우리가 무슨 심이 있능가? 심이 없응이까 싫은 놈의 심이래두 빌자는 기지."

역시 잔칫집의 최칠성 영감의 주장같이 현실적인 생각이라고 할까?

의논은 다시 침착한 분위기를 돌이킨 방 안에서 이번엔 감정을 물리치면서 진행됐다. 그러나 구체적인 결론엔 도달할 수 없었다. 동규와 군삼이는 대표를 용정에 보내자고까지 주장했으나 그것으로 귀결이 지어진 것도 아니었다.

"조금 더 생각해 보세."

"그렇기 함세."

7

진식이 고자질한 것도 아니었다. 동규가 그랬을 까닭도 없었다. 다섯만이 모였다고는 하나 장소가 마을방이고 아낙네들의 우물 역 입방아가 세찼다.

어느 결에 대표를 통감부 파출소에 보내자는 창윤이네 의논이 계사처에 알려졌다.

다섯은 잡혀가고 말았다.

"일본사람을 여기 끌어디리자구 했다쟁메?"

"그랬다는궁."

"디레다가 되놈 아아들으 몰아 보냈으문 좋기는 하겠지마는……."

"쉬이 그런 말으 하지 맙세."

얻어맞고 잡혀가고 때로는 죽기까지 하는 일이 번들났다. 그럴 때마다 화제가 바뀔 뿐, 자신들의 뼈저린 일이면서도 남의 이야기처럼 느껴졌다. 그러나 이번 사건은 새 경우였다.

아낙네들도 입방아를 조심치 않을 수 없었다. 그러면서도 낮은 목소리로 주고받았다.

"되기 혼이 날 깁메."

"더 말이 있겠음."

"그런데 삼봉 아방이 아들두 같이 들어갔다문서리?"

"그랬답메."

"애비르 닮잰 아들이앱메."

"아아 때부터 그랬습멍이."

그러던 다섯이 나달 후에 석방되고 말았다. 되게 경치리라고 근심했던 주민들은 오히려 놀라지 않을 수 없었다. 석방됐을 뿐 아니라 매도 그다지 맞은 것 같지 않았기 때문이었다. 그리고 그것은 최삼봉이, 그의 아들이 끼여 있으므로 발 벗고 나서 서두른 까닭이라고들 했다.

"얼되놈 덕으 보는 때두 있군."

"허허, 참 그렇구마내두."

"지 아들이 끼이지 않애 봅세. 뉘길 위해 손톱으 하나 까딱하잲능가?"

"정말입지. 창덕이 양복으 입구 왔다구 왜놈잉이 무시잉이 하던 두생이……."

"어쨌든 간에 창윤이가 덕으 봤당이."

"참말 그렇게 됐구마내두."

그러나 동규 덕이자 최삼봉의 덕으로 별로 고초를 겪은 일 없이 석방됐다고 하나 창윤이는 마음이 개운치 못했다. 그 후에 계사처의 감시가 더 심해졌다고 해서만이 아니었다.

노랑 수건 김 서방의 사건은 영 흐지부지되고 말았다. 마치 다섯 사람이 석방된 것과 교환했다는 듯이.

창윤이의 입에서 탄식이 나오지 않을 수 없었다.

'하아 참, 통감부가 들어와서 죄선사람으 보호한다능 기 되비 홀방에 집어넣구.'

이러는 사이에 농번기도 지나고 비봉촌 주민의 문제가 긴 여름날과 더불어 하나도 해결되지 않은 채 가을철에 접어들었다. 그리고 원한의 통감부 파출소가 철수하게 되었다.

간도의 소속 문제는 오랫동안 조선 정부와 청국 정부와의 사이에서 싸워 내려왔던 문제였다. 때로는 정면으로 맞서기도 하고 때로는 정돈 상태를 지속하면서……

그러나 을사조약 후, 일본이 한국을 소위 보호국으로 하고 외교권을 차지하게 되자 분쟁은 일본 정부와 청국 정부로 옮겨지고 말았다.

일본과 청국에 옮겨졌다고 하나, 문제의 중심점은 여전히 정계비에 새겨 있는 동위토문(東爲土門)—토문강으로 국경을 삼아 그 동쪽이 조선 땅이라는 것엔 변함이 없었다.

"토문은 두만강을 의미한다."

청국 측의 주장엔 변함이 없었다.

"토문강은 백두산에서 송화강으로 흘러드는 지류다. 그러므로 두만강 이북 즉 간도가 우리 땅이다."

이것이 조선 정부의 종래의 주장이었다. 그러므로 일본 정부는 이 주장을 내세워야 마땅할 것이었다.

그리고 처음에는 그걸 주장하게 마련이었다. 통감부 파출소를 설치한 것은 그 구체적인 것임에 틀림이 없었다.

'간도는 조선의 영토다.'

통감부 파출소 소장은 성명(聲明)까지 했고 일본 정부는 그 성명을 뒷받침해 단호하게 청국에 대해 행동하려고 했다.

간도 조선사람의 처지를 곤란케 만들었던 통감부 파출소였건만 이때 일본이 그 주장을 굽히지 않았더라면 간도는 조선 땅이 되었을지 모를 일이었다. 그러나 일본의 안중에는 조선의 영토 귀속 문제가 큰 것이 아니었다. 그들에겐 그들로서 더 크고 절실한 문제가 있었다.

그것은 남북 만주를 손아귀에 넣을 시초이고 당면해서는 노일전쟁 뒤에 차지한 남만주, 특히 관동주(關東州)에 대한 이권을 옹호하기 위한 것이었다.

노일전쟁 때 군대를 수송하기 위해 안동과 봉천 사이에 임시로 가설한 경편(輕便) 철도를 본철도로 개축할 문제.

만철(滿鐵 : 남만주 철도)의 생명인 무순(撫順)과 연대 탄갱(煙臺炭坑)의 환부 요구 문제.

영구지선(營口支線)에서의 청국의 철퇴요구 문제.

-일본은 이런 문제와 간도의 귀속 문제를 바꾸기로 했다.

이 흥정이 북경(北京)에서 청국 흠명 외무부 상서 회판 대신(淸國欽命外務部尙書會辦大臣) 양돈언(梁敦彦)과 일본 특명 전권 공사 이집원언길(伊集院彦吉) 사이에 벌어졌다.

그리고 마침내 9월 4일(1909년) 간도에 관한 일곱 항으로 된 '간도협약'이 체결되었다.

두만강을 청·한(淸·韓) 양국의 국경으로 할 것, 용정촌(龍井村), 국자가(局子街 : 延吉), 두도구(頭道溝), 백초구(百草溝)를 외국인의 거주와 무역을 위해 개방하고, 일본은 그 지방에 영사관이나 영사관 분관을 설치할 것, 그리고 개방지 이외의 조선사람은 청국에 복종하고 청국 지방 장관의 재판을 받으며 납세 그 밖의 행정처분을 청국사람과 같이 할 것…….

이렇게 해 일본은 두만강 이북의 간도, 그 영토와 조선 주민을 송두리째 청국에 넘겨주고 만 것이었다. 원한의 통감부 파출소는 물러갔다. 그러나 그것은 원한을 걷어간 것은 아니었다.

오히려 더 큰 원한의 씨를 심어 놓고 간 것이다.

그 뒤엔 무엇이 올 것인가? 이젠, 여기가 우리 땅이라고 영 입 밖에 낼 수 없게 되었다.

북간도의 조선 농민들은 완전히 남의 나라에 온 '이미그런트' 유랑의 이주민이 되고 말았다.

—2권에서 계속

낱말 풀이
제1권(1부, 2부)

가마목   부엌과 구들 사이를 터놓은 집에서 가마가 걸려 있는 아랫목.
각반   발목에서부터 무릎 아래까지 돌려 감거나 싸는 띠.
계량   한 해에 추수한 곡식으로 다음 해 추수할 때까지 양식을 이어 감.
교티   교만한 태도나 기색.
구묵   굴뚝.
궁량   궁리(窮理). 마음속으로 이리저리 따져 깊이 생각함.
귀래   '그대'의 방언.
급창   군아에 속하여 원의 명령을 간접으로 받아 큰 소리로 전달하는 일을 맡아 보던 사내종.
내굴   내. 물건이 탈 때에 일어나는 부옇고 매운 기운.
냅뜰   일에 기운차게 앞질러 나서다.
대안   對岸. 강, 호수, 바다 따위의 건너편에 있는 언덕이나 기슭.
되비   '도로'의 방언.
되쎄   '되게(아주 몹시)'의 방언.
되우   되게(아주 몹시).
두상   '늙은이'의 방언.
떠지다   사이가 뜸해지다.
뚱기다   눈치 채도록 슬며시 일깨워 주다.
마스고   일정한 대상을 부수거나 깨뜨리다.
마우재   '러시아인'의 방언.
마을방   마을꾼(이웃에 놀러 다니는 사람)들이 모여드는 방.
만사   만장(輓章). 죽은 이를 슬퍼하여 지은 글.
맥맥히   '맥맥이(끊임없이 줄기차게)'의 북한어.
맵짠   바람 따위가 매섭게 사납다.
명일   명절과 국경일을 통틀어 이르는 말.
몽치   짤막하고 단단한 몽둥이. 주로 사람이나 동물을 때리는 데에 쓰며, 예전에

	는 무기로도 썼다. '망치'의 방언.
물역	'물가(바다, 강, 못 따위와 같이 물이 있는 곳의 가장자리)'의 북한어.
바리	'마리'의 방언.
바리	마소의 등에 잔뜩 실은 짐을 세는 단위.
반연	얽히어 맺어지는 인연.
방자	남이 못되거나 재앙을 받도록 귀신에게 빌어 저주하거나 그런 방술(方術)을 쓰는 일.
배돌아	가까이 가지 않고 피하여 딴 데로 돌다.
변	변리(邊利). 남에게 돈을 빌려 쓴 대가로 치르는 일정한 비율의 돈.
보조	걸음걸이의 속도나 모양 따위의 상태.
부의	상가(喪家)에 부조로 보내는 돈이나 물품. 또는 그런 일.
북새	많은 사람이 야단스럽게 부산을 떨며 법석이는 일.
분격	격노. 몹시 분하고 노여운 감정이 북받쳐 오름.
분사	憤死. 분(憤)에 못 이겨 죽다.
불계하다	옳고 그른 것이나 이롭고 해로운 것 따위의 사정을 가려 따지지 아니하다.
새	볏과 식물을 통틀어 이르는 말. 띠, 억새 등.
새밭	띠나 억새가 우거진 곳.
새서방	'신랑'을 속되게 이르는 말.
서사	대서나 필사를 직업으로 하는 사람.
선땀	'식은땀'의 방언.
설명하다	아랫도리가 가늘고 어울리지 아니하게 길다.
설치	雪恥. 설욕(雪辱).
성명	어떤 일에 대한 자기의 입장이나 견해 또는 방침.
세구	世仇. 여러 대에 걸쳐서 내려오는 원수.
소치	어떤 까닭으로 생긴 일.
시월상달	'시월'을 예스럽게 이르는 말.
신푸녕스럽다	'신청부같다(사물이 너무 적거나 모자라서 마음에 차지 아니하다)'의 잘못.
쌍창	문짝이 둘 달린 창문.
아시	'애벌'의 방언.
앵돌아지다	노여워서 토라지다.

야료   까닭 없이 트집을 잡고 함부로 떠들어 댐.
어리워 어지럽다.
역   '언저리'의 방언.
연사   농사가 잘되고 못된 형편.
엽기심 비정상적이고 괴이한 사건이나 사물을 남달리 좋아하는 마음.
와음   訛音, 잘못 전해진 글자의 음.
외축   畏縮, 두려워서 몸을 움츠리다.
웅거   일정한 지역을 차지하고 굳게 막아 지키다.
원부   怨府, 뭇 사람의 원한의 대상이 되는 단체나 기관.
원소   元宵, 음력 정월 보름날 밤.
위하   威嚇, 위협(威脅). 힘으로 으르고 협박함.
유형   죄인을 귀양 보내던 형벌.
율모기 유혈목이(뱀과의 하나).
잇기지 '이어지다'의 잘못.
장근   거의.
전통   箭筒, 나라에 길흉이 있을 때에 왕에게 바치는 보고문인 전문을 넣던 통.
절량기 絶量期, 햇곡식이 나오기 전 양식이 떨어져 곤란을 겪는 시기.
조련하다 졸연하다. 쉽게 할 수 있는 상태에 있다.
조왕신 竈王神, 부엌을 맡는다는 신.
조차   租借, 특별한 합의에 따라 한 나라가 다른 나라 영토의 일부를 빌려 일정한 기간 동안 통치하는 일.
종졸   從卒, 특정한 사람이나 부서에 속하여 있는 병졸.
주부   한약방을 차린 사람.
중수   건축물 따위의 낡고 헌 것을 손질하며 고치다.
중의   고의(남자의 여름 홑바지).
진갑   '칠순(七旬)'의 방언.
짐바   짐을 묶거나 매는 데에 쓰는 줄.
창졸간 미처 어찌할 수 없이 매우 급작스러운 사이.
척양   斥洋, 서양을 배척함.
청룡도 청룡언월도(보병이나 기병(騎兵)이 쓰던 긴 칼을 이르던 말).
총안   銃眼, 몸을 숨긴 채로 총을 쏘기 위하여 성벽, 보루 따위에 뚫어 놓은 구멍.
타매하다 아주 더럽게 생각하고 경멸히 여겨 욕하다.

토역일 흙일(흙을 이기거나 바르는 따위의 흙을 다루는 일).
파묘축 破墓祝. 파묘할 때 읽는 축문.
파천 임금이 도성을 떠나 다른 곳으로 피란하다.
포리 포도청이나 지방 관아에 속하여 죄인을 잡는 일을 맡아보던 구실아치.
한둔 한데에서 밤을 지새우다.
해삼위 海參威. 블라디보스토크.
해춘 봄이 되어 얼음과 눈이 녹다.
행댕막예치 鄕黨莫如齒. 벼슬의 높낮이나 가문의 지체를 따지는 것이 아니라, 나이의 존장을 우선해야 한다는 향풍.
호세 戶稅. 호별세(예전에, 살림살이를 하는 집을 표준으로 하여 집집마다 징수하던 지방세).
혼자말 '혼잣말'의 북한어.
확적 정확하게 맞아 조금도 틀리지 아니하게.
환부 환급(도로 돌려줌).
획정 경계 따위를 명확히 구별하여 정하다.
흠명 황제가 내리는 명령을 이르던 말.
흥그럽다 흥이 나서 마음이 들뜬 상태에 있다.